ILONA MAYER-ZACH

Eine Leiche für Helene

ILONA MAYER-ZACH

Eine Leiche für Helene

Kriminalroman

GMEINER SPANNUNG

Bisherige Veröffentlichungen im Gmeiner-Verlag:
Helene Kaiser ermittelt in Graz (2016)

*Die Handlung dieses Romans ist frei erfunden.
Ähnlichkeiten mit lebenden oder toten Personen, Namen oder Vorkommnisse sind rein zufällig und nicht beabsichtigt. Es kann jedoch nie ausgeschlossen werden, dass die Realität die Fantasie überflügelt.*

Besuchen Sie uns im Internet:
www.gmeiner-verlag.de

Im Ehnried 5, 88605 Meßkirch
Telefon 07575/2095-0
info@gmeiner-verlag.de

1. Auflage 2016

Lektorat: Claudia Senghaas, Kirchardt
Herstellung: Mirjam Hecht
Umschlaggestaltung: U.O.R.G. Lutz Eberle, Stuttgart
unter Verwendung eines Fotos von: © Pierre Versluys – Fotolia.com
und © Elaine Nadiv / Shutterstock.com
Druck: CPI books GmbH, Leck
Printed in Germany
ISBN 978-3-8392-1814-3

Humor ist, wenn man trotzdem lacht.
Otto Julius Bierbaum

Für dich!

PROLOG

»Sie muss weg.« Der Glatzköpfige drückte seine Zigarette im Aschenbecher aus. Sein Gesprächspartner verzog den Mund, erhob sich und öffnete die Balkontür. Kühle Abendluft strömte ins Zimmer.

»Ich versteh deine Aufregung nicht. Sie kann uns doch nichts anhaben. Wahrscheinlich hat sie nicht einmal bemerkt, was für explosive Unterlagen ihr in die Hände geraten sind.« Verärgert schüttelte der junge Mann den Kopf, nahm den Aschenbecher und stellte ihn draußen aufs Fenstersims. Vom Balkon aus blickte er in die sternenklare Nacht. Wenn er sich streckte, konnte er die beleuchtete Festung am Schloßberg sehen. Im nahe gelegenen Hotelpark machten einige Gäste ihren Verdauungsspaziergang. Vermutlich galten ihre akuten Sorgen den Blähungen, die das üppige Abendbuffet hervorgerufen hatte. Wenn die wüssten, was sich in ihrer unmittelbaren Umgebung abspielt, dachte er und hätte gern mit ihnen getauscht. Aus dem Speisesaal des Hotels drangen Musik, Stimmen und Gelächter an sein Ohr. Was hätte er dafür gegeben, dort unten zu sitzen, in netter Gesellschaft, anstatt sich die Verschwörungstheorien seines paranoiden Komplizen anzuhören.

»Natürlich weiß sie, was sie da für Informationen in der Hand hält«, insistierte der Kahlkopf. Er war dem Jüngeren auf den Balkon gefolgt. »Abgesehen davon stellen die Unterlagen noch unser geringstes Problem dar. Du schätzt sie noch immer falsch ein. Geht es nicht in deinen Schädel, dass die keinen Safe knacken muss, um uns ernsthafte Schwierigkeiten zu bereiten? Wenn es ihr in den Sinn kommt, genügen ein paar Telefonanrufe und wir können uns brausen. Sie ist wie eine Bombe, die jederzeit hochgehen kann. Wir müssen sie entschärfen.«

»Hältst du mich für blöd? Das weiß ich doch selbst. Aber ich finde es klüger, keine schlafenden Hunde zu wecken. Ich bin überzeugt, dass sie noch keinen Verdacht hegt.«

»Wir haben es mit keiner naiven Tussi zu tun. Während wir hier herumquatschen, recherchiert sie wahrscheinlich schon und sammelt Beweise gegen uns.«

Du nervst, dachte der Jüngere. Aber noch brauchte er seinen Geschäftspartner. Zumindest, bis alles so abgewickelt war, wie er sich das vorstellte. »Also gut, was schlägst du vor?«

»Heute Nacht machen wir kurzen Prozess.«

1. KAPITEL

Ein Donnerstag Anfang September

I

Das hatte mir gerade noch gefehlt. Ich fühlte mich wie eine Hundertjährige, die aus dem Bett kroch. Genau doppelt so alt, wie ich demnächst werden würde. Mir taten alle Knochen weh, meine Nase rann, und der Hals kratzte. Hätte ich mich bei der gestrigen Besprechung lieber nicht unter die Klimaanlage gesetzt. Bei dem warmen Wetter, das derzeit in Graz herrschte, war mir das kühlende Lüftchen gerade recht gekommen. »Früher hat's Frühjahr, Sommer, Herbst und Winter gegeben. Heut hamma alles an einem Tag. Kein Wunder, dass die Leut so deppert sind«, hatte es meine liebe Freundin Karin Dorfer kürzlich auf den Punkt gebracht. Apropos Karin. Ich zückte das Handy.

»Na du hörst dich aber nicht gut an. Bist krank? Eine Absage lass ich aber nicht gelten, weil ich mir für unser Wellness-Wochenende schon einen tollen Bikini gekauft hab«, stellte die beste Freundin von allen klar. Ich ließ den Wortschwall über mich ergehen. Es würde nicht der letzte in den nächsten Tagen sein.

»Keine Sorge, unser Wellness-Wochenende findet

statt. Schon allein deshalb, weil diese Wohnung demnächst zur unbewohnbaren Ruine wird. Ich wollte nur wissen, wann ich dich vom Zug abholen soll«, erkundigte ich mich, als ich endlich zu Wort kam.

»Wieso? Was ist los mit der Wohnung?«

»Bitte sprich mich im Moment nicht darauf an«, wiegelte ich ab. Der Gedanke an den Lärm und den Schmutz der letzten Tage, als die alten Fliesen abgeschlagen und der Holzboden herausgerissen worden waren, ließ mich jetzt noch schaudern. Die meiste Zeit war ich mit meinem Laptop in mein nahe gelegenes Stammkaffeehaus geflohen. Der Gipfel war jedoch, als mich gestern Nachmittag der Installateur anrief und den für heute vereinbarten Termin absagte. Er hatte einen Mopedunfall gehabt und würde die nächsten sechs Wochen einen Gips am Arm tragen. »Ich komm mit einem verlässlichen Kollegen vorbei«, sagte er. »Versprochen. Gleich Montagfrüh.«

»Es ist Ihnen aber schon klar, dass ich nun alle angesetzten Handwerkertermine wegen Ihnen verschieben muss?«, fragte ich ihn. Aber da hatte er das Telefongespräch bereits beendet. So stand ich nun mitten im Chaos, das noch eine Weile andauern würde. Keiner von den Handwerkern, die ich um eine Terminverschiebung bitten musste, war begeistert. Es war manchmal leichter, einen freien Termin bei einem Generaldirektor eines börsennotierten Unternehmens zu bekommen als bei einem Fliesenleger. Aber schließlich schaffte ich es mit allen mir verfügbaren Überredungskünsten, den ganzen Trupp am kommenden Montagmorgen zu einer finalen Besprechung in der Wohnung zu vereinen.

»Hallo, Helenchen, bist du noch dran?«, unterbrach Karin meine Gedanken und holte mich in die Gegenwart zurück.

»Ja klar. Entschuldige bitte. Ich hab mich hier grad umgeschaut. Dabei hat es mir kurz die Sprache verschlagen«, versuchte ich, den Zustand der Wohnung mit Galgenhumor hinzunehmen.

»Ich steig gegen elf Uhr hier in Wien in den Zug, so gegen halb zwei bin ich dann in Graz. Sofern nicht wieder ein Baum über den Gleisen liegt oder ein technischer Defekt für Verspätung sorgt. Ich freu mich schon, dich wiederzusehen, und dann musst du mir alles haarklein berichten. Bis dann. Bussi, baba.«

Karin und ich hatten uns das letzte Mal vor rund zwei Monaten gesehen. Genauso lange war es her, dass ich es mir in der steirischen Landeshauptstadt gemütlich gemacht hatte. Im Frühjahr dieses Jahres war meine liebe Tante Rosa gestorben und hatte mir ihre schön gelegene Wohnung in der Innenstadt vererbt. Also reiste ich nach Graz, als der Flieder blühte, um die Formalitäten mit dem Notar abzuwickeln. Ich hatte geplant, die Wohnung so rasch wie möglich zu verkaufen und nach Wien zurückzukehren. Schließlich lebte und arbeitete ich mittlerweile seit fast 30 Jahren dort: mit Thomas, meiner besseren Hälfte, und meinen zwei Kindern. Valerie, mittlerweile 22 Jahre jung, und Patrick, zwei Jahre älter, waren nach turbulenten Zeiten aus dem Gröbsten raus. Unser hübsches Haus im Grünen war fertig umgebaut, die Raten abbezahlt. Zum ersten Mal nach Jahrzehnten hatte ich das Gefühl, dass alles rund lief und ich wieder Zeit für mich hatte. Kurz bevor ich einen

Makler mit dem Wohnungsverkauf beauftragte, ereigneten sich jedoch drei einschneidende Veränderungen in meinem Leben.

Zunächst lud mich Thomas zu einem stilvollen Abendessen über den Dächern Wiens ein, was mich einigermaßen stutzig machte. Thomas gehörte bei Gott nicht zu den Romantikern, bei denen solche Einladungen oder Rosensträuße auf der Tagesordnung standen. Mein Mann war Bauingenieur. Des Rätsels Lösung fiel, wie erwartet, ernüchternd aus. »Helene, ich habe die Möglichkeit, für einige Monate in den Senegal zu gehen. Ich soll dort an der Generalsanierung eines Wasserkraftwerks mitarbeiten.«

Wo war gleich noch mal Senegal, überlegte ich fieberhaft. Ist das nicht irgendwo in Afrika? Ich musste endlich wieder einen Atlas studieren. Seit meinem Geografie-Unterricht im Gymnasium hatte sich so vieles auf der Welt verändert, und über die Jahre hatte ich auch das eine oder andere vergessen.

»Wie lange genau?« Die Nachricht konnte mir das Lachsfilet in der Macadamianusskruste an Safran-Perlgraupen nicht verderben. Ich hatte mich mit zwei Pubertierenden herumgeschlagen, während Thomas in Kasachstan oder sonst wo auf dieser Welt Kraftwerke gebaut beziehungsweise saniert hatte. Schlimmer konnte es jetzt, da unser Nachwuchs erwachsen war, nicht mehr werden. Dachte ich.

»Drei, vier Monate höchstens«, antwortete er. »Aber wenn du nicht willst, dass ich so lange Zeit so weit weg bin, kann ich natürlich versuchen …«, druckste er herum.

Das war lieb von ihm, aber ich kannte ihn gut genug, um zu wissen, wie wichtig es ihm war, solche Herausforderungen anzunehmen. Er war nun 54 Jahre alt, und mir war lieber, er tobte sich im Job aus, als dass er mit einer 30 Jahre jüngeren Sexbombe im knallgelben Ferrari die Gegend unsicher machte. So wie sein gleichaltriger Freund Georg alias Schurli, der nach rund 20 Jahren Ehe und Kinderaufzucht im wahrsten Sinn des Wortes noch einmal Gas gab.

»Natürlich nimmst du diese Chance wahr«, bekräftigte ich Thomas. Auch wenn das bedeutete, dass wir uns für die Dauer des Projekts auf Kurzbesuche, Urlaube, gelegentliches Skypen und Telefonsex beschränken mussten und ich ihn zuweilen vermissen würde. Mitte Juni sollte es bereits losgehen.

»Ich liebe dich«, sagte Thomas. Na immerhin.

Als Nächstes wurde ich aus heiterem Himmel zu einem außerordentlichen Mitarbeitergespräch geladen. »Frau Magistra Kaiser, bitte verstehen Sie uns nicht falsch. Wir schätzen Sie sehr und danken Ihnen für die vielen Jahre, die Sie uns wertvolle Dienste geleistet haben. Aber wie Sie wissen, zwingt uns die Wirtschaftskrise …« Die Worte des Personalreferenten werde ich mein Leben lang nicht mehr vergessen. Auch nicht die Gefühle, die sie in mir auslösten: Schock, Verwirrung, Enttäuschung und schließlich – Wut. Immerhin war ich über 15 Jahre mit Leib und Seele erfolgreich als Leiterin der Marktforschung für das Unternehmen tätig gewesen und hatte mir Tag für Tag meinen Allerwertesten für die Bude aufgerissen.

Nun erklärte mir dieser Schnösel von Personalchef,

der altersmäßig fast mein Sohn hätte sein können, dass es in nächster Zeit zu einigen Umstrukturierungen im Unternehmen kommen würde. »Im Zuge dessen werden wir auch den Marktforschungsbereich auflassen und künftig outsourcen. Unsere Kalkulationen ergeben, dass wir so deutlich kostensparender und flexibler auf aktuelle Anforderungen reagieren können …« Als ob ich nicht flexibel genug gewesen wäre.

»Und was bedeutet das konkret für mich?«, fragte ich, obwohl ich die Antwort schon ahnte. Dennoch wollte ich es dem Jungspund nicht allzu leicht machen, sich aus der Pflicht zu stehlen. Er faselte noch etwas vom Aufbau und der Leitung eines neuen Callcenters in einem Großraumbüro in Osteuropa. Aber da hörte ich ihm schon nicht mehr zu. Hellhörig wurde ich erst wieder, als er mir den ›Golden Handshake‹ anbot. Wenigstens etwas.

Ich willigte also in die einvernehmliche Auflösung des Dienstverhältnisses mit sofortiger Freistellung ein. Es war schon absurd, wie viel es ihnen wert war, dass ich künftig nicht mehr für sie arbeiten würde. So deprimierend meine plötzliche Arbeitslosigkeit war, wenigstens bescherte mir das Geld die Möglichkeit, ohne Zeitdruck eine neue berufliche Herausforderung zu finden. Auch wenn ich noch keine Ahnung hatte, welche das sein sollte.

Zu guter Letzt stellte mich meine liebe Tochter Valerie, die Pferdenärrin, vor die vollendete Tatsache, dass sie ihr BWL-Studium für eine Weile auf Eis legen und stattdessen nach Island ziehen wollte. »Ich habe schon alles organisiert«, informierte sie mich eines schönen

Tages. »Ich werde auf einem Reiterhof arbeiten, mein eigenes Geld verdienen und Isländisch lernen.« Was sollte ich dazu sagen? Sie war alt genug, um ihre eigenen Entscheidungen zu treffen. Ende Juni flog sie mit Sack und Pack auf die kleine Insel. Seither lebte sie dort glücklich und zufrieden und fand ihre berufliche Erfüllung im Ausmisten von Pferdeställen.

Der Einzige, bei dem sich im letzten Jahr nichts Gravierendes geändert hatte, war Patrick. Mein Sohn schrieb an seiner sozialwissenschaftlichen Diplomarbeit mit einem dreizeiligen Titel, den ich mir noch immer nicht gemerkt hatte. Irgendetwas mit ›Empirischen Analysen irgendwelcher sozialen und kulturellen Integrationen von irgendwem in Österreich‹. Patrick war schon vor drei Jahren aus der Pension Mama ausgezogen. Obwohl es ihm bei uns an nichts mangle, wolle er lieber auf eigenen Füßen stehen, hatte er gesagt, und weg war er. Was ich ihm hoch anrechnete, war, dass er seine Selbstständigkeit mit allen Konsequenzen durchzog. Bei seinen regelmäßigen Besuchen hatte er mich noch nie um die Aufbesserung seiner Finanzen gebeten. Auch nicht ums Waschen und Bügeln seiner Kleidung. Anscheinend hatte ich bei der Kindererziehung doch nicht alles falsch gemacht. Vielleicht hatte ich aber einfach nur Glück, dass sich seine neue Freundin liebevoll um ihn und seine Wäsche kümmerte.

Summa summarum war es binnen kurzer Zeit so, dass nach all dem Drunter und Drüber der letzten Lebensjahrzehnte auf einmal kein Hahn mehr nach mir krähte. Was lag also näher, als mir endlich einen lang gehegten Traum zu erfüllen und eine Auszeit zu nehmen? Da ich nun die Wohnung in Graz hatte, stand mein Entschluss rasch fest. Ich wollte eine Zeitlang her ziehen und die Wohnung sanieren, um sie anschließend besser verkaufen zu können. Darüber hinaus musste ich mir überlegen, wie ich meine nächsten Jahrzehnte gestalten wollte. Kaum war ich in Graz angekommen, lebten viele meiner alten Freundschaften auf, und ich fühlte mich schneller als erwartet zu Hause. Immerhin hatte ich hier meine behütete Kindheit und turbulente Jugendzeit verbracht, bevor ich zum Studieren nach Wien gezogen war, Thomas kennengelernt hatte und schließlich geblieben war.

Das mit dem Herrichten der Wohnung war dann so eine Sache: Eigentlich hatte ich sie nur ein bisschen verschönern, die Wände ausmalen und eventuell den Parkettboden im Wohnzimmer abschleifen lassen wollen. Doch Thomas, der kurz vor seiner Abreise in den Senegal eine Wohnungsbesichtigung mit mir machte, klopfte fachmännisch da an der Wand und dort am Boden herum, kontrollierte die Fenster und die Steckdosen und schüttelte schließlich den Kopf. »Das ist alles total marod, die Bude kauft dir keiner ab«, resümierte er. »Das muss alles raus.«

»Was genau meinst du?«, fragte ich pro forma. Dabei ahnte ich von unserem letzten Umbau nur zu gut, was er meinte. Und genau das bestätigte er mir: »Die Fliesen im Bad und der Boden in der Küche müssen herausgerissen werden. Ich meine alles – bis auf den Unterboden. Die Küche müssen wir ohnehin komplett neu machen und das Bad sowieso. Es wird uns auch nicht erspart bleiben, dass wir neue Gas- und Elektro-Leitungen einziehen. Und eine neue Gastherme brauchen wir auch«, stellte er fest. »Und was hältst du davon, wenn wir diese Wand niederreißen und das Klo und das Bad hierher versetzen, um dadurch eine bessere Zimmeraufteilung zu bekommen?« Thomas war in seinem Element, und ich zweifelte keine Sekunde daran, dass er in allem, was er sagte, recht hatte. Schließlich war das sein Metier. Nur in diesem Fall stand uns nicht sein Spezialistenteam zur Verfügung, und sein *wir* schrumpfte auf eine Person zusammen – nämlich mich. Thomas würde mir beim Umbau nicht beistehen können, weil sein Flieger nach Dakar bereits in wenigen Tagen ging. Kurz überlegte ich mir, ob ich es nicht bei meinem ursprünglichen Vorhaben der Behübschung belassen sollte. Aber ich wusste, dass es sinnvoller war, gleich alles zu sanieren, solange die Räume leer waren. Wenigstens konnte ich ihm den Abriss der Wand ausreden.

»Das Schlafzimmer ist okay. Das braucht nur einen frischen Anstrich und neue Möbel«, verschonte Thomas zumindest einen Teil der Wohnung mit seinen Sanierungsplänen. »Nur wenn der Installateur das Wasser abdreht, musst du halt für ein paar Tage ins Hotel ziehen.« Mehrere Wochen auf einer Baustelle zu wohnen, war für mich nichts Neues. Es würde nicht schlimmer werden als die vier Monate, in denen Thomas und ich samt Kleinkindern in einem halb fertigen Haus wohnen mussten, weil unsere Mietwohnung zu früh aufgekündigt worden war. Mehr noch, ich fand sogar Gefallen an diesem Abenteuer. Schließlich hatte ich nichts Dringenderes zu tun und vielleicht würde dieses Projekt auch mein Selbstwertgefühl wieder aufrichten, das durch die Kündigung etwas angekratzt war.

Dank des Goldenen Handschlags samt sofortiger Freistellung konnte ich mir ruhig ein paar Monate Zeit lassen und nebenher über meine Zukunft nachdenken. Mein Sohn versprach, sich während unser aller Abwesenheit ums Haus und den Garten zu kümmern. Er weigerte sich nur unseren Kater Felix zu betreuen, den ich mir zugelegt hatte, als Patrick ausgezogen war, da er eine Katzenallergie hatte. Thomas zeigte sich vor seinem Abflug großzügig und steuerte neben wertvollen Tipps auch ein ordentliches Sümmchen zum Wohnungsumbau bei. Bevor er abreiste, erstellte er für mich einen Bauplan, der die genaue Reihenfolge der Tätigkeiten und der Handwerker auflistete. Ein wenig erinnerte mich die Situation an ein Theaterstück, bei dem die Schauspieler aufs Stichwort auf der Bühne erscheinen sollten. »Wirst sehen«, sagte mein Göttergatte, »in nicht mal zwei Monaten ist der komplette Umbau erledigt, und dann ist alles perfekt.« Ich nickte. Ahnend, dass Papier geduldig war und Handwerker mitunter eine noch sensiblere Spezies als Künstler waren. Vor allem, wenn sie sich weigerten, termingerecht zu arbeiten, wie das bei unserem letzten Umbau passiert war, weil es über Tage hinweg in Strömen gegossen hatte.

Doch zunächst lief alles wie am Schnürchen. Nachdem ich meinen Mann gebührend verabschiedet hatte, tröstete ich mich mit meinem steirischen Abenteuer. Immer mit dem Notfallplan im Hinterkopf, dass alles ohnehin zeitlich begrenzt war und ich danach sofort wieder nach Wien zurückkehren konnte. So gesehen gab es weitaus schlimmere Schicksale. Und unserem Kater Felix war es letztlich egal, ob er da oder dort den Tag verschlief.

Nach dem Telefonat mit Karin schlurfte ich in die Küche oder besser das, was von ihr übrig geblieben war. Mehr als der Kühlschrank und der Herd waren es nicht, nachdem vor Kurzem die uralten beigefarbenen Kästen allesamt abmontiert worden waren. Gern hatte ich dem ungarischen Hilfsarbeiter János erlaubt, sie und die alte hölzerne Eckbank mitzunehmen. »Gut heizen«, hatte János gesagt und sie in sein Auto gepackt. So war ich sie ohne Entsorgungskosten losgeworden. Hauptsache, das Gerümpel verschwand aus meinem Blickfeld, ebenso wie die alten Fliesen, die gestern in der Küche und im Bad mit viel Krach abgeschlagen worden waren.

Ich goss heißes Wasser auf die frischen Pfefferminzblätter. Während der Tee zog, trank ich eine Aspirin-C-Brause und hielt mir zum wiederholten Mal ein Döschen mit einer scharf riechenden Salbe unter die Nase. Ein Geschenk von Karin, die mir versichert hatte, dass dies eine chinesische Zaubersalbe sei, die verstopfte Riechorgane und kratzende Hälse in Kürze heilen konnte. Was genau drinnen war, verriet sie mir nicht. Aber ich musste zugeben, dass ich mich sofort besser fühlte, fast schon ein bisschen high. Letzteres lag aber vielleicht an den scharf riechenden Chemikalien, die die Handwerker zum Abbeizen der alten Holzverkleidung im Vorzimmer verwendet hatten. Obwohl alle Fenster offen standen, verzog sich der Gestank nur allmählich aus der Wohnung. Ich war froh, dass ich das Wochenende nicht hier verbringen musste. Sobald der Tee fertig war, würde ich die Baustelle verlassen.

Als ich nach Graz gekommen war, hatte ich die Sanierung der Wohnung noch ein wenig hinausgezögert. Ich redete mir ein, dass ich ohnehin genug Zeit hatte. Schließlich konnte ich mich noch zu gut an den letzten Umbau unseres Hauses erinnern. Sobald wir mit dem Renovieren anfingen, blieb kein Stein auf dem anderen. Das kostete nicht nur viel Geld, sondern vor allem Energie und Nerven. Meine schlimmsten Befürchtungen waren damals eingetroffen und – in der Grazer Wohnung sollte es noch schlimmer kommen. Aber das wusste ich zu diesem Zeitpunkt zum Glück noch nicht.

Mein Handy klingelte.

»Hallo, Helene. Sag, hast du heute Mittag Zeit, die Elvira zu beschatten?« Es war Bernd, ein lieber Freund aus Volksschultagen, mit einem seiner dubiosen Aufträge. Um mich vor der Wohnungssanierung zu drücken, hatte ich nur zu gern an einem feuchtfröhlichen Abend die ›k. u. k. Agentur‹ mit ihm ins Leben gerufen, wobei k. u. k. für die Abkürzung unserer Nachnamen stand: Kaiser und Koller. Bernd Koller war Feuer und Flamme für unsere Geschäftsidee einer Dienstleistungsagentur ›für alle Fälle‹ und er war überzeugt, dass wir beide – ich als Marktforschungsprofi und er als ehemaliger Steuerberater, der immer davon geträumt hatte, sich selbstständig zu machen – ein ideales Team bildeten. Mittlerweile war ich da nicht mehr so sicher, wenn ich mir unsere bisherige Erfolgsbilanz ansah. Aber was tat man nicht alles, um einen Umbau ruhigen Gewissens für eine Weile hinauszuzögern. Zumindest würde unsere Buchhaltung dank seiner Erfahrung die notwendigen Kriterien erfüllen.

»Ich mach mit einer Freundin für ein paar Tage Urlaub. Tut mir leid«, sagte ich und bedauerte es nicht wirklich. Hinter ahnungslosen Leuten herzuschleichen und sie zu bespitzeln, war nicht das, was ich mir nach über 20 Jahren im gehobenen Management unter einem Karrieresprung vorstellte. Aber wir hatten nun mal diese Agentur gestartet, und ich saß – zumindest, bis ich wieder nach Wien zurückkehrte – mit im Boot. Dass sich das Hotel, in dem ich die nächsten Tage verbringen würde, ohnehin in Graz befand, verschwieg ich Bernd tunlichst.

»Richtig, du hast ja morgen deinen Runden! Alles Gute im Vorhinein, alte Schachtel, und rühr dich, wenn du wieder da bist. Es gibt jede Menge zu tun. Im Moment kann ich mich vor Aufträgen nicht retten.« Bernd tat ja gerade so, als würde ich Graz nie mehr verlassen.

2

»Fesch schaust aus«, stellte Karin fest, als sie mich am Bahnsteig fest in die Arme schloss. »Wenn man dich so sieht, glaubt man gar nicht, dass du schon so viele Jahre auf dem Buckel hast.« Wie charmant meine Freundin doch sein konnte. Zwei Jahre jünger als ich, stand sie rank und schlank mit blonden kinnlangen Haaren vor mir, wie aus dem Ei gepellt, in weißen Jeans und einem

Designer-T-Shirt. Neu war, dass ihre blauen Augen dank Linsen noch intensiver unter den Stirnfransen hervorlugten. Ich fragte mich jedes Mal, wie sie es machte, dass die Jahre an ihr scheinbar spurlos vorüberzogen, während ich mit Fledermausoberarmen, Fettpölsterchen an den falschen Stellen und den Auswirkungen der Erdanziehungskraft unter anderem auf meine Brüste zu kämpfen hatte. Auch wenn ich all das gekonnt mit gut geschnittener Kleidung kaschierte.

Vielleicht lag es an den Tausenden Nächten, die ich seit Eintritt in den Club der Mütter schlecht geschlafen hatte. Zunächst, weil die Kleinen zahnten oder schlecht träumten, und dann, weil sie im Morgengrauen noch immer nicht von der Party heimgekommen waren. Ein Leben, das Karin als eingefleischter Single nie kennengelernt und nie vermisst hatte.

Aber sie hatte schon recht. Mit meinen 1,69 war auch ich nach einem halben Jahrhundert noch eine ganz passable Erscheinung: Meine brünetten Haare waren kurz geschnitten, die weißen hatten keine Chance, weil ich sie regelmäßig mit Farbe anpasste. Die Falten rund um meine braunen Augen und im Gesicht störten mich nicht mehr, seitdem ich mir angewöhnt hatte, morgens ohne Brille in den Spiegel zu blicken. So hatte die altersbedingte Verschlechterung der Sehstärke auch etwas Gutes: Sie war ein biologischer Weichzeichner.

»Ich bemühe mich, zweimal in der Woche zum Krafttraining zu gehen und gesund zu essen«, verriet ich Karin mein Geheimrezept. Wobei es oft nur beim Versuch blieb, wenn einer der zahlreichen Eissalons auf meinem Weg lag, was in Graz häufig der Fall war. Vor allem, wenn ich wieder mal durch die Sporgasse schlenderte, wo sich einer neben den anderen reihte.

»Vorbildlich. Da könnte sich die Eva ein Beispiel nehmen. Die ist erst 42 und hat sich schon zum zweiten Mal die Brust operieren lassen. Bald kann sie ihr Kaffeehäferl drauf abstellen«, berichtete Karin. »Aber jetzt erzähl mal, wie geht es dir denn hier in der Provinz?«

»Großartig. Es gibt hier ja alles wie in Wien – Geschäfte, Kunst, Kultur – aber es ist halt alles übersichtlicher und ein bisserl beschaulicher. Und natürlich sind die Entfernungen viel kürzer. Hier schwingst dich aufs Radl, holst dir frisches Obst und Gemüse vom Kaiser-Josef-Markt oder vom Lendplatz, gehst in die Herrengasse einkaufen oder setzt dich in eines der vielen Cafés mit Schanigärten. Mein Auto steht die meiste Zeit auf dem Parkplatz. Die Parkgenehmigung hab ich mir gleich in der ersten Woche besorgt, genauso wie ein Puch-Waffenrad. Mit dem kann ich mich viel bequemer fortbewegen. Nicht zuletzt, weil die Altstadt für den Autoverkehr ohnehin gesperrt ist. Und wenn ich mal nicht mit dem Rad fahr, geh ich zu Fuß oder nehm die Straßenbahn.« Zumindest schaffte ich es hier öfter als in Wien, die viel zitierten täglichen 10.000 Schritte zu gehen, die einen Menschen angeblich gesund hielten. Dafür hatte ich mir eigens einen Schrittzähler gekauft, den ich nun jeden Tag mit mir trug. 2482 Schritte hatte ich heute bereits absolviert.

»Na, dann herzlich willkommen in Pensionopolis«, grinste Karin. »Du machst es ja schon wie früher die alten Adeligen. Die zogen nach Ende ihrer Militärdienstzeit ja gern nach Graz und haben es sich hier gut gehen lassen. Drum habt ihr ja auch so viele Kaffeehäuser.«

»Hatten«, musste ich sie berichtigen. Von den eleganten Kaffeehäusern meiner Kindheit und Jugend wie dem ›Europa‹, dem ›Kaiserhof‹ oder dem ›Erzherzog Johann‹ hatte keines überlebt. Heute wurden in deren Räumlichkeiten Lebensmittel oder Kleidung von Billigketten verkauft. »Und von Pensionopolis kann bei den vielen Studenten auch schon lange keine Rede mehr sein.«

»Wer hätte gedacht, dass du nach so langer Zeit im Großstadtdschungel zu deinen Wurzeln zurückkehrst? Pass nur auf, dass du nicht noch zu einem Murnockerl wirst und hier picken bleibst«, meinte Karin.

»Ist ja nur für eine Weile«, wiegelte ich ab. Ich würde sicher nicht wie die von der Mur glatt geschliffenen Steine, die den historischen Boden der Stadt bildeten und als Fundamente alter Gebäude dienten, auf alle Ewigkeiten hier picken bleiben.

3

Geburtstagsfeiern waren mir grundsätzlich zuwider. Erst recht ein rundes Jubiläum wie der Fünfziger. Ich verstand die große Aufregung um solche Tage nicht und hatte mich auch diesmal vor einer großen Geburtstagsfeier mit Freunden und Verwandten gedrückt. Mir genügten die Anrufe, E-Mails, SMS und Postings, die eintrudelten. Lieber feierte ich in kleinen Portionen mit lieben Freunden, und das am Besten das ganze Jahr über. Mit Thomas, Valerie und Patrick würde ich erst nächste Woche feiern, anders war es sich bei meiner besseren Hälfte zeitlich nicht ausgegangen. Zur Wiedergutmachung lud er uns alle für zwei Wochen in den Senegal ein, der, wie ich mittlerweile wusste, in Nordwestafrika lag. Mir gefiel diese Variante bedeutend besser, als wenn er sich abgestrudelt hätte, um an meinem Ehrentag hier bei mir in Graz zu sein. Noch dazu, wo das blanke Chaos in der Wohnung herrschte. Nur Karin hatte darauf bestanden, mein Jubiläum termingerecht zu zelebrieren und mich überredet, mit ihr das Geburtstagswochenende zu verbringen. Nachdem sich abzeichnete, dass die Wohnung bis dahin nicht gästetauglich sein würde, hatte sie kurzerhand ein Wochenende in einem Grazer Wellnesshotel für uns gebucht. »Bist eingeladen. Für irgendwas muss mein Spesenkonto ja gut sein«, hatte Karin nur lapidar gemeint, als ich meine Hälfte der Kosten übernehmen wollte.

Neben mehreren Terminen bei der Masseurin hatte sie für mich auch einen bei einer Kosmetikerin vereinbart. »Die Frau ist laut Website eine Spezialistin für ewige Jugend. Ich lade dich auf eine Botox-Spritze ein«, hatte mir Karin freudestrahlend am Telefon mitgeteilt. Ob ich dieses wertvolle Geschenk annehmen wollte, wusste ich noch immer nicht.

»Was, wenn das Gift nicht nur meine Stirnfalte, sondern auch meine Gehirnwindungen lähmt?«, zeigte ich mich skeptisch.

»Blödsinn. Schau mich an. Und wenn was schiefgehen sollte, lässt die Wirkung eh nach ein paar Monaten wieder nach.« Dabei hatte ich immer gedacht, dass Karin ihren glatten Teint einem gesunden Schlaf und den sauteuren Salben und Cremes verdankte, die sich in ihrem Badezimmer stapelten.

Karin bestand darauf, einen Rundgang durch meine Wohnung zu machen, bevor wir gemeinsam zu unserem Wellnesstrip aufbrachen, auch wenn wir dazu nicht einmal die Stadt verlassen mussten.

»Na bummsti, da hast du ja noch einiges vor dir«, brachte Karin meine Wohnungssituation auf den Punkt. »Schaut ja fast wie eine moderne Kunstinstallation aus«, kicherte sie. »Wie gut, dass du das für ein paar Tage nicht sehen musst. Aber wenn es dann irgendwann fertig ist, wird es sicher super«, sprach sie mir Mut zu. Ihr Wort in Gottes Gehörgang.

Das Hotel empfing uns mit einem weitläufigen Wellnessbereich mit Whirlpools, Dampfbädern und Ruheräumen.

›Genießen Sie genussvolle Sinnlichkeit‹, war auf der Website gestanden. Gemeint waren die steirischen Schmankerln der Haubenküche, erlesene Weine und andere Annehmlichkeiten, die das Leben erquicklich machten, wie etwa das Relaxen im Spa-Bereich.

»Hier kann ich problemlos einige Tage verbringen«, stellte Karin zufrieden fest. Ich stimmte ihr zu. Meine Hals- und Kopfschmerzen waren so gut wie verschwunden. Karins Zaubersalbe sei Dank. Und um Kater Felix musste ich mir auch keine Sorgen machen. Bei meiner Nachbarin wurde er seit Beginn des Umbaus kulinarisch und emotional versorgt. Hoffentlich war er nicht gar zu traurig, wenn er danach wieder zu mir zurück musste und auf Diät gesetzt wurde.

Einem entspannten Wellness-Wochenende stand somit nichts mehr im Weg. Wenn ich nur im Entferntesten geahnt hätte, welche unliebsame Geburtstagsüberraschung mir noch bevorstand, wäre ich lieber in meiner Ruine geblieben und hätte mir die Decke über den Kopf gezogen.

4

Karin saß in ihrem neuen türkis-lila Bikini neben mir auf einer der Relax-Liegen in der Nähe der Terrassenbar und tippte unentwegt auf das Display ihres Handys.

»Glumpert«, meckerte sie und warf das iPhone schließlich in die – selbstverständlich farblich abgestimmte – Badetasche.

»Akku leer?«, gähnte ich.

Karin nickte. »Immer, wenn man's braucht. Ich hab vergessen, einem Kunden Bescheid zu geben, und das Ladekabel liegt zu Hause«, murrte sie.

Abschalten war nicht Karins Ding. Als Geschäftsführerin einer marktführenden Personalvermittlungsfirma war sie unermüdlich im Einsatz, und entsprechend oft klingelte ihr Mobiltelefon. Mein Glück, dass der Akku den Geist aufgegeben hatte. Ich würde ihr erst später sagen, dass an der Rezeption ein Gerät stand, bei dem alle gängigen Handys aufgeladen werden konnten. »Du weißt ja, dass die Leute heutzutage binnen Minuten eine

Antwort auf ihre Anfragen erwarten. Apropos: Wie geht es dir mit eurer kaiserlich und königlichen Agentur?«

»Wenn schon, dann kaiserlich und kollerische Agentur«, stellte ich klar.

»Wieso cholerisch?«, fragte Karin nach.

Ich klärte das akustische Missverständnis auf. Obwohl auf Bernd hin und wieder auch cholerisch zutraf. Vor allem, wenn er hinter dem Steuer seines Autos saß und sich wieder einmal über das, auf allen Grazer Straßen mit Ausnahme der Hauptverkehrsstraßen geltende Tempo 30 aufregte. Obwohl seit dessen Einführung bereits ein Vierteljahrhundert vergangen war. »Wir konnten einige Firmen und Projekte akquirieren. Aber ich hab keine Ahnung, ob das jemals richtig anlaufen wird«, beantwortete ich Karins Frage von vorhin.

»Und was genau bietet ihr an?«

Ich überlegte, bevor ich Karin eine Antwort gab. Bernd und ich waren uns noch nicht ganz einig. »Nun, der Bogen spannt sich derzeit von Studien und Texterstellungen aller Art, über Haustier-Sitting bis zu Beschattungen von Leuten …«

Meine beste Freundin prustete los. »Entschuldige bitte. Aber wie kommt ihr zu *solchen* Aufträgen?«

»Bernd war früher Steuerberater und hat viele Kontakte«, antwortete ich möglichst knapp.

Karin wischte sich die Lachtränen aus den Augenwinkeln. »Das wird schon. Gut Ding braucht eben Weile. Du hast da schon ganz andere Projekte zum Laufen gebracht. Und falls es wider Erwarten nicht klappt, rührst dich bei mir, dann finde ich dir sicher rasch einen interessanten

Job. Auf dich und deine neue Karriere«, prostete mir meine liebste Freundin mit Prosecco zu. »Wie war das gleich noch mit den Beschattungen?«, wollte sie wissen.

»Nun, da ist zum Beispiel ein Juwelier, ein guter Freund von Bernd. Er glaubt, dass ihn seine Freundin betrügt. Da er aber selbst verheiratet ist, ist das natürlich eine delikate Angelegenheit. Drum hat er Bernd gebeten, sich diskret darum zu kümmern. Seitdem heften wir uns abwechselnd an die Fersen der jungen Frau, zumal die Bezahlung sehr gut ist.«

»Sodom und Gomorrha in Graz«, machte sich Karin lustig. »Das glaub ich jetzt aber nicht.«

Natürlich klang das alles ein bisschen eigenartig. Auch für mich. Dennoch sollte mich meine Freundin gut genug kennen, um zu wissen, dass ich nicht flunkerte. Karins Blick war inzwischen auf eine rothaarige Frau gerichtet, die sich auf ihrer Liege suchend umsah. Sie schaute auch in unsere Richtung, reagierte aber nicht auf Karin, die ihr zulächelte. Erst jetzt begriff ich, dass Karins letzte Bemerkung nicht mich betraf.

»Das ist Corinna Ringel«, raunte sie mir zu. »Was macht die da?«

Ich zuckte mit den Schultern. Weder kannte ich den Namen noch die Frau. Was Karin so außergewöhnlich daran fand, dass jemand das Wochenende hier verbrachte, erschloss sich mir ebenso wenig. Ich hatte privat und beruflich viele Hotels auf der ganzen Welt besucht, und dieses hier zählte auf alle Fälle zu jenen, in denen man einen Aufenthalt genießen konnte. Und natürlich die Stadt als solche mit ihrem mediterranen Flair und der sehenswerten Altstadt am Fuße des Schloßbergs.

Bernd hatte erwähnt, dass man bereits die Ein-Millionen-Nächtigungsmarke erreicht hatte.

»Eigenartig, dass sie mich nicht wiedererkennt«, murmelte Karin.

»Du kennst diese Frau persönlich?«

»Ja. Wir haben vor einigen Wochen bei einer Vernissage länger miteinander geplaudert. Sie hat mir erzählt, dass sie als Rothaarige die Sonne nicht gut verträgt, weil sie davon einen Hautausschlag bekommt. Drum wundere ich mich, sie hier auf der Terrasse im Bikini in der prallen Sonne liegen zu sehen.«

Wenn ich ehrlich war, interessierte ich mich weder für die Frau noch für deren Sonnenallergie. Aber das wollte ich Karin nicht auf die Nase binden. Die lebte davon, ständig ihre Nase in die Angelegenheiten anderer Leute zu stecken. Was allemal noch besser war, als hinter ihnen herzuschnüffeln, wie Bernd und ich das momentan für schnöden Mammon taten. Sobald ich zurück war, würde ich diesbezüglich ein ernstes Wort mit ihm reden.

»Du weißt ja selbst, wie es bei solchen Veranstaltungen läuft. Man plaudert miteinander, dann dreht man sich um und widmet sich dem nächsten Gesprächspartner. Da kann es schon vorkommen, dass man ein Gesicht vergisst«, tröstete ich Karin.

»Ja, wahrscheinlich hast du recht«, antwortete sie kurz angebunden, stellte die Lehne ihrer Liege höher und setzte ihre dunkle Sonnenbrille auf. Ich sah genau, dass sie, während sie so tat, als blätterte sie in der Illustrierten, weiterhin die Frau auf der Sonnenliege in den Augen behielt. War es möglich, dass Karin gekränkt war, nur weil die Frau sie nicht wiedererkannt hatte?

Sie war doch sonst nicht so kindisch. Aber wer konnte schon in einen anderen hineinsehen. Ich schloss die Augen und genoss die warmen Sonnenstrahlen auf der Haut. Ein wenig Schlaf würde mir nach dem Baustellenchaos gut tun.

Doch die Ruhe war nicht von langer Dauer.

»Ich weiß nicht, was ich von alldem halten soll. Jetzt sitzt die Ringel in Begleitung von zwei Männern an der Bar, die so gar nicht zu ihr passen«, sprach Karin mehr zu sich selbst, dennoch laut genug, um mich zu wecken. Mit meinem Nickerchen war es vorbei. Ich setzte mich auf. Manchmal nervte mich Karin mit ihrer Leidenschaft, ständig alles und jeden zu beobachten, ganz schön. Aber das sagte ich der liebsten meiner Freundinnen natürlich nicht. Auch weil es sinnlos gewesen wäre und nur eine Diskussion heraufbeschworen hätte, auf die ich gut und gern verzichten konnte. »Wenn du sie nur einmal bei einer Veranstaltung gesehen hast, woher willst du dann wissen, wer zu ihr passt und wer nicht?«, konnte ich mir einen Einwand dennoch nicht verkneifen.

»Ich bitte dich, Corinna Ringel kennt man. Sie ist eine angesagte Bloggerin und Society-Reporterin und außerdem die Tochter eines steinreichen Medienmoguls. Die jettet von einem Promitreffen zum nächsten. Aber nicht des Geldes wegen, wohl mehr aus Neugier und Langeweile. Mein Bauchgefühl sagt mir, dass da was nicht stimmt. Schau doch selbst.«

Meine Hoffnung auf Entspannung war nun endgültig dahin, und zum ersten Mal bedauerte ich, dass Karins Handy-Akku leer war. Das iPhone hätte sie sicher rasch auf andere Gedanken gebracht.

Corinna Ringel saß nun wenige Meter von uns entfernt an der Bar und nippte an einem Drink mit giftgrünem Schirmchen. Neben ihr standen zwei Männer. Alle drei starrten schweigend in die Ferne, just in unsere Richtung, aber ohne uns wahrzunehmen. Ich musste Karin recht geben: Rein äußerlich passten die beiden Kerle nicht zur gepflegten Erscheinung dieser Frau, vor allem nicht der ältere mit der Vollglatze und den Tätowierungen am Arm. Allerdings hielt ich nicht viel von Klischees. Zu oft schon hatten sie mich in Teufels Küche gebracht. Und war es mittlerweile nicht so, dass sich so gut wie jeder, egal welchen Alters und welcher Gesellschaftsschicht, bunte Bilder auf alle möglichen Hautstellen stechen ließ? Zu Zeiten Kaiserin Sisis, die selbst einen kleinen Anker auf der linken Schulter tätowiert hatte, mochte das vielleicht aufsehenerregend gewesen sein. Aber heute lugte doch schon bei mancher Omi ein Arschgeweih aus der Hose. Ich tat es Karin gleich. Schließlich hatte ich nichts anderes zu tun, und irgendwie war es unterhaltsam, die drei zu beobachten.

Wenigstens konnte ich noch ohne Brille gut in die Ferne sehen. Sogar das sichelförmige Muttermal auf Corinna Ringels Stirn konnte ich erkennen, als sie für einen Moment ihre Haare aus dem Gesicht strich.

»Ich hol mir jetzt noch einen Drink und quatsche die Ringel an. Soll ich dir auch was mitbringen?« Schon erhob sich Karin und blickte mich erwartungsvoll an.

»Ja, bitte bring mir einen Aperol-Spritz mit.« Ich sah Karin nach, wie sie die Bar ansteuerte. Kaum hatte sie die Bestellung aufgegeben, sprach sie Corinna Ringel an. Karin kannte diesbezüglich keinen Genierer. Die Männer verfolgten schweigend das kurze Gespräch der beiden Frauen. Als Karin mit den Getränken zurückkehrte, hatte sie wieder diesen vielsagenden Blick, den ich nur zu gut an ihr kannte. So, als würde sie gleich implodieren.

»Die schaut zwar aus wie die Ringel, aber sie ist es nicht. Jetzt bin ich mir ganz sicher«, raunte sie, als sie mir das Getränk reichte.

»Sie hat dich also nicht wiedererkannt?«, fragte ich. Ich konnte nicht glauben, dass sie sich so furchtbar darüber ärgerte.

»Natürlich hat sie mich nicht wiedererkannt«, fauchte mich Karin an und bestätigte meine Vermutung. »Wie sollte sie denn, wenn sie es nicht ist!«

»Du willst mir jetzt aber nicht erzählen, dass es sich hier um eine Doppelgängerin handelt? Ich bitte dich, wir sind hier doch nicht in einer Verwechslungskomödie aus den 50ern …« Die Vorstellung war zu absurd. Jetzt war ich es, die lachte.

»Aber ich bin sicher«, insistierte Karin. »Ich habe mich vorgestellt, und sie hat mich nicht erkannt. Erst als ich von unserem Gespräch bei der Vernissage gesprochen habe, schien ihr plötzlich ein Licht aufzugehen. Angeblich erinnert sie sich jetzt an mich.«

»Na bitte, dann ist ja alles gut.« Ich ließ den kühlen Aperol-Spritz die Kehle hinunterrinnen.

»Ist es nicht. Abgesehen davon, dass ich mir sicher bin, dass ihre Stimme anders klingt – die Frau hat wirklich keine Ahnung, wer ich bin.«

»Wie kommst du denn darauf?« So lieb ich Karin hatte, manchmal ging sie mir mit ihrer Besessenheit und ihrer Kontrollsucht ziemlich auf den Geist. Wenn sie nicht bald aufhörte, würde ich noch einige Aperol trinken müssen.

»Ganz einfach. Ich hab gesagt, dass die Vernissage in Graz stattgefunden hat. Aber tatsächlich war sie in Wien. Damit ist jede Verwechslung ausgeschlossen. Die Frau war niemals dort, und darum kann sie nicht Corinna Ringel sein.«

Und wenn schon. Was interessierte es mich? Ich hatte keine Lust, mich in meinem Kurzurlaub mit irgendwelchen fremden Leuten oder deren Doppelgängern zu beschäftigen. Früher hätte es mich vielleicht gekümmert, ob ein und derselbe Mensch irgendwo ein, zwei oder gleich mehrmals umherlief. Heute war mir das egal. Ich war gelassener geworden. Ein Vorteil des Älterwerdens. Karin war fast so alt wie ich, aber von ›stoisch‹ meilenweit entfernt. Mich beschäftigten viel mehr die eigenen Probleme. Wie die Umbauarbeiten, die noch vor mir lagen. Den Gedanken daran verdrängte ich umgehend wieder.

»Ach du meine Güte. Fast hätte ich meinen Massagetermin verschwitzt.« Hektisch sprang Karin auf und schlüpfte in den kuscheligen Bademantel, der uns während unseres Aufenthalts zur Verfügung stand. »Wir sehen uns dann beim Abendessen. Okay?«

Ich nickte und wünschte ihr wohlige Tiefenentspannung. Sie konnte sie wahrlich gut gebrauchen. Nun, da ich endlich ungestört ein Nickerchen hätte machen können, war ich hellwach. Wie damals, als Baby Patrick in der Nacht alle vier Stunden gestillt werden wollte. Wenn er endlich zufrieden in seinem Bettchen döste, war ich so aufgekratzt, dass an Schlaf nicht mehr zu denken war.

Neidvoll hatte ich Thomas beim Schnarchen zugehört – sofern er überhaupt da war und nicht wieder irgendwo die Welt rettete.

Das Subjekt unserer Beobachtung war samt Begleitung verschwunden. Der Zeitpunkt erschien mir günstig, das Wellness-Angebot im Innenbereich zu begutachten. Aber zuvor wollte ich noch meinen Hitchcock-Krimi holen, den ich im Zimmer vergessen hatte. Ich ging den roten Teppich entlang, der zur Rezeption führte. Karin hatte eine exklusive Bleibe ausgesucht. Auf manche Gäste traf das leider nicht zu.

»Können Sie nicht aufpassen?«, herrschte mich eine rothaarige Frau an, die gleichzeitig mit mir die Rezeption erreichte. Trotz ihrer großen dunklen Brille und der 60er-Jahre-Divafrisur, die sie größtenteils unter einem grünfarbenen Seidentuch versteckte, erkannte ich sie sofort. Es war die Frau von der Sonnenterrasse. Wie hieß sie gleich noch? Corinna Kringel – oder eben nicht … Bloß wann hatte sie sich umgezogen?

Die Rezeptionistin ließ der Auftritt unbeeindruckt. Höflich händigte sie ihr den Hotelzimmerschlüssel mit der Nummer 203 aus.

»Kann ich sonst noch etwas für Sie tun, Frau Ringel?« Das Lächeln schien im Gesicht der Rezeptionistin eingemeißelt zu sein.

Also Ringel. Corinna hatte ich mir gemerkt, weil es mich an ›Corrina, Corrina‹, einen Film mit Whoopi Goldberg in der Hauptrolle erinnerte. Frau Ringel winkte ab und eilte zum Lift. »Schönen Abend.« Der Wunsch der Rezeptionistin verlor sich in den Weiten der Lobby, während die Diva hinter der Aufzugstür verschwand.

Veronika, so der Name auf dem Schild der Rezeptionistin, reichte mir lächelnd meinen Zimmerschlüssel. Das grün-schwarz-karierte Dirndl mit der schwarzen Brokatschürze stand ihr gut.

»Darf ich Sie noch bitten, das Meldeformular auszufüllen. Das habe ich vorhin vergessen«, sagte die Rezeptionistin und legte mir einen viel zu klein bedruckten Zettel hin.

Ich hatte wahrlich noch nie den Wunsch gehegt, jünger zu sein. Alle Mühen, die ich bereits erfolgreich hinter mich gebracht hatte, lägen dann nämlich noch vor mir. Aber auf die Alterssichtigkeit hätte ich gern noch eine Weile verzichten können. Ich hatte vor zwei Jahren meine erste Brille bekommen und mich noch immer nicht daran gewöhnt, dass ich in der Nähe ohne sie mittlerweile Vieles nicht mehr lesen geschweige denn gestochen scharf sehen konnte. Da halfen all die Karotten auch nichts mehr, die ich ständig knabberte.

Ich kramte meine Brille hervor und kritzelte meine Daten in die dafür vorgesehenen Kästchen. Und wie war doch gleich noch meine Zimmernummer? Mein Gedächtnis wurde auch nicht besser. Überarbeitet war ich derzeit nicht. Konnten das die ersten Anzeichen von Altersdemenz sein?

»Sie haben Zimmer Nr. 312 im dritten Stock«, meldete sich die Rezeptionistin. Warum nur hatte ich den Eindruck, dass sie mich wie eine Debile behandelte? Wie aufgezogen leierte sie nun auch noch den Rest des einstudierten Textes herunter, den ich bereits beim Einchecken gehört hatte: »Frühstücksbüffet ist von 7 Uhr 30 bis 11 Uhr, Abendessen von 19 bis 21 Uhr 30. Am

Wochenende schließt auch das à la carte-Restaurant um 21 Uhr 30, ansonsten um 23 Uhr. Der Spa-Bereich ist für unsere Gäste täglich bis 22 Uhr geöffnet. In Ihrem Zimmer finden Sie einen Bademantel. Ach, den haben Sie ja schon an!« Immerhin ein Satz, der sich auf mich bezog. »Wir wünschen Ihnen einen angenehmen Aufenthalt.«

»Danke.«

»Und hier habe ich noch etwas für Sie«, sie überreichte mir ein – Fax! »Alles Gute zum Geburtstag«, flötete Veronika und senkte den Blick. Hoffentlich hatte Thomas nichts Unanständiges geschrieben, schoss es mir durch den Kopf. Denn dass das Fax von ihm kam, war mir schon klar, bevor ich auf den Absender blickte. Heutzutage lief die Kommunikation über E-Mail, SMS oder soziale Medien, wobei die Sprache und mit ihr die Botschaften in eben dieser Reihenfolge immer karger wurden. Die Zeit, als man sich hinsetzte und überlegte, was man in einen Brief schrieb, war ewig her. Thomas und ich hatten uns vor vielen Jahren, als Internetzugänge noch nicht so weit verbreitet waren, angewöhnt, Faxe zu schicken, wenn er wieder irgendwo auf diesem Planeten im Einsatz war. Eine liebe Gewohnheit, der wir nun seit über zwei Jahrzehnten frönten, obwohl mittlerweile schon nahezu jedes abgelegene Kaff dieser Welt zum globalen Dorf gehörte. Irgendwie fand ich diese Art des Kommunizierens sehr romantisch. Ich bedankte mich bei Veronika und fuhr in mein Zimmer, um das Fax zu lesen und mein Buch zu holen.

5

Meine Liebste!

Ja, und so naht dein Geburtstag und ich bin nicht bei dir, sondern sitze weit weg auf der anderen Seite des Nullmeridians. Es ist heiß hier und ein bisschen öde, da viele meiner Kollegen nach Hause geflogen sind. Ich wäre so gern bei dir, um deinen Ehrentag zu feiern, und hoffe, dass du nicht allzu enttäuscht bist, weil ich es nicht sein kann.

Aber ich freue mich schon sehr auf unsere gemeinsame Zeit und habe mir schon etwas Besonderes zur Wiedergutmachung ausgedacht. Aber das schreibe ich dir nicht ins Fax … Wer weiß, wer das liest, bevor du es bekommst ☺.

Insgesamt geht es mir hier nicht schlecht. Die meiste Zeit hänge ich ohnehin bei der Arbeit fest, wir kommen gut voran, obwohl wir einige Probleme mit der Arbeitseinstellung der Einheimischen haben. Aber das kenne ich ja schon von anderen Projekten.

Alles in allem habe ich das Gefühl, dass ich hier etwas Sinnvolles tue. Der Senegal leidet ja unter einer unzureichenden Stromversorgung mit schwankender Spannung und Frequenz. Das führt teilweise zu Schäden der angeschlossenen Geräte und Maschinen, was ein echtes Hindernis für die wirtschaftliche Entwicklung des Landes ist, weil viele Investoren abgeschreckt werden. Mit dem Ausbau des Wasserkraftwerks leisten wir einen wichtigen Beitrag für die Zukunft dieses Landes. Ich weiß, das klingt jetzt ziemlich geschwollen, aber du wirst verstehen, was ich meine, wenn du herkommst.

Apropos Kommen – du fehlst mir!

Zwar bemüht man sich hier im Hotel, uns den Aufenthalt so angenehm wie möglich zu machen. Das Essen ist gut, und Samstagabend veranstalten sie Grilladen mit Tanz. Aber du weißt ja, dass mich das alles nicht interessiert, wenn du nicht dabei bist. Aber bald können wir uns ja wieder in die Arme schließen.

I.L.D.

Thomas

Ich ließ mich aufs Bett sinken und strich über die frisch gestärkte Bettwäsche. Wie schön und ordentlich dieses Zimmer war im Gegensatz zu meinem derzeitigen Zuhause. Und diese Stille. Mein innerer Schweinehund hätte sich am liebsten sofort eingekuschelt, den riesigen Flachbildschirm-Fernseher eingeschaltet und sich für den Rest des Tages nicht mehr aus den Daunen erhoben. Ich stellte mir vor, wie schön es wäre, wenn Thomas neben mir läge und uns nicht 4.500 Kilometer Luftlinie trennten. Aber es machte keinen Sinn, Trübsal zu blasen. Noch dazu, wo wir uns bald wiedersehen würden. Ich schluckte den Kloß im Hals hinunter. Wahrscheinlich waren es sogar die langen Trennungen, die unsere Ehe über so viele Jahre so lebendig hielten.

Ich ging auf den Balkon und genoss eine Weile den Ausblick auf das Grün und die Dächer der umliegenden Häuser. Dann fuhr ich ins Untergeschoss und erkundete den Spa- & Wellness-Bereich. Karin lag derweil noch bei der Masseurin und ließ ihren Körper und ihre Fußreflexzonen kneten. Vielleicht würde ich mir morgen auch dieses Vergnügen gönnen. Auf die Botox-Einladung würde ich hingegen verzichten. Wie Karin wohl reagierte, wenn ich ihr berichtete, dass die Frau auf der Sonnenterrasse doch Corinna Ringel gewesen war, ging es mir durch den Kopf. Des lieben Friedens willen sollte ich diese Entdeckung besser für mich behalten. Sonst würde Karin wieder zig Argumente finden, um mich zu überzeugen, dass ich es war, die sich irrte.

Ich probierte die verschiedenen Saunen, Dampf- und Kräuterbäder aus, ließ mich von Erlebnisduschen berieseln und von Düsen massieren und probierte den Kneipp-Brunnen aus. Danach machte ich es mir im Ruhebereich gemütlich. Außer mir war niemand anwesend, und es dauerte nicht lange, bis mich die Stille einlullte und ich endlich eindöste.

»Wie oft muss ich dir noch sagen, dass du mich in Ruhe lassen sollst?« Eine schrille Stimme riss mich aus dem wohligen Schlaf. Die rothaarige Diva von vorhin saß einige Liegen von mir entfernt, diesmal ohne Kopftuch. Sie hielt das Handy ans linke Ohr gepresst und gestikulierte mit der freien Hand. Wie nervig. Das Handyverbotsschild ignorierte sie lautstark.

»Ich bin dir gar nichts schuldig und ich will mit dir und deinen Geschäften nichts zu tun haben. Ein für alle Mal: Verschwinde aus meinem Leben!«, sprach sie so laut ins Telefon, dass ich jedes Wort verstehen musste. Erbost beendete sie das Gespräch und warf das Handy auf die Liege. Als sie bemerkte, dass ich sie dabei beobachtete, runzelte sie die Stirn. »Ich war wohl zu laut.« Die Untertreibung des Jahrhunderts.

»Entschuldigen Sie bitte. Habe ich Sie geweckt?«

Was für eine Frage bei diesem Geschrei. Innerlich war ich stinksauer, dass sie mich so brutal aus dem Traumland katapultiert hatte. Dennoch schenkte ich ihr ein gnädiges Lächeln. »Das kann ja mal vorkommen.« Wenigstens war sie höflicher als vorhin an der Rezeption und entschuldigte sich für ihr schlechtes Benehmen. Als hätte sie meine Gedanken gelesen, fuhr sie fort: »Es tut mir leid, dass ich mich vorhin an der Rezeption vorgedrängt habe. Aber ich musste rasch in mein Zimmer. Leider gibt es manchmal solche Tage, die einfach nicht rundlaufen, und heute ist so einer für mich. Corinna Ringel«, stellte sie sich vor. Sie reichte mir ihre manikürte Hand. Da würde Karin aber schön schauen, wenn ich ihr das erzählte.

»Ja, ich weiß nur zu gut, was Sie meinen«, lächelte ich und nannte ebenfalls meinen Namen. »Und das lange Sonnenbaden ist auch anstrengend. Ich bin danach immer völlig geschlaucht.«

Corinna Ringel sah mich irritiert an. Offensichtlich verstand sie nicht, warum ich das sagte. »Das kann ich mir vorstellen. Ich vertrage keine starke Sonnenbestrahlung, also bleibt mir zumindest das erspart. Wahrscheinlich würde es mich ohnehin nur langweilen. Da hetze ich lieber von einem Termin zum nächsten. Wenn nur manche Leute nicht so mühsam wären«, seufzte sie und band ihre Haare zurück. Kein Muttermal. Hatten mir meine Augen vorhin auf der Terrasse einen Streich gespielt? Und warum erzählte sie mir, dass sie den ganzen Tag unterwegs gewesen war, wo ich sie doch auf der Sonnenterrasse gesehen hatte. So senil war ich nun auch wieder nicht. Und Karin war meine Zeugin.

»Ich schreibe einen Society-Blog und Artikel fürs Lifestylemagazin PromiZ. Sie haben ja keine Ahnung, wie viele Leute heutzutage meinen, ein Promi zu sein«, fuhr sie fort.

Weder kannte ich den Blog noch das Magazin. Ich muss zugeben, dass ich das Internet nur für Recherchen nutze und auch so gut wie nie zu Illustrierten greife. Ein gutes Buch ist mir allemal lieber, womit ich bei all dem Überangebot an sozialen und unsozialen Medien zur aussterbenden Spezies der Buchleser gehöre.

Als hätte sie meine Gedanken erraten, ergänzte Corinna Ringel: »Das PromiZ-Magazin wird, wie noch viele andere, von meinem Vater herausgegeben, den Blog betreibe ich selbst.«

»Haben Sie vielleicht eine Zwillingsschwester?«, fragte ich unverblümt. Der Widerspruch von vorhin beschäftigte mich noch immer.

Corinna Ringel blickte mich verwundert an. »Eigenartig, dass Sie mich das fragen. Ein Kellner hat heute Morgen eine ähnliche Bemerkung gemacht. Aber nein, nicht, dass ich wüsste. Ich habe keine Geschwister. Auch wenn meinem Vater zuzutrauen wäre, dass er nicht nur meine Mutter beglückt hat.«

Kurz überlegte ich, ob ich ihr erzählen sollte, dass Karin und ich sie auf der Terrasse gesehen hatten. Aber wozu sollte ich mich in die Angelegenheiten anderer Leute einmischen? Seitdem Valerie mir das Buch des österreichischen Benimmpapstes in die Hand gedrückt hatte mit der süffisanten Bemerkung, dass auch ich noch einiges daraus lernen könnte, bemühte ich mich, bei neuen Bekanntschaften zurückhaltender zu sein.

»Ich muss jetzt mein Sportpensum erledigen, aber wenn Sie Lust haben, können wir uns nach dem Abendessen gern auf einen Drink in der Hotelbar treffen. Ich freue mich immer, wenn ich ausnahmsweise einmal auf sympathische Leute treffe.«

Ich nahm die Einladung gern an. Karin würde Augen machen. Corinna Ringel ließ sich in den Pool gleiten, schaltete die Gegenstromanlage ein und schwamm dagegen an. Eine Weile sah ich ihr zu, bis mir die Augen zufielen. Mein Immunsystem war trotz Zaubersalbe und Aspirin-C-Tabletten wohl noch immer angeschlagen. Als ich wieder erwachte, war von Corinna Ringel nichts mehr zu sehen. Wo sie vorhin gesessen war, turtelte nun ein frisch verliebtes Pärchen. Plötzlich war ich mir nicht mehr sicher, ob ich nicht nur alles geträumt hatte. Wer wusste schon, welche Drogen in Karins Salbe drinnen waren?

»Da bist du ja! Und? Hast dich gut erholt?« Karin steuerte auf mich zu und unterbrach meine Grübeleien. Die Massagen hatten ihr noch mehr Energie verliehen, als sie zuvor schon gehabt hatte. Von Tiefenentspannung keine Spur.

»Es ist höchste Zeit, dass wir uns fürs Abendessen fertigmachen. Hopp, hopp, auf geht's!«, trieb sie mich an.

6

Keine halbe Stunde später wurden wir von einer adretten Kellnerin im Dirndl an unseren Tisch geführt. Wir bekamen einen Platz am Fenster und genossen den wunderbaren Ausblick auf den Plabutsch, der neben dem Schöckel der zweite Grazer Hausberg ist. In den 60er-Jahren fuhr ich manchmal am Wochenende mit meinen Eltern mit dem klapprigen Sessellift hinauf. Am Schoß meiner Mutter sitzend. Soviel zu den damaligen Sicherheitsvorkehrungen. Oben machten wir die obligate Wanderung und danach ein Picknick, aßen Fleischlaberl oder Wiener Schnitzel mit Erdäpfelsalat und genossen das Panorama. Anfang der 70er wurde der Lift stillgelegt. Danach versank der Berg im Dornröschenschlaf, aus dem er erst rund 30 Jahre später wieder erwachen sollte.

Karin und ich hatten uns fesch gemacht und stießen mit Schilchersekt auf einen schönen Abend an.

Die Idylle währte allerdings nur so lange, bis unsere Tischnachbarn eintrafen. Ein älteres Ehepaar, Erna und Jens aus dem Ruhrpott. Wie sich bald herausstellte, waren die beiden seit Jahren treue Stammgäste wie viele deutsche Touristen. »Früher sind wir mit unseren Kindern hergekommen, heute genießen wir hier unseren zweiten Frühling. Waren Sie schon im Spa-Bereich?« Ernas Augen sprühten, Jens sah hungrig aus.

Bevor ich antworten konnte, wurde die Vorspeise aufgetragen. Karin und ich hatten uns für die marinierte Hühnerleber auf Vogerlsalat mit Kernöl entschieden. »Guten Appetit allerseits!«, wünschten wir und wollten uns ganz dem lukullischen Genuss widmen. Fehlanzeige.

Erna, eine gebürtige Steirerin, die, wie sie uns verriet, nach wie vor an allem, was ihre Heimat betraf, großes Interesse hatte, überschüttete uns mit noch mehr Wissen über Sehenswürdigkeiten, Brauchtümer und Rezepte der Gegend. Wir bekundeten kein Interesse, doch das brauchte sie nicht, um voll in Fahrt zu kommen. Währenddessen verputze ihr Jens schweigend die Vorspeise – zuerst die auf seinem, dann jene auf Ernas Teller. Kein Wunder, dass die Frau so zierlich und Jens so wohlgenährt war.

»Da schau, da kommt die Ringel!« Erna stieß Jens mit dem Ellbogen in die Seite, dass diesem das Messer aus der Hand fiel und klirrend am Boden landete. Ich bückte mich, um es aufzuheben, und war froh, dass Corinna Ringel mich nicht erblickte. Noch immer war ich nicht sicher, ob ich tatsächlich mit ihr gesprochen hatte, oder ob mir nur meine Träume einen Streich gespielt hatten. Karin hatte ich sicherheitshalber nichts erzählt. Ich war gespannt, ob Corinna Ringel später in der Bar auftauchen würde, wie wir das vereinbart hatten. Wenn sie nicht dort war, würde ich Karins Zaubersalbe nicht mehr verwenden. Sicherheitshalber.

»Jetzt pass doch auf«, keppelte Erna mit Jens. Zu uns gewandt flüsterte sie: »Kaum betritt so eine den Raum, schon fällt den Männern alles runter. Vor allem das Hirn …« Ohne dass wir eine Frage gestellt hatten, begann Erna, uns einzuweihen. Karin hing an ihren Lippen.

»Das ist Corinna Ringel. Jedes Mal, wenn die auftaucht, werden die Mannsbilder unruhig. Zum Glück ist sie für die meisten ohnehin unerreichbar.« Sie machte eine Pause und sah uns verschwörerisch an. Karin, neugierig wie immer, bat sie, weiterzusprechen. »Sie ist steinreich, ihrem Vater gehört das Medienimperium PZ. Was die für Leute kennt … Ich übertreibe nicht, wenn ich sage: Gott und die Welt …«

»Liebling, deine Suppe wird kalt!«, unterbrach Jens Ernas Redefluss. Doch unsere Tischnachbarin dachte nicht daran, zu verstummen. Nach zwei Löffeln schob sie die Suppe von sich und plauderte vergnügt weiter, wobei sie immer näher an Karin heranrückte, die für Klatsch und Tratsch stets ein offenes Ohr hatte. Jens nutzte die Gelegenheit und tauschte die fast volle Suppenschale seiner Frau gegen seine leere aus.

»Aber was nutzt einem das ganze Geld und der Ruhm, wenn es in der Liebe nicht klappt? Ihr Mann, oder besser, ihr Geschiedener soll es faustdick hinter den Ohren haben und in zahlreiche krumme Geschäfte verwickelt sein …« Erna blickte um sich, als erwarte sie, dass die Gäste an den umliegenden Tischen ihr aufmerksam zuhörten. Doch die befanden sich alle im Bann der Rindsrouladen vom Styria Beef in Zweigeltsoße mit Kren-Erdäpfelpüree. Niemand von ihnen kümmerte sich um das Geschwafel der alten Dame.

»Erna, isst du noch auf? Sonst nehme ich deine Roulade. Wir zahlen ja nicht, damit das gute Essen auf dem Müll landet.« Jens der Retter war da und lenkte Erna vom Thema ab. Wie gut, dass der Mann auf seine alten Tage noch immer einen solchen Appetit hatte.

»Lass uns anschließend noch in die Hotelbar gehen«, raunte ich Karin zwischen zwei Bissen zu, ohne dass Erna es hören könnte. Meine Freundin nickte. Bald würde sich herausstellen, ob Corinna Ringel dort auf mich wartete oder nicht.

7

Als wir die Hotelbar betraten, saß Corinna Ringel auf einem der Barhocker, nippte an ihrem Cocktail und starrte gedankenverloren in das riesige Aquarium hinter der Bar. Ich ging geradewegs auf sie zu. Karin zupfte mich an der Bluse. »Was tust du?«

Ich ging unbeirrt weiter. Jetzt oder nie.

»Guten Abend, Frau Ringel«, sagte ich, als ich vor ihr stand. Sie blickte hoch. »Ach wie nett, dass Sie mir Gesellschaft leisten, Frau Kaiser. Und Ihre Freundin … oh, kennen wir uns nicht von irgendwoher?«

Karin starrte sie an und ähnelte ein bisschen den Fischen im Aquarium, die die Münder auf und zu klappten. »Von einer Vernissage …«, stammelte meine Freundin perplex.

»Ja richtig, wir kennen uns aus Wien. Sie arbeiten doch im Personaldienstleistungsbereich, wenn ich mich richtig erinnere? Was ist Österreich doch für ein Dorf. Sehr schön, dass wir uns so bald wiedersehen. Wer weiß, vielleicht muss ich mich demnächst für einen neuen Job an Sie wenden.« Corinna Ringel lächelte und klopfte demonstrativ auf die freien Barhocker neben sich. »Nehmen Sie doch bitte Platz.«

Wenn ich mich nicht täuschte, hatte sie bereits einen schweren Zungenschlag.

Karin starrte abwechselnd sie und mich entgeistert an.

»Das ist sie«, raunte sie mir zu.

»Ich weiß.«

»Aber am Nachmittag … Ich hätte schwören können …« Karin war verwirrt.

»Was darf es für Sie sein?«, fragte der Barmann.

»Für mich noch so einen köstlichen Cocktail«, bestellte Corinna Ringel.

»Eine Steirer-Colada«, erwiderte der Barmann und goss Amaretto, Absolut Vanilia und Apfelsaft in ein Glas.

Karin und ich blieben beim Schilchersekt.

»Mir geht noch immer nicht aus dem Kopf, was Sie mit der Sonnenterrasse gemeint haben …« Corinna Ringel sah mich an. Karin ebenso.

»Wir sind heute oben gesessen und haben Sie dort mit zwei Männern gesehen«, erklärte ich.

Corinna Ringel lachte auf. »Ich? Auf der Sonnenterrasse? Mit zwei Männern? Niemals! Das letzte Mal, dass ich ein Sonnenbad genommen habe, war vor 20 Jahren in Italien. Ich bekam damals einen so heftigen Hautausschlag, dass sie mir Antibiotika spritzen mussten. Ich war 16 und bin in den Schulferien mit dem Rucksack durch Europa getrampt. Eine Protestaktion, um meinen Eltern zu beweisen, dass ich auf ihr Geld nicht angewiesen war. Ging dann leider in die Hose, nicht nur wegen der Sonnenallergie. Nach zwei Wochen ist mir das Geld, das für einen Monat reichen sollte, ausgegangen, und mein Vater übernahm wieder einmal seine Lebens- und Lieblingsrolle als Erretter der Welt und im Besonderen seiner hilfsbedürftigen Tochter.« Ein verächtlicher Zug um ihren Mund ließ kein Missverständnis aufkommen, dass sie ihrem Vater dafür kein bisschen dankbar war.

Karin stupste mich an, ihr triumphierender Gesichtsausdruck sagte alles. »Aber wenn das nicht Sie waren, wer war es dann?«, fragte sie.

»Das fragen Sie mich? Keine Ahnung. Jetzt versteh ich auch, warum Sie mich nach einer Zwillingsschwester gefragt haben.« Sie grinste. »Vielleicht hab ich eine Doppelgängerin? Angeblich haben wir ja alle irgendwo auf der Welt jemanden, der uns zum Verwechseln ähnlich sieht. Oder vielleicht hab ich einen Fan, der sich so herrichtet wie ich. Sie haben ja keine Ahnung, was den Leuten so alles einfällt. Einmal hat sich eine die gleiche Brille, wie ich sie trage, und eine Perücke mit meinem Schnitt und meiner Haarfarbe aufgesetzt und wollte sich ins Redaktionsgebäude einschleichen. Das war vielleicht ein Wirbel.« Ein Lächeln huschte über ihr Gesicht.

»Aber ehrlich gesagt habe ich im Moment andere Sorgen.«

»Mit Ihrem Exmann?«, platzte Karin heraus.

Ringel blickte sie überrascht an. »Woher wissen denn Sie von meinem Exmann? Darüber habe ich Ihnen sicher nichts bei der Vernissage erzählt.«

Gern hätte ich sie aufgeklärt, dass das schon die Spatzen von den Dächern pfiffen, oder wie in unserem Fall ein uns völlig unbekanntes Ehepaar, mit dem wir zufällig am Tisch gesessen waren. Aber dann erinnerte ich mich ans gute Benehmen und behielt die Informationen, die wir über ihre Scheidung erfahren hatten, für mich.

»Sie dürfen nicht alles glauben, was die Leute so reden. Ich als Society-Reporterin weiß das am besten«, lachte sie. »Aber die meisten sind ja komplett bescheuert. Denen ist alles recht, um ihr langweiliges Dasein zu vergessen«, wiegelte sie ab. »Und die Leute hier treiben mich sowieso … in den Wahnsinn.« Dabei machte sie eine ausladende Armbewegung, die den ganzen Raum und wahrscheinlich Graz und Umgebung, ja vielleicht sogar ganz Österreich mit einschloss. Dann kramte sie schwerfällig in ihrer Tasche herum. Zweifel, dass sie betrunken war, hatte ich nun keine mehr. Endlich zog sie seufzend einen Briefumschlag hervor.

»Ich muss mit Ihnen sprechen«, wandte sie sich an mich. Die Worte kamen schwer über ihre Lippen. »Ich weiß auch nicht, aber bei Ihnen hatte ich von Anfang an das Gefühl, … dass ich Ihnen vertrauen kann.« Sie lächelte mich an. »Sie … Sie sind so anders als die meisten Leute, die ich kenne … vielleicht liegt es an Ihren schönen braunen Augen …«

Ich war nicht sicher, was ich von dieser unerwarteten Vertrauensbekundung halten sollte. War die Frau etwa lesbisch? Der Kellner stellte eine weitere Steirer-Colada auf den Tresen.

Corinna Ringel gelang es endlich, den Inhalt des Kuverts herauszuziehen. Sie faltete die Blätter auseinander, strich sie mit der Handfläche glatt, und ich wähnte mich wie im falschen Film. Auf den Papieren waren doch tatsächlich ausgeschnittene Buchstaben aus Zeitungen geklebt. Wie schräg.

»Jaja … Sie sehen schon richtig. So etwas gibt es tatsächlich … sind alles Drohbriefe. Da schauen Sie her … Da steht: Schleich dich, Miststück! … Oder hier: Hau ab, Schlampe! … Die Leute können so gemein sein.« Sie nahm einen Schluck vom neuen Cocktail. Karin hatte es die Sprache verschlagen.

»Waren Sie schon bei der Polizei?«, war meine erste Reaktion.

»Sind Sie verrückt?«, flüsterte Corinna Ringel, zog den Kopf ein und sah sich erschrocken um. Aber nicht einmal der Barmann schenkte uns Beachtung. »Wenn ich hier zur Polizei gehe, dann passiert … gar nichts!«

Ich mag keine Betrunkenen. Weil sie sich meist von der Welt schlecht behandelt fühlen, alles zigmal wiederholen und langsam im Denken sind. Ganz zu schweigen von jenen Subjekten, die aggressiv oder depressiv werden. Corinna Ringel gehörte zu denjenigen, die jammerten und besonders vertrauensselig wurden, und das war kaum minder lästig. Sie rückte so nahe an uns heran, dass ich ihre Fahne riechen konnte, und weihte mich weiter ein: »Ich bin nicht beliebt … keiner mag mich … aber was kann ich dafür? Ich mach doch nur meine Arbeit. Ich schreib Society-Geschichten, und da lebe ich halt von Klatsch und Tratsch. Ich kann doch nichts dafür … dass ich hin und wieder den Finger in Wunden lege. Das ist mein Job … und manchmal schreibe ich halt auch über Sachen, die manche lieber unter den Teppich kehren und dort lassen würden …«

»Aber es zwingt Sie doch keiner, etwas Kompromittierendes zu veröffentlichen. Die Entscheidung, ob Sie das tun oder nicht, treffen Sie ganz allein«, mischte sich Karin ein und sprach aus, was ich dachte. Corinna Ringels vermeintliche Leidensgeschichte langweilte mich.

Sie fuhr fort, ohne auf Karins Einwand einzugehen. »Es ist wie ein Wespennest, in das man sticht«, erklärte sie. »Kaum hat man einmal begonnen, kommt eins oder einer zum anderen. Und ich gebe zu, es macht mir auch riesigen Spaß, die Leute zu verarschen.« Dann zählte sie etliche Personen auf, mit denen sie es sich mit ihrer

Berichterstattung verscherzt hatte. Die Liste jener, die einen guten Grund hatten, die Society-Reporterin nicht zu mögen, war lang. »Und wissen Sie, so füllen sich die Seiten über Gastronomen, die abgelaufene Lebensmittel und Gammelfleisch verwenden und als teure Nouvelle Cuisine auf den Tisch bringen, oder mit Bettgeschichten von Hinz und Kunz. Nicht zu sprechen von diesen vielen Wichtigmachern, die sich als Künstler bezeichnen. Ich frage Sie, so jemanden muss man doch zum Gaudium der sensationsgierigen Leserschaft ins Rampenlicht zerren, meinen Sie nicht auch? Die fordern es ja geradezu heraus, dass man sie mit Hohn und Spott überhäuft.«

Ich bekam langsam das Gefühl, dass Corinna Ringel niemanden ausließ. Sie erzählte, dass sie sich auch mit den Leuten aus der Umgebung, darunter Politiker, Bauern und Handwerker, angelegt hatte und nicht einmal vor dem Lieben Gott und seinen Stellvertretern auf Erden haltmachte. Mit vier Cocktails intus war Corinna Ringel schon lange niemand mehr, in dessen Nähe ich mich befinden wollte. Wer wusste schon, welche haarsträubenden Unwahrheiten sie in einem ihrer nächsten Artikel über uns erfand? Höchste Zeit, ihrem Dunstkreis zu entkommen.

Aber ich hatte meine Rechnung ohne Karins Neugier gemacht: »Haben Sie eine Ahnung, wer Ihnen diese Drohbriefe geschickt hat?«

Corinna Ringel schüttelte den Kopf. »Sie wurden mir alle in der Nacht hier im Hotel unter der Tür durchgeschoben. Niemand wurde dabei beobachtet. Wenn Sie mich fragen, dann stecken die hier alle unter einer

Decke … eine Krähe hackt der anderen kein Auge aus«, fuhr sie mit ihren Anschuldigungen fort.

»In diesem Fall haben wohl Sie den Anfang gemacht«, konterte Karin. »Warum kommen Sie überhaupt her, wenn Sie hier keinen mögen?«

Corinna Ringel machte einen Schluck und zuckte mit den Schultern. »Es gefällt mir in Graz … es ist so ein nettes, überschaubares Städtchen. Hier konnte ich bisher gut vom Wiener Großstadttrubel abschalten. Überhaupt in diesem Wellnesstempel. Da dreh ich meine Runden im Schwimmbad, entspanne mich im Kräuterdampfbad und im Whirlpool, genieße die fantastische steirische Küche und schlafe tief und fest.«

Und saufe wie ein Loch, ergänzte ich insgeheim.

»Wenn ich keine Termine habe, dann mache ich Wanderungen oder fahr in die Umgebung. Sind Sie schon mal die Steirische Schlösserstraße entlang gefahren? Oder die Apfelstraße? Oder die Schilcherstraße? Wissen Sie eigentlich, dass Schilcher von schillernd kommt? Und dann die Thermen und Naturparks in der Umgebung. Ach, ich habe wirklich nicht damit gerechnet, dass die Situation ausgerechnet hier so … eskaliert …«

»Aber wenn Sie so gern hier sind, warum zerstören Sie sich dann das schöne Leben, indem Sie sich mit den Leuten anlegen?«, konnte ich mich nicht länger zurückhalten. Gutes Benehmen hin oder her.

Corinna Ringel zuckte mit den Schultern. »Ich weiß nicht. Wahrscheinlich liegt es an meiner Kindheit … an meinem Vater«, setzte sie mit ihrer Mitleidstour fort. »Nein, das ist natürlich Blödsinn. Ich hab keine Ahnung. Es macht mir eben Spaß, Leute aus der Reserve zu locken, so lange zu sticheln, bis sie wütend werden und mir Dinge an den Kopf werfen, die sie besser nie gesagt hätten.« Ein boshaftes Lächeln huschte über ihr Gesicht. Je mehr ich von Corinna Ringel erfuhr, umso unwohler fühlte ich mich in ihrer Gesellschaft. Wenn Alkoholisierte die Wahrheit sprachen, erst recht.

»Sie müssen mir helfen!« Corinna Ringel packte plötzlich meinen Arm. »Heute sind es Drohbriefe, morgen eine Entführung oder gar Mord«, wimmerte sie. »Ich habe Angst … furchtbare Angst, dass mir in nächster Zeit etwas Schlimmes zustoßen könnte. Falls mir was passiert, müssen Sie mir versprechen, dass Sie alles daran setzen werden, die Angelegenheit aufzuklären.« Bei diesen Worten blickte sie einmal zu mir, dann zu Karin. »Und gehen Sie ja nicht zur Polizei. Die haben keine Ahnung«, beschwor sie uns.

Karin und ich wechselten Blicke. Karin zog die linke Augenbraue hoch, was bei ihr ein untrügliches Zeichen für Skepsis war. Mit dem Zeigefinger kratzte sie sich an der Schläfe, um mir mitzuteilen, dass sie Corinna Ringel für komplett verrückt hielt. Die bekam von all dem nichts mit, starrte nur entrückt ins Aquarium und wiederholte: »Die haben keine Ahnung …« Noch immer umklammerte sie meinen Arm.

Wovon faselte die Frau? Litt sie bereits an Halluzinationen? Verfolgungswahn hatte sie schon. Es war für uns höchste Zeit, uns zurückzuziehen. Ich machte eine Kopfbewegung, die Karin »lass uns abhauen« signalisieren sollte, und hoffte, dass sie mich verstand.

»Bitte zahlen«, wandte sie sich an den Kellner.

In diesem Moment betrat ein schlanker Mann die Bar und sah sich um. »Der da, das ist auch so einer. Matthias Kapeller heißt der. Merken Sie sich den Namen! Wenn mir was zustößt, dann müssen Sie sich an seine Fersen heften.« Corinna Ringel war aus ihrer Lethargie erwacht und versuchte, die Drohbriefe wieder ins Kuvert zu stecken, was ihr erst nach mehreren Versuchen gelang.

»Hallo, Schatz.« Der Mann kam an die Bar, küsste Corinna auf die Wange und nickte uns freundlich zu.

Corinna machte keine Anstalten, uns vorzustellen. Stattdessen starrte sie mich an. »Sie dürfen nichts und niemandem glauben. Das sind alles nur Lügengeschichten. Glauben Sie mir, auch wenn ich ein bisschen zu viel getrunken habe«, raunte sie mir verschwörerisch ins Ohr, erhob sich und verließ wankend den Tisch. Der Mann deutete eine leichte Verbeugung an, bevor er ihr folgte.

»Ein bisschen zu viel getrunken? Das ist die Untertreibung des Jahres.« Karin schüttelte den Kopf. »Was sollen wir von all dem halten?«

Ich zuckte mit den Schultern. »Ich rätsle auch schon die längste Zeit, ob die Frau nur paranoid ist, weil sie unter chronischer Alkoholsucht leidet, oder …«

»… ob sie tatsächlich bedroht und verfolgt wird, wie sie es uns weismachen will«, beendete Karin meinen Satz. »Auf jeden Fall war das ein schräger Abend.«

»Wenn ich ehrlich bin, will ich mich nicht weiter damit befassen, sondern lieber unseren Kurzurlaub genießen«, stellte ich fest und trank aus.

Karin gähnte. »Lass uns schlafen gehen. Morgen ist ein besonderer Tag …«

»Und ganz sicher einer ohne Corinna Ringel«, ergänzte ich und meinte damit, dass wir ihr für den Rest unseres Aufenthalts tunlichst aus dem Weg gehen würden. Ich sollte recht behalten. Auch wenn alles anders kam, als ich es mir vorgestellt hatte.

Als ich in der Handtasche nach meinem Handy kramte, entdeckte ich das Kuvert. Ich war offenbar so von diesem Matthias Kapeller abgelenkt gewesen, dass ich nicht bemerkt hatte, dass Corinna Ringel die Drohbriefe statt in ihre in meine Tasche gesteckt hatte. Ob aus Versehen, weil sie sternhagelvoll war, oder absichtlich, war mir nicht klar. Was für eine Dramaqueen – verrückt und vor allem anstrengend, dachte ich. Als wäre sie nie der Pubertät entwachsen. Und mit diesem Thema kannte ich mich wahrlich aus.

Es war kurz vor Mitternacht, als ich aus der Dusche kam. 5860 Schritte hatte ich heute gemacht. Kein Wunder, dass es nicht mehr waren, wo ich die meiste Zeit liegend oder sitzend verbracht hatte. Im Fernsehen spielte es auf allen Kanälen nur Mist. Ich setzte mich auf den Balkon und sog die Stille der Nacht in mich auf. Das Hotel lag ein wenig abseits des Zentrums und entsprechend ruhig. Schade, dass Thomas nicht da war. Ich holte mein Handy, setzte mich wieder draußen hin und wählte seine Nummer. Wenn er schon nicht bei mir war, so wollte ich zumindest seine Stimme hören. Faxromantik hin oder her. Im Senegal war es jetzt 22 Uhr. Aber ich erreichte ihn nicht. Eigenartig, dass sein Mobiltelefon abgeschaltet war. Ich probierte es noch zwei weitere Male ohne Erfolg. Enttäuscht blieb ich noch eine Weile sitzen. Vielleicht rief er mich zurück. Aber es klingelte nicht. Schließlich gab ich es auf und ging zu Bett. Einmal mehr musste ich ungeküsst schlafen gehen.

2. KAPITEL

Freitag

I

Das Klingeln des Hoteltelefons riss mich aus meinem Traum. Ich hob den Hörer ab. »Thomas?«, fragte ich schlaftrunken. Niemand meldete sich. Eigenartig, dass er mich nicht am Handy anrief. »Thomas? Liebling?« Ich tastete am Nachttisch nach meiner Brille und setzte sie auf. Mein Mann war es nicht. Das Display zeigte die Nummer 203 an, die Zimmernummer von Corinna Ringel. Nicht einmal um halb zwei in der Nacht gab die Verrückte Ruhe. Ich hörte Schnaufen, dann ein dumpfes Geräusch, als wäre ein Gegenstand auf den Boden gefallen.

»Hallo? Wer ist da? Corinna, sind Sie das?« Mit einem Schlag war ich hellwach. Niemand meldete sich, gleich darauf hörte ich das Besetztzeichen. Jemand hatte den Telefonhörer aufgelegt. Wahrscheinlich hatte sich Corinna Ringel nur in den Tasten geirrt, so betrunken, wie sie war. Mit dieser Frau hatte ich mir einen Nagel eingetreten, das stand fest. Ich versuchte, wieder einzuschlafen, doch wie so oft in schlaflosen Nächten schossen mir nun alle möglichen unsinnigen Gedanken durch den Kopf und wurden zu monströsen Problemen, die mir den Schlaf raubten. Corinna Ringels Erzählungen und die Drohbriefe fielen mir ein und ließen mir keine Ruhe mehr. Das schlechte Gewissen quälte mich, weil ich sie nicht ernst genommen hatte. Was, wenn doch etwas an ihren Ängsten und Verschwörungstheorien dran war, sie sich tatsächlich in Gefahr befand und ich es nun verabsäumte, ihr zu helfen? Ich musste mich vergewissern, dass mit ihr alles in Ordnung war. Also streifte ich mir meine Jeans und einen Sweater über und schlüpfte in die Turnschuhe. Wo war nur wieder mein Handy? Nachdem ich es nirgends entdecken konnte, gab ich die Suche auf und lief die Treppe hinunter ins untere Stockwerk. Corinna Ringels Zimmer lag am Ende des Flurs. Als ich anklopfte, bemerkte ich, dass die Tür nur angelehnt war.

»Hallo, Corinna? Sind Sie da?« Vorsichtig betrat ich den Vorraum der Suite. Hier war alles viel geräumiger als in meinem Zimmer.

»Corinna? Alles in Ordnung?« Keine Antwort. Ich ging weiter in den dunklen Wohnraum, in den nur das Licht vom Hotelgang fiel. Jemand lag auf dem Boden. »Corinna? Um Gottes willen! Was ist mit Ihnen?« Ich beugte mich über die leblose Gestalt und sah die Blutlache auf dem Parkett, die sich um Corinnas Kopf gebildet hatte. Mehr Zeit blieb mir nicht, um mich umzuschauen. Draußen hielt der Lift an, und die Tür öffnete sich. Schritte kamen näher. Ich saß in der Falle. Hektisch sah ich mich nach einem Versteck um. Ich konnte auf den Balkon hinaus. Und dann? Falls dort jemand nachschaute, würde er mich sofort entdecken. Blitzschnell öffnete ich den Wandschrank und schlüpfte hinein. Sekunden später kauerte ich im Schrank, zwischen einem Hosenanzug und jeder Menge getragener Sportklamotten, deren scharfer Geruch in meine Nase stieg. Obwohl ich ohnehin kaum zu atmen wagte aus Angst, man könnte mich entdecken. Mein Herz raste. Ich wollte nicht das gleiche Schicksal wie Corinna Ringel erleiden. Mit dem heutigen Tag war ich ein halbes Jahrhundert alt, aber ich fühlte mich definitiv zu jung zum Sterben. Dass die Frau keines natürlichen Todes gestorben war, erschien mir ebenso sicher wie meine Vermutung, dass jemand nachgeholfen hatte.

»Wir müssen sie schnellstens von hier wegschaffen«, vernahm ich Sekunden später eine Männerstimme. »Hier ist alles aus dem Ruder gelaufen.«

»Jetzt zuck nicht aus. Kümmer dich lieber ums Auto«, fuhr ihn der andere an.

Dann telefonierte einer der beiden Männer. Was er sagte, konnte ich nicht verstehen, weil gleichzeitig irgendetwas laut raschelte. Für mich klang es nach einer Plastikplane. Die Vorstellung, dass einer der Männer die Schranktür öffnen und mich darin erblicken könnte, schnürte mir die Kehle zu. Bestimmt hatten sie noch genug Folie da, um auch mich luftdicht zu einem Packerl zu verschnüren. Happy Birthday, Helene! Doch die beiden hatten anderes zu tun, als mit mir meinen 50. Geburtstag zu feiern. Was immer sie jetzt taten, sie schnauften dabei vor Anstrengung.

»Alles erledigt, ich bin hier fertig«, sagte einer der beiden nach einer Weile, die mir wie eine Ewigkeit vorkam.

»Gut. Das Auto steht am Hintereingang. Hast du

geprüft, ob es unversperrt ist? Okay. Passt. Ist noch wer vom Personal da oder laufen noch Gäste herum? Wir brauchen keine Zeugen«, vernahm ich den Telefonierer. Nach einer kurzen Gesprächspause hörte ich ihn wieder. »Gut. Um den Nachtportier mach ich mir keine Sorgen. Der sitzt sicher im Hinterzimmer und sieht fern. Wahrscheinlich schläft er eh schon. Komm rauf und hilf uns, sie abzutransportieren. Ich habe keine Lust, länger als nötig hierzubleiben.«

Bildete ich mir das ein oder hatte ich seine Stimme schon irgendwo gehört? Einen Moment lang herrschte wieder Stille, dann fuhr er fort: »Ja klar, mit Gisela ist alles abgeklärt. Sie weiß Bescheid und ist gleich da. Wir sind alles bis ins kleinste Detail durchgegangen. Wir haben uns darauf geeinigt, dass sie an einer schweren Angina leidet. Jetzt beeil dich.«

Gisela, Angina? Ich verstand nur Bahnhof. Aber vielleicht konnte ich nicht mehr klar denken, weil die Angst, entdeckt zu werden, und der Gestank im Schrank meine Gehirntätigkeit lähmte. Dann hörte ich, wie eine dritte Person den Raum betrat. »Gehen wir's an.«

Eine Weile sagte niemand etwas. Nur die Plastikplane raschelte wieder. Ich hielt mir die Nase zu. Nur nicht niesen, dachte ich.

»Was machen wir mit dem ganzen Zeug im Kasten?«

Mir blieb das Herz stehen. Wenn die Männer den Kasten öffneten und mich entdeckten, war ich geliefert. Warum hatte ich nicht mein Handy länger gesucht und es mitgenommen? Andererseits, was hätte es mir in diesem Moment genutzt? So leise hätte ich nicht flüstern können, dass mich einerseits der Helfer vom Notruf verstand, ich aber andererseits von den Männern unentdeckt geblieben wäre.

»Das erledigen wir später. Jetzt schauen wir, dass wir die Leiche fortschaffen.«

»Okay, gute Idee. Gehen wir.«

Ich atmete auf und nahm mir fest vor, bei nächster Gelegenheit in der Franziskanerkirche eine Kerze anzuzünden.

Erst als ich eine Weile nichts mehr gehört hatte, wagte ich, die Schranktür zu öffnen. Vorsichtig kroch ich aus meinem Versteck und schnappte nach Luft. Gefühlsmäßig war ich ewig und drei Tage im Schrank gesessen und fühlte mich entsprechend gerädert. Meine Gliedmaßen schmerzten und mein Herz klopfte noch immer bis zum Hals. Ich fühlte mich definitiv zu alt für solche Aktionen. Blieb zu hoffen, dass ich den Männern nicht in die offenen Arme rannte, wenn sie zurückkehrten, um die Habseligkeiten von Corinna Ringel zu holen und das Licht zu löschen. Im Zimmer deutete fast nichts mehr darauf hin, dass hier bis vor Kurzem eine Tote gelegen war. Nur die Ränder des Blutflecks waren noch zu sehen. Sämtliche Habseligkeiten, die zuvor herumgestanden und gelegen waren, hatten die Männer in den beiden Koffern verstaut, die geöffnet auf dem Bett lagen. Zum Glück waren sie noch nicht auf die Idee gekommen, auch die Kleidungsstücke im Schrank einzupacken.

Ich lugte bei der Tür hinaus auf den Hotelflur. Weit und breit war niemand zu sehen. So leise wie möglich hastete ich ins obere Stockwerk zu meinem Zimmer. Keine Sekunde zu früh. Schon hörte ich, wie sich der Aufzug in Bewegung setzte und sich gleich darauf im

Stock unter mir die Lifttür öffnete. Ich rettete mich in mein Zimmer und verriegelte die Tür. Was sollte ich jetzt tun? Der Schock saß mir tief in den Knochen, ich konnte noch immer nicht klar denken. Wie lautete noch mal die Nummer des Polizeinotrufs? 122 oder 133 oder 144? Warum fiel mir das gerade jetzt nicht ein? Wie war das mit den Eselsbrücken – der 4er war ein Sessel. Und wer schleppte den? Die Rettung, oder etwa nicht? Ich hatte ein Blackout und für solche Situationen definitiv kein Notfallprogramm. Wer rechnete schon damit, mitten in der Nacht auf eine Leiche zu stoßen? Oder überhaupt irgendwann. Mit zitternden Händen durchwühlte ich meine Jacken und den Koffer, sah im Bad nach, konnte aber nirgends mein vermaledeites Handy entdecken. Ich musste schnell handeln, bevor die Männer alle Spuren samt Corinna Ringel beseitigt hatten und verschwanden. Vom Zimmertelefon rief ich Karin an, aber sie hob nicht ab. Dann probierte ich es beim Hotelportier, doch auch dort meldete sich niemand. »Verdammt, jetzt heb doch ab, du Wappler«, entkam es mir. Wo waren die denn alle, wenn man sie brauchte? Dann kam mir in den Sinn, dass er vielleicht auch schon mit eingeschlagenem Schädel unter dem Schreibtisch lag. Sofort bedauerte ich meine Unhöflichkeit. Ich trat erneut auf den Flur. Nichts war zu hören. Wahrscheinlich waren die Männer noch im Zimmer, um die letzten Spuren des Mordes zu beseitigen. Nun musste ich mich beeilen. »Der Lift ist zu laut, den hören sie vielleicht«, murmelte ich. Die Typen sollten auf keinen Fall Verdacht schöpfen. Also lief ich die drei Stockwerke über die Treppen hinunter. Die Rezeption war leer, vom Nachtportier keine

Spur. Ich huschte weiter zum Ausgang. Durch die Glasscheibe erspähte ich die Umrisse eines hellgrünen Kastenwagens. Das Nummernschild konnte ich nicht erkennen. Der Lift setzte sich erneut in Bewegung. Wenn das die Männer waren, würden sie gleich aussteigen und mich sehen. Wer sollte um diese Uhrzeit sonst mit dem Hotellift auf und ab fahren? Mein Bedürfnis, ihnen zu begegnen, war gleich Null, aber von hier gab es für mich keinen Ausweg, ohne dass ich am Lift vorbeimusste. Ich presste mich an die Seite eines wuchtigen bemalten Bauernschranks. Das schöne Stück und die spärliche Nachtbeleuchtung waren meine Rettung. Die Männer marschierten mit Corinnas Koffern an mir vorbei, ohne mich zu bemerken, und verließen das Hotel. Ich hörte den Motor starten und das Auto mit seiner brisanten Ladung davonfahren. Erschöpft sackte ich hinter dem Schrank zusammen und stieß einen Seufzer aus. Das war verdammt knapp gewesen.

»Was tun denn Sie da?« Ein Lichtstrahl traf mich. Der Nachtportier pflanzte sich vor mir auf. *Gott sei Dank*, dachte ich. Wir beide leben noch.

2

»Gut, dass Sie endlich da sind!« Ich richtete mich auf und massierte die schmerzenden Glieder. »Zwei Männer haben eine Frau ermordet und gerade die Leiche beseitigt. Bitte rufen Sie sofort die Polizei«, kommandierte ich.

Der füllige Mann mit dem grauen Bürstenhaarschnitt sah mich verdutzt an.

»Ham S' zu viel übern Durst getrunken? Oder sind S' etwa eing'raucht?«, fragte er im stoasteirischen Dialekt.

Okay, der Nachtportier hatte recht. Was ich ihm mitteilte, klang ein wenig übertrieben. Aber was sollte ich sonst sagen, wenn es nun mal so war? Dass er mich für betrunken hielt, ärgerte mich. Führte ich mich etwa auf, als hätte ich zu tief ins Glas geschaut oder Drogen zu mir genommen? Wenn man davon absah, dass ich in der Dunkelheit hinter einem Kasten kauerte und ihm von einem Mord erzählte. »Könnten Sie bitte mit Ihrer Taschenlampe nicht mein Gesicht anleuchten?«, bat ich ihn. »Und könnten Sie bitte mit mir mitkommen, damit ich Ihnen etwas zeigen kann?«

Ich wollte ihn zu Corinnas Suite führen und ihm dort den Sachverhalt in Ruhe erklären. Dann würde er mich ernst nehmen und die Polizei verständigen.

»Wiaso sollt i mitkummen? San S' net bös, aber i bin zum Arbeiten da und net, damit i die Gäst' noch nach Mitternacht im Haus spazieren führ'.«

Es dauerte eine Weile, bis ich verstand, was er sagte. Nämlich, dass er kein Interesse daran hatte, mich zum Zimmer der Ermordeten zu begleiten. Ich war zwar gebürtige Grazerin und als solche auch eine waschechte Steirerin. Um den steirischen Dialekt zu verstehen, fehlte es mir jedoch an Übung.

»Bitte, Herr … Nachtportier … Ich muss Ihnen das Zimmer der Ermordeten zeigen«, insistierte ich und bedauerte, dass Karin nicht hier war. Meine wortgewandte Freundin hatte die Begabung, andere Leute nach ihrer Pfeife tanzen zu lassen, ohne dass es ihnen auffiel. Aber Karin tat wohl gerade das, was der Nachtportier von mir erwartete: »Ich bitt' Sie, gehen S' jetzt endlich in Eana Zimmer liegn.«

Ich dachte nicht daran. »Wenn Sie jetzt nicht sofort mit mir mitkommen, beschwere ich mich morgen beim Direktor über Sie und überschütte das Hotel mit miesen Bewertungen im Internet.«

Der Nachtportier sah mich an, strich über seinen Kopf und schien zu überlegen, was er tun sollte. »Is guat. I geh mit Eana aufi, oba dann is' Schluss.«

Als wir vor Zimmer 203 standen, schüttelte der Nachtportier den Kopf. »Des is die Suite von der Corinna Ringel. Die hat gestern Abend alles bezahlt und g'sagt, dass sie irgendwann in der Nacht, auf jeden Fall noch vorm Frühstück abfahr'n will. I hob' mir glei denkt, dass Sie si' irren.«

Doch ich ließ nicht locker. »Ich bitte Sie, kommen Sie mit. Ich zeige Ihnen einen Blutfleck, dann werden Sie mir glauben.«

»Wollen S' mir sag'n, dass Sie bereits ohne Befugnis das Zimmer betreten ham?«, polterte der Nachtportier. »Wo kommen wir denn da hin, wann die Gäst' mir nix dir nix bei den anderen reinspazier'n?«

»Aber Frau Ringel hat bei mir angerufen ...«

»Und Sie zu sich eing'laden?«

»Das nicht direkt. Eigentlich sagte sie gar nichts.« Kein Wunder, dass der Mann mich nicht für voll nahm. Die Geschichte klang mittlerweile auch in meinen Ohren abstrus.

»Ich nehme an, dass sie mich alarmieren wollte, aber

ich hörte nur, wie etwas oder jemand auf den Boden fiel. Ich war sicher, dass es sich um Frau Ringel handelte, und ging nachschauen. Die Tür war nur angelehnt, also bin ich hinein. Da lag sie. Tot in einer Blutlache. Ich hab mich im Schrank versteckt, als ich zwei Männer kommen hörte. Die haben sie, den Geräuschen nach zu urteilen, in Plastik gewickelt und abtransportiert. Mit einem hellgrünen Kastenwagen, der am Hotelausgang stand. Bitte, Sie müssen mir glauben! Warum sollte ich so etwas Verrücktes erfinden?«

Der Nachtportier blickte mich abschätzig an, als würde er mich für paranoid halten. »Vielleicht haben S' schlecht geträumt? Haben S' vorm Einschlafen einen Krimi im Fernsehen ang'schaut oder einen g'lesen? Das Beste wird sein, wenn Sie jetzt wieder in Eana Zimmer gehn, sich beruhig'n und sich für den Rest der Nacht aufs Ohr hau'n.«

»Nein, nein und nochmals nein!«, fauchte ich verärgert. »Weder habe ich geträumt noch habe ich einen Krimi gesehen oder gelesen. Ich denke nicht daran, nach all dem, was ich erlebt habe, schlafen zu gehen und so zu tun, als wäre nichts passiert! Wenn Sie es nicht der Mühe wert finden, bei der Polizei anzurufen, dann werde ich es eben selbst machen.« Wenn mir nur endlich die Nummer einfiele.

»I bitt' Sie, Sie haben doch kane Beweise für irgendeine Ihrer Behauptungen. Sogar wenn die Frau Ringel net mehr in ihr'm Zimmer is, wär des ka Grund zur Sorge. Sie hat am Abend alle Rechnungen bezahlt und g'sagt, dass sie zeitig in der Früh abreis'n wird. Und mia is in der Nacht a nix Verdächtiges aufg'fallen. Zumindest bis zu dem Zeitpunkt, bis i Sie hinterm Schrank aufg'spürt hab …«

»Das glaube ich jetzt nicht!«, wetterte ich. »Ich bin Augenzeugin eines Verbrechens, und Sie wollen nicht einmal im Zimmer nachsehen, ob es Spuren gibt, und die Polizei informieren?«

»Also wann es Sie beruhigt und Sie dann besser schlaf'n können, schau ma halt nach«, gab sich der Nachtportier geschlagen. »I mach da hier an guten Job. Und wann sich a Gast um an anderen Sorgen macht, dann geh' i dem natürlich nach.«

Der beleibte Mann klopfte zu meiner Verwunderung an die Tür. Wer bitte sollte ihm öffnen? Der Heilige Geist?

»Ja bitte?«, ertönte von drinnen eine krächzende Frauenstimme. Ich erstarrte.

»Na super, jetzt hab i wegen Eana an Gast aufg'weckt. Wann die mir jetzt nur kan Ärger macht«, jammerte der Nachtportier.

»Das kann aber nicht die Ringel sein«, flüsterte ich. »Die ist tot, das habe ich mit eigenen Augen gesehen.«

In dem Moment wurde die Tür geöffnet, und Corinna Ringel stand im Rahmen. In einem fliederfarbenen Negligé, ihre Schlafmaske hinaufgeschoben.

»Ich hoffe, Sie haben einen guten Grund, dass Sie mich aus dem Schlaf reißen«, flüsterte sie verärgert.

Was hatte einer der Männer gesagt, während ich im Schrank saß? Mit Gisela sei alles abgeklärt, sie würde gleich kommen und sie hätten sich darauf geeinigt, dass sie an einer schweren Angina litt. Also das war Gisela alias Corinna Ringel! Eine gewiefte Doppelgängerin, die ihre Stimme gekonnt durch eine vorgetäuschte Halsentzündung tarnte.

»Die Dame hier ... sie hat ...«, stotterte der Nachtportier und deutete hilflos auf mich.

Die Corinna-Ringel-Doppelgängerin fixierte mich. »Also, warum lassen Sie mich mitten in der Nacht wecken?«, wisperte sie.

»Entschuldigen Sie bitte vielmals. Ich habe vorhin ein eigenartiges Geräusch aus Ihrem Zimmer gehört und habe mir Sorgen gemacht«, versuchte ich, einigermaßen glaubwürdig aus der peinlichen Situation herauszukommen. Wie sollte ich dem Nachtportier nur erklären, dass es sich nicht um Corinna Ringel handelte? Mir fiel beim besten Willen nichts Überzeugendes ein. Fakt war, dass die Frau, die vor uns stand, jemand anderes war, sonst hätte sie mich doch sofort wiedererkannt, nachdem sie mit mir noch vor wenigen Stunden in der Hotelbar gesessen war. So betrunken konnte sie auch wieder nicht gewesen sein, dass sie mich in der Zwischenzeit vergessen hatte. Dass diese Frau die Doppelgängerin war, die wir auf der Sonnenterrasse gesehen hatten, bestätigte mir das Muttermal auf ihrer Stirn, das die echte Corinna Ringel nicht gehabt hatte. Das konnte ich auch ohne Brille deutlich erkennen, denn die Schlafmaske hielt Gisela wie ein Haarband die Stirn frei.

»Da haben Sie sich getäuscht. Hier ist alles in Ordnung. Bis auf den Umstand, dass Sie mich geweckt haben«, flüsterte sie. Ich versuchte, an ihr vorbei ins Vorzimmer zu blicken, konnte aber nichts Verdächtiges feststellen. Die Stelle im Wohnzimmer, an der sich der Blutfleck befand, war von hier aus sowieso nicht zu sehen.

»Also gute Nacht!« Die vermeintliche Corinna Ringel ließ die Tür vor unseren Nasen ins Schloss fallen.

Wortlos drehte ich mich um. Wenn der Blick des Nachtportiers hätte töten können, wäre ich auf der Stelle tot umgefallen. Einen Moment lang überlegte ich, wie ich ihm klarmachen sollte, dass ich im Recht war, dass ich Corinna Ringel kannte, und dass es sich hier um ihre Doppelgängerin handelte. Aber wie ich es auch drehte und wendete, für einen Unbeteiligten wie ihn musste alles, was ich sagte, unglaubwürdig klingen. Jeder meiner Erklärungsversuche würde mich in seinen Augen nur noch verrückter erscheinen lassen, und ich hatte keine Lust, meinen 50er in der ›Landesnervenklinik Sigmund Freud‹ zu feiern. Es gab keine Tote, keine Beweise, daher keinen Mordfall und keine Polizeiermittlungen. Wenn ich schon den Nachtportier nicht überzeugen konnte, würde mir die Polizei erst recht keinen Glauben schenken. Außerdem: Hatte Corinna Ringel mir nicht eingebläut, ja nicht zur Polizei zu gehen?

»Wann sich die Ringel jetzt nur net bei die Chefitäten über mi beschwert«, ächzte der Nachtportier und wischte sich den Schweiß von der Stirn. Seine Gesichtsfarbe hatte eine dunkelrote Tönung angenommen. Eine Situation wie diese war nichts für Bluthochdruckpatienten, dachte ich.

»Bitte machen Sie sich keine Sorgen. Ich habe mich ja entschuldigt. Falls Frau Corinna Ringel sich beschwert, dann nehme ich alles auf meine Kappe. Es tut mir leid, dass ich Sie da mit hineingezogen habe.«

»Wenn des nur was nutzt«, jammerte der Mann und

dachte wahrscheinlich, dass es niemanden interessieren würde, was eine Irre sagte.

Worum hatte mich die echte Corinna Ringel in der Hotelbar noch gebeten? Dass ich im Fall ihres Verschwindens alles daran setzen sollte, die Angelegenheit aufzuklären. Und ich wusste, wer mir dabei helfen würde. Der Nachtportier mit Sicherheit nicht. Der suchte grußlos das Weite.

Ich ging zu Karins Zimmer und klopfte an. Von drinnen hörte ich leises Schnarchen. Den Seinen gibt's der Herr im Schlaf, dachte ich. Bevor ich meine Freundin aus dem Tiefschlaf reißen konnte, würden wahrscheinlich alle Gäste des Hotels wach sein und sich beim Nachtportier beschweren. Das fehlte mir gerade noch.

In meinem Zimmer probierte ich es noch einmal übers Hoteltelefon, aber Karin reagierte wieder nicht. Es blieb mir nichts anderes übrig, als bis zum Frühstück zu warten, um sie um Hilfe zu bitten. Sie war die Einzige, von der ich wusste, dass sie mir die Geschichte, so verrückt sie auch klingen mochte, glauben würde. Schließlich war sie es gewesen, die als Erste Verdacht geschöpft hatte.

3

Ich holte die Drohbriefe hervor, die mir Corinna Ringel am Abend zugesteckt hatte. Nachdenklich betrachtete ich sie. Wer waren die beiden Personen in ihrer Suite gewesen? Die Stimme des einen war mir bekannt vorgekommen. Aber zuordnen konnte ich sie noch immer nicht. Anstatt ins Bett zu gehen und die wenigen Stunden bis zum Morgen zu schlafen, startete ich meinen Laptop. Ich recherchierte sowohl im Blog als auch in der Onlineausgabe des Magazins, für das Corinna Ringel geschrieben hatte. Die Liste der Personen, die sie dem öffentlichen Spott ausgesetzt hatte, wurde mit jeder Minute, die ich googelte, länger. Irgendwann im Morgengrauen fielen mir die Augen zu.

Gerädert wachte ich keine zwei Stunden später wieder auf. Ich hatte den Wecker auf halb sieben gestellt, weil ich mich erinnerte, dass Gisela oder wer immer diese Frau war, gesagt hatte, dass sie in der Früh abreisen wollte. Bevor die Zimmermädchen sauber machten, wollte ich das Zimmer auf eigene Faust nach brauchbaren Spuren durchsuchen.

Karin schlief noch immer den Schlaf der Gerechten, als ich an ihrer Tür horchte. Ich überlegte, ob ich sie wecken sollte, entschied mich dann aber dagegen. Bis sie wach war, sich anzog und über die Vorkommnisse der letzten Nacht informiert war, war es für mein Vorhaben vielleicht zu spät. Ich hatte kein Interesse daran, dass mich die Stubenmädchen in einem fremden Hotelzimmer ertappten. Also ließ ich Karin weiter schnarchen und schlich ins untere Stockwerk. Es war niemand am Gang zu sehen. Aus den anderen Zimmern drangen keine Geräusche, die Gäste schlummerten auf den Bio-Matratzen ihrem nächsten Urlaubstag entgegen. Die Tür des Zimmers 203 war nicht versperrt, der Schlüssel steckte innen. Rasch huschte ich hinein und schloss hinter mir ab. Drinnen war alles leer. Nur das zerwühlte Bett zeugte davon, dass jemand hier gelegen war. Die ersten Strahlen der Morgensonne fielen beim Fenster herein. Wo war der Blutfleck geblieben, den ich gesehen hatte? So sorgfältig ich auch schaute, ich konnte nichts entdecken. Selbst der eingetrocknete Rand der Blutlache war verschwunden. Das glatte Parkett spiegelte blitzblank, als wäre es frisch versiegelt worden. Hier waren Profis am Werk gewesen. Um nachzuweisen, dass hier in der Nacht ein Mord verübt worden war, hätte ich Luminol und eine Schwarzlichtlampe benötigt, wusste ich als passionierte Krimileserin. Beide zählten nicht zu meiner Grundausstattung für einen Wellness-Urlaub. Die Spuren würde man auch später noch sichtbar machen können. Nur dass dann auch sämtliche biologischen Spuren zum Vorschein kamen, die alle Gäste bisher in diesem Hotelzimmer hinterlassen hatten. Blut und andere Körperflüssigkeiten. Eine Vorstellung, die ich zum Grausen fand.

Ich öffnete die Schranktür und fand gähnende Leere, allerdings roch es im Kasten noch immer nach den verschwitzten Sportsachen. Dem nächsten Gast wünschte ich, dass die Stubenmädchen das strenge Odeur beseitigen würden. Auch im Badezimmer war alles leergeräumt, keine Spuren, die ich mit freiem Auge entdecken konnte. Mein Blick fiel auf den silberglänzenden Tretmülleimer. Vorsichtig stieg ich auf das Pedal. Gebrauchte Wattepads, Kosmetiktücher, Haare und andere Abfälle kamen darin zum Vorschein. Ohne lang nachzudenken zog ich den kleinen Plastiksack heraus, verknotete ihn und nahm ihn mit. Vielleicht befand sich etwas darin, womit man auch noch zu einem späteren Zeitpunkt die DNA jener Personen nachweisen konnte, die im

Mistkübel ihre Spuren hinterlassen hatten. Wenn es mir nicht gelang, die Polizei von meinen nächtlichen Beobachtungen zu überzeugen, wusste Bernd vielleicht, wie und wo man einschlägige DNA-Tests durchführen lassen konnte. Sämtliche Schubladen und Kästen, die ich durchsuchte, waren zu meinem Leidwesen ausgeräumt und sauber. Die Zimmermädchen würden sich hingegen freuen. Schließlich schüttelte ich noch die Decken aus, in der Hoffnung, dass irgendein Gegenstand herausfallen würde, der mir helfen könnte, meine Geschichte zu untermauern. Doch ich hatte kein Glück. Zurück in meinem Zimmer, warf ich das Plastiksackerl aus dem fremden Bad in die hinterste Ecke des Schranks und legte mich aufs Bett. Ich war Zeugin eines Verbrechens geworden, aber anstatt zur nächsten Polizeidienststelle zu gehen, um mir das Erlebte von der Seele zu reden und das Gefühl zu haben, das Möglichste in der Angelegenheit getan zu haben, sagte mir mein Hausverstand, dass ich mich vorläufig ruhig verhalten sollte, solange ich keine Beweise hatte. Ich hatte zu viele Bücher gelesen und Filme gesehen, in denen der Informant schließlich zum Hauptverdächtigen oder als verrückt erklärt wurde. Meine Gedanken kreisten weiterhin, doch mir fiel nichts ein, mit dem ich die Beamten von einem Verbrechen hätte überzeugen können. Erst einmal würde ich Karin beim Frühstück alles haarklein erzählen. In einer knappen Stunde waren wir verabredet. Solange musste ich mich noch gedulden.

4

Ich erwachte erst wieder kurz vor neun. Der Schlaf hatte mich übermannt. Hastig ging ich ins Bad und war froh, dass ich meinem Grundsatz, morgens ohne Brille in den Spiegel zu blicken, treu geblieben war. Auch verschwommen sah mein Gesicht zerknittert aus, und mein Haar stand zu Berge. Kein Wunder nach dieser Nacht. So gut es ging, brachte ich mich in Form. Hoffentlich verging bald der dumpfe Kopfschmerz, den der Schlafmangel bei mir verursachte. Wie hatte ich das früher nur geschafft, als ich die Nächte durchtanzte und am darauffolgenden Morgen total fit meinen Verpflichtungen nachkam? Den Luxus, das Studium von den Eltern finanziert zu bekommen, hatte ich nie. »Wenn du studieren willst, musst du es dir verdienen. Wir haben kein Geld für sowas«, hatte mein Vater nach der Matura verkündet. Von da an arbeitete ich in Büros, als Kellnerin, als Platzanweiserin oder was immer sich mir anbot, um während des Studiums finanziell über die Runden zu kommen.

Unter der Dusche fiel mir endlich ein, dass ich das Handy in der Nacht auf dem Balkontisch liegen lassen hatte. Dort war es noch immer. Nachricht von Thomas hatte ich keine bekommen, aber vor knapp einer halben Stunde einen Anruf von Karin versäumt.

Als ich zum Frühstück erschien, hatte ich den Eindruck, das Personal würde die Köpfe zusammenstecken und sich vielsagende Blicke zuwerfen. Wahrscheinlich war das nur Einbildung. Vielleicht aber auch nicht. Wenn der Nachtportier bereits über den nächtlichen Vorfall berichtet hatte, dann verbreitete sich die Nachricht, dass eine Verrückte im Hotel wohnte, die Leichen sah, sicher wie ein Lauffeuer.

Karin saß wie das blühende Leben am Tisch und schaufelte Müsli mit frischen Früchten in sich hinein. Unsere redseligen Tischnachbarn hatten wohl noch zeitiger gefrühstückt. Was für ein Glück. Ihre Gedecke waren bereits abgeräumt.

»Happy Birthday, du Schlafmütze. Die frische Luft scheint dir ja gut zu bekommen. Du hast vorhin so tief geschlafen, dass du nicht mal mein Klopfen gehört hast. Und das Handyläuten auch nicht«, empfing sie mich grinsend.

Die hat gut reden, dachte ich und bestellte eine Kanne starken Kaffee. Den brauchte ich jetzt. »Weißt du eigentlich, dass du schnarchst?«, konnte ich mir eine bissige Bemerkung nicht verkneifen.

»Wer? Ich? Niemals!«, wehrte Karin energisch ab. »Wie kommst du jetzt darauf? Was bist du nur für ein Morgenmuffel! Ist dir was über die Leber gelaufen? Hat Thomas sich noch nicht bei dir gerührt?«

Wenn es nur das gewesen wäre. Karin würde sich noch wundern. Ich trank die erste Tasse Kaffee in einem Zug aus und schenkte mir nach. Langsam erwachten meine Lebensgeister wieder. »Corinna Ringel wurde heute Nacht ermordet.«

Karin sah mich an und grinste. »Hast du die Nervensäge um die Ecke gebracht?« Sie kicherte und schob sich einen weiteren Löffel Müsli in den Mund.

»Im Ernst. Sie hat bei mir im Zimmer angerufen. Ich bin nachschauen gegangen, und da hab ich sie in ihrem

Zimmer in einer Blutlache vorgefunden. Ich nehme an, sie wurde erschlagen …«

Karin verschluckte sich und bekam einen Hustenanfall.

Ich klopfte auf ihren Rücken, bis sie die Reste des Müsli-Breis in die Stoffserviette spukte. Der Benimmpapst hätte keine Freude gehabt. Alle im Raum beobachteten uns.

»Kann ich Ihnen irgendwie helfen?«, fragte eine Kellnerin. Karin wedelte mit den Händen und keuchte. »Danke, es geht schon wieder. Ich habe nur ein paar Müsli-Körner in die Luftröhre bekommen.«

»Kann ich Ihnen etwas bringen?«

Zwei doppelte Whiskey, dachte ich. Bestellte dann aber ein Glas Wasser für Karin und eine weitere Kanne Kaffee für mich. »Und ein Kopfwehpulver, falls Sie eines haben …«

»Sie haben wohl eine turbulente Nacht hinter sich. Ich habe gehört, dass Sie für einige Aufregung im Haus gesorgt haben«, sagte die Kellnerin lächelnd. Also hatte der Nachtportier Bericht erstattet.

Ich sah die Fragezeichen in Karins Augen.

»Gleich erzähl ich dir alles. Jetzt brauch ich erst mal eine Stärkung. Nach dieser Nacht …«

Die Kellnerin brachte den Kaffee, einen Krug Wasser und ein Glas mit Aspirin Brause, das ich in einem Zug leerte. Vom Buffet holte ich mir Toast, Schinken, Käse und zwei Eier. Zum süßen Abschluss würde ich mir ein Stück Kürbiskernroulade mit Ribiselgelee und eine Weinstraube gönnen. Man wurde schließlich nur einmal im Leben 50.

»Jetzt red' schon endlich«, maulte Karin und trommelte mit den Fingern ungeduldig aufs Tischtuch.

Ich erzählte ihr von dem nächtlichen Anruf aus Corinna Ringels Zimmer, und dass ich sie dort tot in einer Blutlache gefunden hatte, als ich nachschauen gegangen war. »Ich schwöre dir, es war so. Du weißt ja, dass ich bis auf die zwei Gläser Schilchersekt nichts getrunken habe.« Dass ich auch ihre chinesische Zaubersalbe nicht mehr verwendete, weil ich befürchtete, dass sie eine halluzinogene Wirkung haben könnte, erzählte ich ihr nicht.

»Hast du die Polizei gerufen? Und warum hast du mich nicht sofort informiert?«

Nach und nach erzählte ich ihr die ganze Geschichte. Karin starrte mich ungläubig an. »Würde ich dich nicht so gut kennen, würde ich meinen, dass du jetzt völlig übergeschnappt bist«, sagte sie.

»Hast du das schon jemandem erzählt?« Karin blickte sich um, als befürchtete sie, dass noch jemand meine wirre Geschichte hören könnte.

Ich schüttelte den Kopf. »Der Nachtportier hat sich geweigert, die Polizei zu rufen. Was ich verstehen kann. Wenn ich es nicht selbst erlebt hätte und genau wüsste, dass ich völlig nüchtern war, würde ich mir auch kein Wort glauben. Noch dazu, wo keine Spuren im Hotelzimmer zu entdecken waren.«

»Die vermeintliche Ringel hat dich mitten in der Nacht in ihre Suite gelassen?« Karin kam aus dem Staunen nicht mehr heraus.

Ich winkte ab und erzählte, dass ich die Suite in aller Herrgottsfrüh untersucht hatte, nachdem diese Gisela abgereist war und mit ihr alle Sachen verschwunden waren.

»Du warst vielleicht nicht betrunken, aber irre bist du auf alle Fälle. Das war doch gefährlich! Wieso hast du mich nicht sofort geweckt?«, schimpfte Karin.

»Ich hab es mehrmals versucht, aber du hast so fest geschlafen, dass du weder mein Klopfen noch das Zimmertelefon gehört hast.«

»Ich bin doch so geräuschempfindlich und schlaf in Hotels immer mit Ohropax. Schon vergessen? Also, hast du etwas in dem Zimmer entdeckt?«

Ich schüttelte den Kopf. »Dann hätte ich längst die Polizei verständigt, und eine Tatortgruppe würde das Zimmer der Ringel auf den Kopf stellen. Stattdessen polieren die Stubenmädchen gerade die letzten Spuren weg.« Ich seufzte. »Da sind Profis am Werk gewesen. Weder war vom Blut etwas zu sehen noch gab es sonst einen Hinweis, der meine Geschichte bestätigte.«

»Du meine Güte, Helene. Da sitzt du ja ganz schön tief in der Scheiße. Weißt du eigentlich, dass du Hausfriedensbruch begangen hast?«

»Ja. Der Nachtportier hätte am liebsten *mich* der Polizei übergeben, weil ich seiner Meinung nach unberechtigt ins Zimmer der Ringel eingedrungen bin. Wenn der wüsste, dass ich danach noch einmal drin war …«

Wäre die Angelegenheit nicht so ernst gewesen, hätten wir uns höchstwahrscheinlich köstlich amüsiert. Vielleicht würden wir das in ein paar Jahren nachholen, wenn alles Vergangenheit war, und mit Sekt auf unsere Abenteuer anstoßen. Im Moment war mir aber nicht zum Lachen zumute. »Erinnerst du dich an die Drohbriefe, die uns die Ringel in der Bar gezeigt hat?«

Karin nickte.

»Bevor sie die Bar verlassen hat, muss sie die in meine Tasche gesteckt haben. Ob mit Absicht oder weil sie schon so betrunken war, weiß ich nicht…«

»Dann hätten wir doch etwas, worauf wir deine Geschichte stützen könnten.«

»Das reicht den Beamten sicher nicht. Außerdem sind jetzt meine Fingerabdrücke drauf. Die unterstellen mir glatt, dass ich diese Drohbriefe gebastelt habe, um meine Geschichte glaubwürdiger erscheinen zu lassen.«

»Und was machen wir jetzt? Wir können doch nicht einfach so tun, als ob nichts geschehen wäre, irgendwann unsere Koffer packen und auschecken. Wie wir es auch drehen und wenden, wir müssen zur Polizei gehen, Helene«, insistierte Karin. »Vorher möchte ich aber noch mit den Zimmermädchen sprechen. Mich kennen die ja nicht … Das werde ich am besten gleich erledigen. Vielleicht gelingt es dir inzwischen herauszufinden, ob Corinna Ringel schon jemandem abgeht.«

Bernd kam mir in den Sinn. Ich sollte ihn anrufen. Vielleicht hatte mein Geschäftspartner eine Idee.

5

»Also zur Polizei würde ich erst mal nicht gehen, wenn du nichts in der Hand hast«, riet auch Bernd mir ab, nachdem ich ihm den ersten Teil der Geschichte erzählt hatte. »Hör zu, ich beschatte grad die Elvira. Die geht jetzt in den Kastner rein. Ich darf sie dort drinnen nicht aus den Augen verlieren. Aber sobald ich fertig bin, ruf ich dich an.«

Viel lieber wäre ich jetzt auch im Grazer Traditionskaufhaus Kastner & Öhler gewesen, hätte mir das eine oder andere Geburtstagsgeschenk gegönnt und danach frischen Minztee auf der Dachterrasse im sechsten Stock samt schöner Aussicht auf die roten Dächer der Altstadt genossen. In meiner Kindheit hatte der Kastner ein wenig das Image eines Ramschladens, in dem es so gut wie alles zu günstigen Preisen zu kaufen gab. Heute war er ein österreichischer ›Harrods‹. In den 1960ern fuhr ich als kleines Kind immer mit der Rolltreppe auf und ab. Damals eine Sensation, weil es die einzige in der Stadt, ja sogar in der ganzen Steiermark war.

Doch der Minztee musste warten. Erst einmal startete ich meinen Laptop und googelte die Telefonnummer des Magazins, für das Corinna Ringel ihre pikanten Artikel geschrieben hatte. Eine weibliche Stimme erklärte mir, dass Corinna Ringel im Lauf des Tages in der Redaktion erwartet wurde. Leider sei es nicht möglich, ihre private Handynummer weiterzugeben.

»Nicht nötig, die habe ich bereits. Nur leider hebt seit heute Morgen niemand ab. Könnten Sie mich bitte mit ihrem Vater verbinden?«

»Augenblick«, und schon hatte ich den nächsten Zerberus in der Leitung.

»Sekretariat Dr. Ringel, Magda Müller am Apparat«, meldete sich eine resolute Frauenstimme mit deutschem Akzent.

»Grüß Gott, ich rufe aus einem Hotel in Graz an. Ich suche Frau Corinna Ringel, die ebenfalls hier untergebracht ist. Ich kann sie weder am Handy noch in ihrem Zimmer erreichen. Könnte ich bitte mit ihrem Vater sprechen?«

»Wie war noch mal Ihr Name?«

»Ich heiße Kaiser. Helene Kaiser. Frau Corinna Ringel hat mir kürzlich von einigen Drohbriefen erzählt, die sie erhalten hat. Jetzt befürchte ich, dass ihr etwas zugestoßen ist.«

»Herr Direktor Ringel ist im Augenblick nicht erreichbar«, kam es schroff zurück. »Aber machen Sie sich mal keine Sorgen um Frau Ringel. Sie bekommt ständig Drohbriefe. Sicher hat sie nur ihr Handy abgedreht, weil sie ungestört sein möchte.«

Die Überheblichkeit der Frau ärgerte mich. Wie gern hätte ich ihr sofort gesagt, was ich in der Nacht beobachtet hatte, und wie ernst die Angelegenheit war. Aber Karin und Bernd hatten mir eingebläut, nichts davon zu erzählen, solange wir keine stichhaltigen Indizien oder Beweise liefern konnten.

»Vielleicht kann mich Herr Direktor Ringel später zurückrufen.« Ich gab Zerberus meine Nummer durch, war aber nicht sicher, ob sie diese auch notierte. Wenigstens wusste ich jetzt, dass Corinna Ringel noch nicht vermisst wurde. Ich öffnete die Liste, die ich in der Nacht erstellt hatte. Wer konnte die Ringel derart hassen, dass er sie ermorden und verschwinden lassen wollte?

Vielleicht Josef Kager, ein fanatischer Biowinzer aus der Oststeiermark, der gegen den Massentourismus wetterte, wo er nur konnte, und entsprechend polarisierte.

Die Stimmung hatte sich schlagartig gegen ihn gewandt, nachdem der Artikel im PZ-Magazin erschienen war, samt Fotos, die ihn in einer Schwulenbar zeigten und damit als Homosexuellen outeten. Viele seiner Anhänger hatten ihm daraufhin den Rücken gekehrt. Homosexualität war vor allem in ländlichen Regionen noch immer nichts, wozu man sich gern öffentlich bekannte. Ich erinnerte mich an die Erzählungen eines lieben Freundes, der als angesehener Arzt in einem idyllischen steirischen Dorf wohnte und auch in den Zehner-Jahren des dritten Jahrtausends noch immer nichts von einem Outing hielt. Vielmehr hatte er sogar eine langjährige Freundin geheiratet, um seine Homosexualität zu verheimlichen.

Josef Kager hatte versucht, die Sache hinunterzuspielen, sprach von einer Mistkübelkampagne gegen ihn, aber das Gerücht hielt sich seither hartnäckig und hatte finanzielle Einbußen zur Folge.

Ein anderer, dem Corinna Ringel übel mitgespielt hatte, war der Grazer Spitzengastronom Simon Pichler. In ihrem Blog beschrieb sie, wie sie sich verkleidet in die Küche des Hotels eingeschlichen und entdeckt hatte, dass Pichler illegale Gastarbeiter in seinem Betrieb beschäftigte, die für Kost, Logis und ein wenig Taschengeld bei ihm schufteten. Bei einer Kontrolle durch das Arbeitsinspektorat konnte nichts davon bestätigt werden. Dennoch hatte auch er die üble Nachrede.

Ein anderes Opfer Corinna Ringels war die Künstlerin Marlies Gruber. Sie hatte die Journalistin sogar verklagt, nachdem diese ihre künstlerische Arbeit auf ihrem Blog verrissen hatte. Unzählige Leser hatten mit ätzenden Kommentaren nicht gespart. Und da war noch der Ballonfahrer Martin Schön, dem Corinna Ringel in einem ihrer medialen Rundumschläge vorwarf, gegen die Aufsichts- und Aufklärungsverpflichtung verstoßen zu haben, weil sich einer seiner Gäste bei einem unglücklichen Landemanöver schwer verletzt hatte.

Was ich bisher ausgegraben hatte, war wohl nur die Spitze des Eisbergs. Wie ich es auch drehte und wendete, Corinna Ringel war keine sympathische Person gewesen. Auch in nüchternem Zustand nicht. Möglich, dass sich ihr Mörder gedacht hatte, besser ein Ende mit Schrecken für sie, als ein Schrecken ohne Ende für ihn. Das änderte aber nichts an meinem Vorhaben, alles daranzusetzen, um diesen Mord aufzuklären.

6

»Tut mir leid, dass es so lang gedauert hat. Aber ich hab zumindest eine interessante Nachricht«, sagte Karin, als sie mein Zimmer betrat, und machte dann eine dramaturgische Pause. Ich sah sie ungeduldig an.

»Die Zimmermädchen haben beim Bettenüberziehen ein Handy zwischen den Matratzen gefunden«, erzählte sie. »Entweder ist es in den Spalt gerutscht, oder Corinna Ringel hat es dort absichtlich versteckt. Vielleicht hat sie sich bedroht gefühlt oder etwas geahnt.«

»Und wo ist das Handy jetzt?«, wollte ich wissen.

Karin grinste zufrieden. »Ich habe den Zimmermädchen erzählt, dass ich eine Bekannte von Corinna Ringel bin, und sie mich gebeten hat, mich persönlich darum zu kümmern, dass sie das Handy so rasch wie möglich wieder bekommt.«

»Und das haben sie dir einfach so abgenommen?«, fragte ich. Karin nickte. Es wunderte mich immer wieder, wie es ihr mühelos gelang, jedermann zu überzeugen und das zu erreichen, was sie sich in den Kopf gesetzt hatte.

»Hast du einen Plan?«, fragte ich.

Wenig später schaltete sie das Handy ein. »Wir haben doch keinen PIN, da kommen wir nie hinein«, flüsterte ich.

»Auf welche vierstellige Geheimnummer hast du deinen PIN eingestellt?«

Null, Null, Null, Null dachte ich. Nicht sehr einfallsreich, aber genauso gut wie jeder andere, war ich überzeugt. Den PIN, den ich beim Kauf des Handys bekommen hatte, hätte ich mir nie gemerkt.

»Ich probiere jetzt den Code, den die meisten Leute verwenden«, sagte Karin und tippte 0000 ins Handy ein. Ich beschloss, meinen so schnell wie möglich zu ändern.

Corinna war kreativer gewesen. Ihr Handy verweigerte den Zugang.

»Dann probiere ich einen anderen«, ließ Karin nicht locker und gab 1234 ein. Wieder nichts.

»Dumm gelaufen«, bedauerte sie. »Jetzt haben wir nur noch einen Versuch. Ich warte mal auf eine Eingebung. Erzähl mir inzwischen, ob es was Neues gibt. Wie ist es dir bei den Recherchen ergangen?«

Ich erzählte Karin noch von den weiteren Details, die ich über mögliche Verdächtige herausgefunden hatte.

»Vielleicht hat die Ringel die ersten Ziffern ihrer Büronummer fürs Handy verwendet?«, unterbrach mich Karin mittendrin.

»Oder ihr Geburtsdatum oder 4711 oder 0815«, konterte ich. »Das ist doch alles zu unsicher, und wir haben nur noch einen Versuch. Wart, mir kommt da eine Idee …« Ich rief nochmals beim Magazin an und ließ mich mit Corinna Ringels Sekretärin verbinden.

»Frau Ringel ist gerade auf dem Weg zu einem Termin«, informierte mich die Sekretärin, »Kann ich Ihnen weiterhelfen?«

»Sie ist auf dem Weg zu einem Termin?«, wiederholte ich ungläubig.

»Ja genau. Was soll ich ihr ausrichten?«

»Es geht um ein Handy, das wir im Wellnessbereich unseres Hotels gefunden haben. Wir glauben, dass es Frau Ringel gehört. Um festzustellen, ob es sich dabei tatsächlich um ihr Handy handelt, benötigen wir aber ihren PIN-Code.«

»Oh danke, dass Sie anrufen. Frau Ringel hat ihr Handy schon vermisst und wird sicher froh sein, wenn sie es wieder bekommt. Könnten Sie das Telefon an die Redaktion schicken? Haben Sie unsere Adresse?«

»Sehen Sie, genau da liegt unser Problem.« Ich zog alle Register. »Wir können Ihnen das Gerät nicht zusenden, ohne vorher abzuklären, ob es tatsächlich Frau Ringel gehört. Was, wenn es gar nicht ihres ist und sich tags drauf ein anderer Gast meldet? Wie sollen wir dem dann erklären, dass wir sein Handy durch die Welt schicken? Also können Sie mir bitte den Code geben?«

Karin, die aufmerksam zuhörte, streckte anerkennend den Daumen in meine Richtung.

»Aber ich kann Ihnen den Code nicht ohne Frau Ringels Zustimmung geben. Datenschutz, Sie verstehen? Und ich kann sie heute nicht mehr erreichen.«

»Ich sichere Ihnen unsere volle Diskretion zu«, fuhr ich fort, um der Sekretärin keine Zeit zum Nachdenken zu lassen. »Wir würden nur prüfen, ob es sich bei dem Gerät wirklich um jenes von Frau Ringel handelt. Falls es das ist, können wir es sofort losschicken, und dann liegt es morgen auf ihrem Schreibtisch.«

Ich verabscheute Unwahrheiten. Aber diese gehörte für mich in die Kategorie Notlüge für einen guten Zweck.

»Wenn Sie mir den Code durchsagen, kann ich noch während wir telefonieren nachsehen, ob es Frau Ringel gehört.«

»1313«, sagte die Sekretärin zögernd.

»1313, einen Moment bitte, wir tippen das gleich ein«, antwortete ich. Karin tippte den Code ein und – das Handy war geknackt. Nur lange würde der Akku nicht mehr durchhalten. Karin führte einen stummen Siegestanz auf, indem sie sich zweimal um die eigene Achse drehte und dabei die Arme ruckartig bewegte.

»Vielen Dank«, sagte ich so emotionslos wie möglich zur Sekretärin. »Aber wir kommen mit diesem PIN leider nicht hinein. Kann es sein, dass Sie sich geirrt haben?«

»Ich kann mir nicht vorstellen, dass Frau Ringel den Code geändert hat. Aber ich frage sie.«

Gute Idee, dachte ich und war mir sicher, dass Gisela den PIN nicht wusste. »Wie gut, dass wir das telefonisch abgeklärt haben. Das Handy gehört wohl einem anderen Gast. Und bitte machen Sie sich keine Sorgen. Von mir erfährt niemand, dass Sie mir freundlicherweise den Code gegeben haben. Vielen Dank.« Ich legte rasch auf.

Karin wischte bereits eifrig auf dem Display von Ringels Handy herum.

»Hier sind alle eingegangenen Telefonanrufe«, sagte sie und zeigte mir das Gerät. »Und hier habe ich jede Menge SMS.«

Die Liste der Anrufe war beachtlich. Auf den ersten Blick sah ich, dass Ringel zwischen unserem gemeinsamen Treffen in der Bar und ihrem Tod mehrere Gespräche geführt hatte. Als Nächstes widmeten wir uns den SMS, die Karin vorlas.

Corinna Ringel war auf gut steirisch eine Giftspritzn gewesen, das bewiesen die Nachrichten eindeutig. Doch wen hatte sie derart gereizt, dass die- oder derjenige vor einem Mord nicht zurückgeschreckt war? Und wie ging es mit dieser Doppelgängerin weiter, die offenbar Ringels Platz in der Redaktion eingenommen hatte, ohne dass es bisher jemandem aufgefallen war?

Nun war es mein Handy, das mich aus meinen Gedanken riss.

»Spreche ich mit Frau Kaiser?«, fragte eine Männerstimme. Sicher wieder so ein Marketingfuzzi, der mir Unterhosen oder eine sagenhafte Geldanlagemöglichkeit offerieren will. Wobei die Betonung auf dem Wort *sagenhaft* lag.

»Wer will das wissen?«, schnauzte ich den Anrufer in einem Ton an, der unfreundlicher nicht sein konnte.

»Ähm … also … ich bin Ihr Nachbar. Der, der unter

Ihnen wohnt …«, stammelte der gute Mann, den ich mit meiner Frage völlig aus der Fassung gebracht hatte.

Felix!, schoss es mir durch den Kopf. Dann fiel mir ein, dass sich mein Kater ja in der Obhut der Katzensitterin befand. Sonst hätte ich befürchten müssen, dass er wieder einmal einen depressiven Schub gehabt hatte und womöglich aus dem Fenster gesprungen war. Von seinen sieben Katzenleben waren nur noch drei verblieben: Einmal war er vom Dach unseres Hauses gefallen, ein andermal hatte er sich fast im Schnürlvorhang erhängt. Danach hatte er einen Gummifaden gefressen, was ihm den Darm derart zuschnürte, dass ihm die Scheiße im wahrsten Sinn des Wortes bis zum Hals stand. Ein weiteres Mal wollte er partout durchs gekippte Fenster ins Freie springen und blieb stecken. Zum Glück trug sein Retter, ein Feuerwehrmann, einen Anzug aus kratzfestem Stoff.

»Frau Kaiser? Sind Sie noch da? Entschuldigen Sie bitte, dass ich Sie störe, aber wissen Sie, ich habe einen Wasserfleck an meiner Zimmerdecke …«

»Einen Wasserfleck?«

»Nun ja, eigentlich ist es kein Fleck.« Zum Glück, ich hatte schon gedacht, ich müsste den Installateur umbringen. Verletzung hin oder her.

»Wenn ich ehrlich bin, ist die ganze Decke nass … könnte man sagen …«, ergänzte mein Nachbar zaghaft.

Der Installateur war so gut wie tot.

»Ich bin sofort bei Ihnen, entschuldigen Sie, das tut mir wirklich leid …«

»Keine Ursache. Das kann schon mal passieren«, antwortete der wunderbare Nachbar, der das Pech hatte, unter mir zu wohnen. Meine Mordermittlungen im Fall Corinna Ringel mussten eben eine Weile warten. Ich gab Karin Bescheid, dass ich rasch in meine Wohnung fahren musste. Zum Glück hielten wir uns in einem Hotel in Graz auf.

»Wenn du magst, komme ich mit. Gibt es jemanden auf deiner Verdächtigenliste, bei dem wir anschließend vorbeischauen könnten?«, schlug Karin vor.

»Und dein Spa-Besuch?«

»Der kann warten. Wir haben heute bis 22 Uhr Zeit, uns im Whirlpool zu rekeln und den Blick auf den Schloßberg zu genießen. Wenn er abends beleuchtet ist, gefällt er mir ohnehin noch besser.«

Ich bewundere Karin dafür, dass sie stets allem und jedem etwas Positives abgewinnen kann. Meistens gelingt mir das auch, aber momentan hatte ich Schwierigkeiten damit. Immerhin standen eine Überschwemmung und eine verschwundene Leiche an. Eines nach dem anderen, bemühte ich mich um Gelassenheit. Frau musste eben Prioritäten setzen.

»Wir könnten am Nachmittag entweder dem Ballonfahrer Martin Schön einen Besuch abstatten oder dem Biowinzer Josef Kager. Schauen wir mal.« Ich hatte keine Ahnung, wo ich beginnen sollte. Aber Nichtstun ist nicht mein Lebensrezept, und Abwarten macht mich unrund. Ich habe viele Gaben vom lieben Gott mit auf meinen Lebensweg bekommen, aber als er die Geduld verteilt hat, war ich wohl anderweitig beschäftigt. Dafür hat er mich mit einer doppelten Portion Energie und Optimismus ausgestattet. Im konkreten Fall hieß das, dass ich einfach irgendwo mit den Ermittlungen beginnen und auf meine Intuition vertrauen musste, die mich schon oft auf unkonventionellen Wegen aus schwierigen Situationen geführt hatte.

Zumindest in meiner Wohnung war der Täter rasch ausfindig gemacht. Der Hauptwasserhahn, der kürzlich freigelegt worden war und bei meiner Abreise ganz sicher noch abgedreht gewesen war, hatte zu tropfen begonnen. Nun hatte sich eine Lacke im Badezimmer gebildet, aus dem kürzlich der Fliesenboden herausgestemmt worden war. Kein Wunder, dass die Decke des freundlichen Nachbarn nass war. Ich entschuldigte mich nochmals und versicherte ihm, dass ich für alle Schäden aufkommen würde. Wie gut, dass ich eine Haushaltsversicherung abgeschlossen hatte.

Während ich Karin ins Café ums Eck schickte, machte ich mich schleunigst daran, das Wasser mit den verschlissenen Frotteetüchern meiner Tante aufzutrocknen. Danach rief ich den Installateur an. Der beteuerte mit eingegipster Hand aufs Herz, dass der Fehler nicht bei ihm, sondern wohl an einem kaputten Ventil lag. Mir konnte er alles erzählen. »Stellen Sie einen Kübel unter den Wasserhahn und leeren Sie ihn alle paar Stunden aus. Das sollte genügen, um das Wochenende zu überbrücken. Ich bin derzeit nicht in Graz, aber ich schau mir das als Erstes Montagfrüh an. Versprochen.«

»Und der Estrich? Meinen Sie, dass ich den trotz der Überschwemmung noch plangemäß machen lassen kann?«

»Sicher nicht«, lautete die knappe und niederschmetternde Antwort des Handwerkers. »Erst muss alles trocken sein, sonst schimmelt's Ihnen drunter. Aber das wird Ihnen dann ohnehin der Estrichverleger sagen. Ich nehme an, Sie arbeiten mit Profis und keinem Hilfsarbeitertrupp?«

Tatsächlich hatte ich offizielle Handwerksbetriebe beauftragt und zahlte dementsprechend Länge mal Breite. Nach den Erfahrungen der letzten Woche, Überschwemmung inklusive, erwog das gebrannte Kind in mir ernsthaft, es doch einmal mit einem günstigeren Pfuscherteam zu versuchen. Zumindest würde mir dann mehr Geld bleiben, um unvorhersehbare Katastrophen zu bezahlen.

Fürs Erste stellte ich also einen Eimer unter den tropfenden Wasserhahn und hoffte, dass ich im Zuge der Ermittlungen in Sachen Corinna Ringel nicht darauf vergaß, ihn alle paar Stunden zu leeren. Vielleicht sollte ich lieber den netten Nachbarn fragen, das für mich zu übernehmen, damit es ihm nicht wieder auf den Kopf regnete. Aber zuerst seinen Plafond versauen und ihn danach zu bitten, alle paar Stunden in meine Bruchbude zu gehen, erschien mir dann doch ein wenig unverschämt.

Da ich nun schon einmal hier war, klingelte ich auch bei Felix' Katzensitterin, die mir versicherte, dass alles in Ordnung sei und sie mit meinem Kater bestens zurechtkam. Wie erwartet strafte mich Felix mit Ignoranz und rieb seinen Kopf provokant an den Beinen seiner Leihmutter. Mir war es recht. Hauptsache, er fühlte sich wohl. Auch sie bat ich nicht, den Wasserkübel zu leeren. Sollte der Umbaugott kein Erbarmen haben, und nach dem heutigen Desaster hatte ich da so meine Zweifel, würde der Kater noch eine Weile bei ihr bleiben müssen. Nicht, dass er noch im Estrich eingemauert wurde, sofern der irgendwann verlegt werden konnte. Eine verschwundene Leiche war schließlich genug.

Und diese führte mich zu Karin ins Café Königshof. Den Besitzer kannte ich schon seit Jugendtagen. Damals schlugen wir uns die Nächte in den Diskotheken um die Ohren. Mittlerweile waren wir ruhiger geworden. Anstatt bis in den frühen Morgen zu tanzen und zu feiern, saßen wir nun tagsüber im gediegenen Café und tranken Cappuccino, Pfefferminztee oder Aperol Spritz. Auf dem kurzen Weg dorthin checkte ich meine Nachrichten. Inzwischen waren zahlreiche Glückwünsche von Freunden eingegangen. Den Anruf meiner Schwiegermutter Else hatte ich versäumt. Ich würde mir später ihr alljährliches Geburtstagsständchen anhören. Und ihr Gejammer und ihre wiederholten Erinnerungen, wie gut es mir doch mit ihrem Sohn ging. Zweifelsohne. Aber dass ich auch einen nicht unbedeutenden Teil zu unserem guten Leben beitrug, ging nicht in ihren Kopf. Für sie war Thomas das Meisterwerk ihres Lebens. Und ich die Böse, die ihn ihr einst entrissen hatte. Das würde sich auch in meinem nächsten halben Jahrhundert nicht mehr ändern. Schwamm drüber. Patrick und Valerie schickten mir viele Geburtstagsküsschen und fragten an, wie und wo ich meinen Ehrentag verbrachte. Die lieben Kinder. Sicher glaubten sie, dass mit 50 das Leben quasi zu Ende war. »Danke euch. Musste wegen der Bauarbeiten mit Karin ins Spa-Hotel flüchten. Dort geht's uns gut«, schrieb ich ihnen. Karin und ich wollten zur Feier meines Ehrentages am Abend fein essen gehen. Bald würde sich zeigen, ob wir bei all den Ermittlungen, die nun vor uns lagen, noch die Zeit dafür fanden.

Auch Thomas hatte eine SMS geschickt, er bedauerte, dass ich ihn am Vorabend nicht erreichen konnte, und hoffte, dass ich dennoch gut geschlafen hatte. Wenn der wüsste. Schließlich hatte ich einen weiteren Anruf von Bernd ohne Sprachnachricht versäumt. So rasch hatte ich nicht mit seinem Rückruf gerechnet. Entweder war das Subjekt seiner Beschattung wieder nach Hause gegangen oder er hatte sie im Kaufhaustrubel verloren.

»Wo bist?«, fragte er, als ich ihn zurückrief.

»Gleich im Königshof. Kommst vorbei?«

»Passt. Ich bin noch am Hauptplatz. Allzu weit weg von deiner Wohnung hast es ja nicht geschafft«, machte sich Bernd lustig. Aber er wusste es ja noch nicht besser.

Keine fünf Minuten später bremste er sein Rad vor dem Gastgarten ein. Während wir uns das Tagesmenü einverleibten, erzählte ich Bernd den Rest meiner Geschichte. Karin war ungewöhnlich still und ließ den breitschultrigen, durchtrainierten Hobbydetektiv nicht mehr aus den Augen.

7

Nach dem Mittagessen machten Karin und ich einen Verdauungsspaziergang durch die Herrengasse. Es war ein schöner Tag. Passend zu meinem 50. Geburtstag.

Karin stellte ständig scheinheilige Fragen über Bernds Privatleben. Nein, er hatte im Moment keine Beziehung, und nein, er war auch nicht schwul, antwortete ich ihr und konnte in ihren Augen lesen, dass das die Antworten waren, die sie hören wollte.

Das letzte Mal, dass sie mich auf diese Art und Weise über einen Mann ausgehorcht hatte, war vor vielen Jahren gewesen, als sie sich Hals über Kopf in einen meiner Studienkollegen verliebt hatte. Mehr als eine ihrer heißen, aber kurzen Affären war jedoch nicht daraus geworden.

Diesmal hatte Karin nun Bernd im Visier. Nicht das Schlechteste, was dem Schwerenöter passieren konnte. Und mich würde es nicht stören, wenn sich eine weitere Graz-Wien-Beziehung anbahnte. Wenigstens würden wir uns dann öfter sehen als in der letzten Zeit. Doch meine romantischen Gedanken wurden wieder einmal durch das Läuten meines Handys unterbrochen. Hoffentlich nicht wieder mein netter Nachbar mit einer Katastrophennachricht, fuhr es mir durch den Kopf.

»Frau Kaiser?« Ich erkannte die Sekretärin von Direktor Ringel sofort an der Stimme. Also hatte der Zerberus meine Telefonnummer doch notiert. »Der Herr Direktor hätte jetzt Zeit für Sie. Ich verbinde …«

Ohne weitere Höflichkeitsfloskeln war die Frau aus der Leitung und Ringel dran.

»Frau Kaiser, ich habe erfahren, dass Sie sich Sorgen machen, weil Sie glauben, dass meine Tochter verschwunden ist. Das ist nett von Ihnen. Darum möchte ich Ihnen persönlich mitteilen, dass meine Tochter wohlbehalten hier in Wien angekommen ist. Ich habe sie gerade getroffen. Leider hat sie eine schwere Halsentzündung, sodass sie derzeit mit niemandem sprechen kann.«

Ich war wie vor den Kopf gestoßen. Was faselte der Mann da? Er war gerade mit seiner Tochter zusammen gewesen? Ich konnte es nicht fassen, dass er auf Corinnas Doppelgängerin hineingefallen war. Denn ich hegte keinen Zweifel, dass es sich bei der Person, mit der er gesprochen hatte, um jene ominöse Gisela handelte. Aber ich behielt meine Gedanken für mich. »Danke, es ist sehr nett von Ihnen, dass Sie mich anrufen, um mir mitzuteilen, dass Corinna gut angekommen ist. Bitte richten Sie ihr gute Besserung aus.«

Ringel bedankte sich. Und weg war er.

Ich glaubte, im falschen Film zu sein. In meiner Vorstellung wäre das Gespräch völlig anders verlaufen. Ich hatte erwartet, dass Corinnas Vater ebenfalls in Sorge um seine Tochter war, weil er sie nicht erreichen konnte. Dann hätte ich ihm meine nächtliche Beobachtung geschildert, und er hätte alle seine Beziehungen spielen lassen, um die Polizei zu mobilisieren. Fehlende Beweise hin oder her. Doch nun? Corinna ginge es gut, und er habe sie gerade getroffen? Damit war ich nun endgültig in einer Sackgasse angelangt. Wenn Gisela nach Wien gefahren und es ihr dort gelungen war, Corinnas Vater und deren Kollegen in die Irre zu führen, dann würde mir hier erst recht keiner mehr glauben. Mich kann so bald nichts umhauen, aber nun spürte ich, wie das Gefühl der Machtlosigkeit von mir Besitz ergriff und das machte mich stinksauer. Mit jedem Tag, der verging, würde es schwieriger werden, brauchbare Spuren zu finden. Und nicht einmal jene, die ich sichergestellt hatte, würden uns weiterhelfen, solange alle überzeugt waren, dass es sich bei dieser Frau um Corinna handelte. Meine einzige Hoffnung war, dass Gisela nicht ewig Angina vortäuschen konnte.

»Stell dir vor: Corinna wird noch immer nicht vermisst«, berichtete ich Karin. »Ihr Vater hat mir allen Ernstes mitgeteilt, dass er seine Tochter getroffen hat. Er meinte, ich solle mir keine Sorgen machen. Bis auf die schwere Halsentzündung gehe es ihr gut. Ich hätte nie gedacht, dass die Doppelgängerin so unverfroren sein würde, Corinnas Platz in Wien einzunehmen. Und ich versteh nicht, dass ein Vater seine eigene Tochter nicht wiedererkennt.«

Noch während ich das sagte, musste ich mich korrigieren. Mein Vater war immer ein herzensguter Mensch gewesen und hatte mich bestmöglich durch meine Kindheit und die turbulente Jugendzeit begleitet. Doch ich hätte nicht die Hand dafür ins Feuer gelegt, ob er mich jetzt, wo wir uns nur noch sporadisch sahen, auf Anhieb von einer Doppelgängerin unterscheiden könnte.

»Nun, wir wissen beide, dass diese Gisela der echten Ringel wirklich zum Verwechseln ähnlich sieht. Auch ich habe sie für das Original gehalten«, bestätigte Karin meine Gedanken.

Wäre da nicht das Muttermal auf der Stirn gewesen, hätte auch ich niemals Verdacht geschöpft. Und dann war da noch Corinnas Leiche gewesen, die ich im Hotelzimmer entdeckt hatte.

»Und was machen wir jetzt?«, wiederholte Karin die Frage von vorhin. Und mein steirischer Sturschädel ließ nur eine Antwort zu: »Auf eigene Faust ermitteln, was sonst?«

Wir setzten uns am Hauptplatz auf die Stufen des Erzherzog-Johann-Brunnens, der den Habsburger umgeben von vier Frauengestalten zeigte. Diese symbolisierten die Flüsse Mur, Enns, Drau und Sann, die durch die damalige Steiermark geflossen waren. Wenn nur der ›Steirische Prinz‹, der da seit 1878 oben stand, heruntersteigen und mir helfen würde, dachte ich. Aber er blieb, wo er war und blickte weiterhin über die Dächer der Standln auf die Weikhard-Uhr, dem zentralen Treffpunkt der Grazer, wo auch ich oft gestanden war, um auf meine aktuelle Flamme zu warten.

Ich schob die Erinnerungen beiseite und setzte meine Brille auf. Dann fischte ich die Liste meiner Verdächtigen aus der Tasche, und wir gingen sie zum wiederholten Mal durch.

»Wie heißt der? Simon wie?« Karin saß neben mir und recherchierte auf ihrem Handy die Standorte und Telefonnummern der betreffenden Personen. Ihre Augen hatten noch keine Schwierigkeiten mit den kleinen Buchstaben auf dem Display.

»Pichler, Simon Pichler.«

»Ich hab da einen, der ein Lokal namens *Geidorfplatzl* hat.«

»Perfekt, der ist es«, ich notierte mir die Telefonnummer und die genaue Adresse. Den Lokalnamen in Corinna Ringels Artikel hatte ich mir deshalb gemerkt, weil ich in dem Bezirk aufgewachsen war.

Ich tippte nach und nach die Telefonnummern, die Karin für mich googelte, in mein Handy, und keine halbe Stunde später war ein Anfang gemacht. Simon Pichler, der Spitzengastronom, erwartete uns nach dem Mittagsgeschäft. Tags darauf würden wir dem Biowinzer Kager einen Besuch abstatten.

Auf dem Weg zu Simon Pichler kauften wir uns ein Eis in der Sporgasse und bummelten am Dom vorbei durch den Stadtpark bis zum Glacis. Ganz in der Nähe befand sich das *Geidorfplatzl*. Mein Schrittzähler würde heute einen neuen Rekord verzeichnen.

Simon Pichler maß uns misstrauisch von oben bis unten, als ich uns vorstellte. Mir war am Telefon auf die Schnelle nichts Besseres eingefallen, als mich als Wiener Autorin auszugeben, die für ein Buch recherchierte, und die seinem Traditionslokal darin einige Seiten widmen wollte. Das erschien mir ein guter Grund zu sein, um bei einem Fremden aufzutauchen und ihn auszufratscheln.

»Kaffee?«, fragte er kurz angebunden.

Leitungswasser war uns lieber nach dem süßen Eis.

»Also was wollen Sie von mir wissen? Ich habe nur kurz Zeit.«

»Ich schreibe über Mobbing. Bei meinen Recherchen habe ich einige Artikel einer Corinna Ringel über Sie gefunden, und mich würde nun Ihre Version der Geschichte interessieren«, antwortete ich. Hopp oder dropp.

»Alles erstunken und erlogen! Mehr kann und will ich nicht dazu sagen«, polterte er los. Seine Reaktion überraschte uns nicht. Karin und ich hatten beim Hinweg verschiedene Szenarien überlegt und uns für die direkte Methode entschieden.

»Das habe ich mir schon gedacht. Genau deshalb sind wir hier. Kennen Sie Corinna Ringel persönlich?«

»Ach was soll's. Die Situation ist ohnehin schon verfahren, da kann ich Ihnen gleich sagen, wie es war. Besser, wenn Sie es von mir hören, als wenn Sie es von jemandem anderen erfahren, der gleich wieder ein paar Geschichten dazu erfindet. Klar kannte ich die Corinna. Wenn sie in Graz war, kam sie öfters ins Lokal, und eines Abends ergab es sich, dass wir uns kennenlernten. Besser. Wenn Sie verstehen, was ich meine.«

»Sie meinen, Sie hatten ein Pantscherl mit ihr?«, mischte sich Karin neugierig ein.

»Wir hatten einen One-Night-Stand, und das war es auch schon«, wiegelte er ab. »Sie war halt nicht mein Typ. Aber sie hat das weniger entspannt gesehen. Wenn ich geahnt hätte, dass Sie mich nachher derart fertigmachen würde, hätte ich meine Finger von ihr gelassen.«

»Und dachten Sie mal daran, ihr deswegen den Hals umzudrehen?«, fragte Karin unverblümt und rieb sich gleich darauf ihr Schienbein, gegen das ich trat.

Simon Pichler schien ihre Direktheit jedoch zu gefallen. »Sie kennen sich wohl gut mit Männern aus«, grinste er Karin anzüglich an. »Ich habe mir tatsächlich so Einiges vorgestellt. Zum Beispiel, ihr eine Ladung Abführmittel ins Essen zu mischen, weil sie die Dreistigkeit besaß, nach all den Lügen, die sie über mich schrieb, noch das eine oder andere Mal in mein Lokal zu kommen. Aber Gedanken sind bekanntlich frei, und jetzt hab ich ja endlich meine Ruh von ihr.«

Ich sah ihn überrascht an. Hatte er gerade den Mord an ihr gestanden?

»Ich habe den Rechtsstreit gewonnen, und sie musste den Prozess zahlen und eine Richtigstellung abdrucken«, machte der Gastronom meine Hoffnung zunichte. »Eine kleine Wiedergutmachung für den Schaden, der mir aus der Angelegenheit entstanden ist.«

»Das heißt, nun ist alles wieder eitel Wonne und Sonnenschein?«, erkundigte sich Karin.

»Sagen wir so: Sollte sie sich nochmals in meinem Lokal blicken lassen, schmeiße ich sie höchstpersönlich hinaus. Aber seit dem Gerichtsurteil habe ich sie weder gesehen noch gehört.«

Und das würde auch so bleiben, wusste ich.

Er blickte auf die Uhr. »Ich muss jetzt weitermachen«, sagte er. »Ich habe heute Abend eine Veranstaltung mit 150 Personen. Da ist noch Einiges vorzubereiten ... Aber falls Sie noch Fragen haben, kommen Sie bitte gern wieder vorbei.« Die letzten Worte richtete er an Karin.

»Spätestens, wenn wir Ihnen ein Belegexemplar des Buches bringen, sehen wir uns wieder«, lächelte sie ihn an und wurde ob der Lüge nicht einmal rot.

»Das war wohl nix«, resümierte sie, kaum, dass wir aus dem Lokal draußen waren. »Aber Hauptsache, wir waren nicht untätig und haben mal einen Anfang gemacht.«

Nach einem ausgedehnten Fußmarsch und dem nochmaligen Ausleeren des Wasserkübels in meiner Wohnung fuhren wir ins Spa-Hotel zurück. Die Nacht sollte mein Nachbar trocken überstehen.

Als ich den hellgrünen Kastenwagen erblickte, der vor dem Hotel parkte, traf es mich wie ein Blitz.

»Du, ich glaub, das ist der Wagen, mit dem sie gestern Nacht die Leiche abtransportiert haben«, klärte ich Karin auf.

»Glauben heißt nix wissen. Lass es uns herausfinden«, sagte sie, und wir betraten eiligen Schritts das Hotel.

»Wem gehört denn der Kastenwagen, der vor dem Hotel steht? Ich glaube, dass er einige Gäste behindert«, wandte ich mich an die diensthabende Rezeptionistin namens Anita. Ebenso wie ihre junge Kollegin Veronika trug sie Tracht. Anita machte die paar Schritte zum Fenster und blickte hinaus. »Sie meinen den hellgrünen Transporter?«

Ich nickte.

»Der ist von einem Freund unseres Chefs. Wenn jemand von den Gästen wegfahren möchte, rufen wir ihn am Handy an.« Sie reckte den Hals. »Aber da ist niemand, der vorbeifahren will …«

»W.A.S. Ist das eine Eventagentur oder ein Werbeunternehmen?«, spielte Karin auf den Firmenaufdruck am Wagen an.

Die Rezeptionistin schüttelte den Kopf. »W.A.S. steht für Werken-Am-Stück. Es handelt sich um ein Tischlereiunternehmen, das nicht nur Möbel herstellt, sondern sich auch um deren künstlerische Gestaltung kümmert, also sie von Künstlern bemalen lässt oder antike Bauernmöbel restauriert.«

Wir bedankten uns und nahmen unsere Zimmerschlüssel entgegen.

»Das Hotel und ich wünschen Ihnen alles Gute zum Geburtstag und möchten Sie und Ihre Familie auf eine Flasche Sekt einladen.« Während Anita das sagte, fiel ihr Blick hinter uns. Neugierig drehte ich mich um, und da standen sie: meine Kinder. Valerie mit einem Happy-

Birthday-Luftballon und Patrick mit einem Blumenstrauß in den Händen. Mir fehlten die Worte.

»Wie habt ihr uns denn gefunden?«, fragte ich völlig perplex. »Na ja, als du geschrieben hast, dass du und Karin im Spa-Hotel untergebracht seid, saßen wir bereits im Auto Richtung Graz. Die Überraschung ist uns gelungen.«

Kluge Kinder, dachte ich. »Aber warum habt ihr denn nicht gesagt, dass ihr anreist. Dann hätte ich …«

»Siehst du, genau deswegen, weil du dann sofort wieder zum Organisieren begonnen hättest«, unterbrach mich Valerie. »Es sollte eine Überraschung sein. Happy Birthday, alte Mutter.« Sie gab mir einen Kuss auf die Wange. »Und außerdem wussten wir bis gestern nicht, ob es mit meinem Flug überhaupt klappen würde«, ergänzte sie.

Richtig, ich erinnerte mich an eine Nachrichtenmeldung, dass der isländische Vulkan mit dem unaussprechlichen Namen Eyjafjallajökull erneut rumorte. Vor einigen Jahren hatte seine Asche nach einem Ausbruch den Flugverkehr in Nord- und Mitteleuropa für mehrere Tage zum Stillstand gebracht.

Aber nun waren meine Kinder da und schauten gut aus. Valerie trug die blonden Haare zu einem Pferdeschwanz gebunden. Ihrer gebräunten Haut sah man an, dass sie viel Zeit an der frischen Luft verbrachte. Die Arbeit mit den Pferden schien ihr zu bekommen. Patrick, der meine dunkleren Haare und den hellen Teint geerbt hatte, nahm sich neben ihr noch bleicher aus als sonst. Sicher verbrachte er die meiste Zeit im finsteren Kämmerlein und schrieb an seiner Diplomarbeit.

»Wo werdet ihr übernachten?«, meldete sich das besorgte Muttertier in mir. Auch wenn mein Kopf mir sagte, dass meine Kinder schon lange erwachsen waren und täglich bewiesen, dass sie sehr gut ohne mich zurechtkamen, ließ sich der mütterliche Kümmermodus nicht abstellen. »Und wir müssen gleich zwei zusätzliche Plätze fürs Abendessen reservieren …«

»Bitte entspann dich, Mama. Wir haben bereits alles erledigt«, stoppte mich Valerie barsch und ergänzte geschäftstüchtig: »Eigentlich wollten wir in ein günstiges Hotel gehen, aber dann hatten sie hier noch ein freies Zimmer. Eine Suite, die sie uns zum Sonderpreis geben.«

Während die beiden die Formalitäten an der Rezeption erledigten, warteten Karin und ich in der Lobby auf sie. »Was für ein Geburtstag! Und ich dachte, ich könnte mich hier vom Job erholen.« Karin schüttelte den Kopf. »Ich bin ja nur gespannt, was wir in den nächsten Tagen noch alles unter einen Hut bekommen müssen.«

»Das geht schon irgendwie«, murmelte ich mein Mantra und fühlte mich in frühere Zeiten zurückversetzt, in denen ich nicht minder turbulente Situationen meistern musste und mir angewöhnt hatte, mir selbst gut zuzureden. Mit dem Unterschied, dass es damals um den alltäglichen Wahnsinn gegangen war und nicht um verschwundene Leichen. Aber das Universum macht sich bekanntlich gern einen Jux und hält skurrile Überraschungen bereit. Darum wunderte es mich auch nicht, dass Valerie und Patrick das Zimmer Nummer 203 erhielten.

Karin und ich tauschten unbemerkt Blicke aus, aber keine von uns sagte einen Mucks. Die Reinigungsdamen hatten, wenn es denn noch irgendwelche Spuren im Zimmer gegeben hatte, diese garantiert entfernt und das miese Karma wegpoliert. Warum also sollte ich meinen Kindern, die keine Mühe gescheut hatten, um mit mir mein Jubiläum zu feiern, den Aufenthalt trüben, indem ich ihnen erzählte, was sich letzte Nacht in diesem Zimmer abgespielt hatte?

»Das ist schon alles ziemlich schräg«, brachte es Karin auf den Punkt, als wir für eine Verschnaufpause in unsere Zimmer gingen. Das war es. Aber wir hatten keine Zeit, uns philosophische Gedanken zu machen. Bis zum Abendessen gab es noch viel zu tun. Der Whirlpool musste warten.

»Lass uns mehr über W.A.S. in Erfahrung bringen. Was, wenn der Kastenwagen, mit dem die Tote abtransportiert wurde, tatsächlich zu deren Fuhrpark gehört? Hellgrüne Transporter fahren ja nicht so viele in der Gegend herum.«

Ich startete den Laptop, während Karin in ihr Zimmer ging, um sich umzuziehen. Anitas Informationen sollten ausreichen, um im Internet mehr über die Personen hinter dem Unternehmen W.A.S. zu erfahren und etwaige Zusammenhänge mit Corinna Ringel herauszufinden. Nach dem allgemeinen Blabla auf der Startseite klickte ich gerade auf die Team-Seite, als Karin eintrat. Tischlermeister Linus Platt grinste uns freundlich entgegen. Seine Glatze passte gut zum markanten Gesicht. Eine Blondine namens Elke Platt, vielleicht seine Schwester, schien als seine Stellvertreterin auf und war für Administration und Finanzen zuständig. Karin notierte die E-Mail-Adressen und Telefonnummern, ich speicherte den Link.

Dann lasen wir die Unternehmensbeschreibung und Historie durch. 1967 war die Tischlerei in der Nähe von Graz gegründet worden. Nun wurde sie in zweiter Generation vom Sohn geführt. »Das Unternehmen ist weit über die Steiermark hinaus bekannt und tischlert auch für Hoteliers in Niederösterreich, Burgenland und Deutschland. Die reiche Auswahl an Bauernvitrinen, Kommoden, Jogl- und Bauerntischen, -sesseln und –bänken wird durch Besonderheiten wie bemalte Schützenscheiben, antikes Spielzeug und Gläser ergänzt«, las Karin vor. »Ob die Ringel auch die Platts im Visier hatte? Hast du schon die SMS auf ihrem Handy durchgeschaut?«

»Bin schon dabei …« Ich sah eine SMS nach der anderen durch. Bis auf einige private Nachrichten ähnelten sich die meisten. Zu Beginn war der Ton freundlich. In der Regel stand eine Bitte oder Einladung im Vordergrund.

›Warum sollte ich?‹, ›Die Mühe können wir uns sparen‹, ›Es gibt nichts zu besprechen‹, waren die durchwegs unfreundlichen Antworten von Corinna Ringel. Im nächsten Durchgang versuchten die Bittsteller, die Schreiberin zu erweichen: ›Wir bitten Sie inständig, uns keine Schwierigkeiten zu machen‹ oder ›Bitte stürzen Sie uns nicht in den Ruin‹ waren nur eine kleine Auswahl. Darauf folgte meist eine neuerliche Abfuhr von Ringel, die dann oft unkommentiert blieb oder eine Entladung der aufgestauten Wut der Betroffenen zur Folge hatte, was in wüsten Beschimpfungen bis hin zu Drohungen gipfelte.

»Also wenn ich das so lese, dann traue ich einigen zu, die anonymen Drohbriefe verfasst zu haben, die Corinna

Ringel mir zugesteckt hat. Ja sogar, dass der eine oder andere Mordgelüste hegte. Aber von einem Platt finde ich hier keine Nachricht.«

»Was nichts zu bedeuten hat«, relativierte Karin trocken. »Es kann sich bei dem Kastenwagen, den du gestern Nacht gesehen hast, trotzdem um einen der Tischlerei handeln. Oder auch nicht. Am besten, wir statten den Platts einen Besuch ab.« Karin blickte auf die Uhr. »Vielleicht erreichen wir noch jemanden, wenn wir gleich anrufen.«

»Und was sollen wir sagen?« Ich war so müde, dass ich keinen klaren Gedanken mehr fassen konnte.

»Bleib doch bei dieser Version mit der Autorin, die für ein Buch recherchiert. Das klingt seriös und macht die Leute auskunftsfreudig. Kaum einer wird sich die Chance entgehen lassen, in so einer Publikation aufzuscheinen. Was willst du denn sonst tun? Anrufen und fragen, ob mit ihrem Wagen letzte Nacht eine Leiche transportiert wurde? Also ich besuch dich nachher nicht im Irrenhaus, wenn sie dich einliefern. Ach, weißt was, ich ruf an …« Damit beendete Karin ihren Monolog, und schon wählte sie die Nummer. Keine fünf Minuten später hatte sie für den nächsten Vormittag um zehn Uhr einen Termin vereinbart. Besichtigung der Werkstatt inklusive.

»Ausnahmsweise«, hatte Linus Platt betont. »Aber wir fühlen uns geehrt, wenn eine Autorin uns in einem Buch erwähnen möchte.«

»Danke, du bist die Beste«, sagte ich zu Karin und meinte es auch so. Ich nahm das Kuvert, das mir Corinna Ringel zugesteckt hatte, und legte die sechs

Zettel nebeneinander aufs Bett, wobei ich besonders darauf achtete, dass ich die Papiere nur an einem Eck mit einem Taschentuch vorsichtig anfasste, damit ich etwaige Fingerabdrücke, die sich auf den Papieren befanden, nicht vernichtete. Bei den herrschenden Temperaturen hatte ich natürlich keine Handschuhe im Gepäck.

Entweder haben die Schreiberlinge dieser vier Drohbriefe die gleiche Zeitung gelesen, oder die Schriftstücke stammen von ein und derselben Person«, murmelte Karin, während sie die Buchstaben eingehend studierte. Nur auf zwei Zetteln waren andere Schrifttypen verwendet worden.

»Aufgrund der glatten und leicht glänzenden Oberfläche gehe ich davon aus, dass sie aus ein und demselben Magazin stammen. Dann könnten wir zumindest den Radius der Drohbriefschreiber besser eingrenzen.«

Ich lachte laut auf. »Keine Chance! Ich glaube, in Graz gibt es mehr Lokal-, Wochen-, Monats- und Was-weiß-ich-Magazine als irgendwo sonst in Österreich, vielleicht ausgenommen von Wien. Aber auch nur vielleicht.«

Karins Idee war somit gestorben, und wir wandten uns wieder dem Handy zu. Nach und nach notierten wir die Telefonnummern aller Anrufe der letzten Wochen.

»Ich glaub, ich spinne!« Mit einem Satz sprang Karin hoch und suchte hektisch in den Unterlagen. Schließlich fand sie meine Liste, auf der ich Linus Platts Telefonnummer notiert hatte. Die einzelnen Zahlen stimmten tatsächlich überein. Dann suchte sie nochmals in den aufgezeichneten SMS und wurde fündig.

»Dachte ich es mir doch, dass die Ringel auch dem Platt das Leben schwer gemacht hat. Pass auf! Wenn du das liest, dann klingt deine Theorie mit dem Lieferwagen gar nicht mehr so weit hergeholt. Das war nicht gerade eine herzliche Beziehung, die die beiden zuletzt miteinander hatten. Zumindest nicht, wenn man den bissigen Unterton in den Nachrichten liest«, meldete Karin triumphierend. »Corinna Ringel hatte anscheinend etwas in ihrem Besitz, was Linus Platt unbedingt zurückhaben wollte.«

Was, ging aus den Mitteilungen nicht hervor. Für uns war das noch ein Grund mehr, den Tischlereibetrieb aufzusuchen. Karin googelte die Wegbeschreibung zur Firma W.A.S. Ihr Sitz war in Thal. Jener Marktgemeinde westlich von Graz, in der einst Arnold Schwarzenegger geboren wurde.

Mein Handy unterbrach unsere Recherchen.

»Mama? Wo bleibst? Wir sitzen hier schon seit einer Ewigkeit und warten auf dich«, beschwerte sich Valerie. Ihr ruppiger Ton brachte mich sofort auf die Palme. Gerne hätte ich ihr patzig zur Antwort gegeben, wie oft und wie lange ich in den letzten Jahren immer wieder auf sie hatte warten müssen. Oft auch spät nachts vor den Diskotheken, von denen ich sie regelmäßig abgeholt hatte. Aber ich schluckte meinen Ärger hinunter. Meine Tochter war hungrig, und letztlich konnte sie nichts dafür, dass sie meine Ungeduld vererbt bekommen hatte.

»Wir sind gleich unten. Fangt schon mal mit der Vorspeise an, wenn ihr hungrig seid«, sagte ich betont freundlich.

Es dauerte dann doch noch eine Viertelstunde, bis Karin und ich ausgehfein waren. Ich trug ein violettes Wickelkleid, das meiner Figur schmeichelte. Ich hatte es mir extra für diesen Anlass gekauft samt einer dieser modischen Statementketten, die die Blicke auf sich zogen und von anderen weniger schmucken Details ablenkten. Den Schrittzähler hatte ich im Zimmer gelassen. Die paar Gänge zum Buffet würden nicht mehr viel ausmachen. Immerhin hatte ich an diesem Tag 12.487 Schritte gemacht. Bis dato mein absoluter Rekord.

8

»Gut schaun wir aus«, stellte Karin zufrieden fest, als wir nebeneinander vor dem Spiegel im Lift standen. Sie trug einen taupefarbenen, schmal geschnittenen Hosenanzug, der ihre Beine noch länger wirken ließ, als sie ohnehin schon sind. Was vielleicht auch an den Pumps mit den zwölf Zentimeter hohen Absätzen lag und an der Tatsache, dass sie ihre Kleider um zwei Nummern kleiner trug als ich.

Valerie tippte wieder mal auf ihrem Laptop herum. Nicht einmal ein Abendessen lang konnte meine Tochter ohne Facebook, Whatsapp und Viber auskommen. Des lieben Friedens willen hielt ich jedoch meinen Mund und konzentrierte mich auf die Menükarte in der Hoffnung, dass sie das Gerät zumindest während des Essens ausschalten würde. »Also, wenn Lila der letzte Versuch ist, dann ist dir das gelungen!« Das war die Stimme von

Thomas. Ich blickte erschrocken hoch. Und da saß er vor mir. Nicht real, aber irgendwie doch. Er blickte mir vom Bildschirm des Laptops entgegen. Valerie grinste von einem Ohr zum anderen. Sie hatte eine Skype-Verbindung mit ihrem Vater aufgebaut, und weil das mit dem Senegal nicht immer einfach war, entschuldigte das ihren Ärger über mein Zuspätkommen. »Alles Liebe zum Geburtstag. Gut schaust aus. Schade, dass ich nicht bei euch sein kann …«, bedauerte Thomas. »Ich würde den Abend lieber mit euch verbringen, auch wenn mir der Magen knurrt, aber ich muss noch zu einem Geschäftsessen. Also feiert's schön. Helene, ich freu mich schon auf dein Kommen.«

»Sollen wir euch allein lassen?«, fragten Patrick und Valerie wie aus einem Munde.

»Jetzt stellt euch nicht so kindisch an. In eurem Alter solltet ihr schon wissen, dass auch ältere Leute noch Sex haben«, maßregelte sie Thomas grinsend.

»Wenn ich gewusst hätte, dass das so ausartet, hätte ich auf diese Überraschung verzichtet«, verkrampfte sich Valerie. Ich lächelte und fühlte mich in gute alte Zeiten zurückversetzt. Wenn sie wüsste, wie oft wir sie und ihren Bruder mit ›Such-mal-Spielchen‹ beschäftigt hatten, während wir … Nun ja, Liebe machte erfinderisch. Auch das lag schon einige Jahre zurück und war nur noch eine lustige Erinnerung.

»Wir freuen uns auch auf dich und den Senegal«, sagte Patrick. »Hauptsache, unsere Zimmer liegen weit genug von eurem Schlafzimmer entfernt«, murmelte Valerie.

»Helene, ich ruf dich morgen an. Dann plaudern wir ohne …« Der Senegal war ihm zuvorgekommen.

Der Bildschirm flimmerte, Thomas war wieder rund 4.500 Kilometer entfernt.

»Danke, das war ein schönes Geburtstagsgeschenk. Überhaupt alles, was ihr euch habt einfallen lassen: dass ihr mich überrascht habt und dass wir hier zusammensitzen und gemeinsam feiern.« Ich hob mein Glas Sekt und prostete den Dreien zu.

»Mama, bitte werd jetzt nicht auch noch sentimental«, blockte Valerie sofort ab, stieß aber mit einem Lächeln mit mir an. Wie hübsch sie war, wenn sie ihre Mundwinkel nach oben zog. Während der Dauer des gemütlichen Abendessens lebte ich wieder in meiner kleinen heilen Welt, in der es keinen Platz für verschollene Leichen gab. Wir genossen das reichhaltige Buffet, das uns die Qual der Wahl bescherte.

Karin war vom Wein begeistert, den ihr der Sommelier empfahl. Sie begutachtete das Etikett. »Weingut Kager in der Südsteiermark«, las sie vor.

»Aber nicht vom Josef Kager, dem Biowinzer?«, fragte ich den Sommelier.

Der blickte mich beeindruckt an. »Genau von dem stammt das gute Tröpferl«, sagte er. Ich genoss seine Anerkennung und hütete mich ihn aufzuklären, dass ich in Wirklichkeit keine Ahnung von Wein hatte und den Winzer nur kannte, weil er auf meiner Verdächtigenliste stand.

Ich aß zu viel, und die Schlutzkrapfen mit Kürbisfüllung lagen schwer in meinem Magen. Daran konnte auch der Verdauungsschnaps nichts ändern, der uns hinterher kredenzt wurde. Mit der Geburtstagstorte, die mit Spritzkerzen serviert wurde, sowie dem Strauß roter Rosen, den mir ein Kellner in die Hand drückte, hatte ich nicht gerechnet. Spätestens jetzt wusste jeder im Raum, dass ich Geburtstag hatte. Ich konnte meinen Kindern ansehen, dass sie am liebsten im Erdboden versunken wären. »Das hat sicher Papa in Auftrag gegeben«, genierte sich Valerie für ihre peinlichen Alten.

»Herzlichen Glückwunsch zum Geburtstag.« Erna und ihr wohlgenährter Gatte standen vor uns. »Wir wollten uns nur von Ihnen verabschieden. Wir reisen morgen schon sehr früh ab, da sehen wir uns nicht mehr beim Frühstück.«

So ein Glück, dachte ich insgeheim.

»Dürfen wir …?« Jens machte Anstalten, sich zu uns zu setzen. Die Torte schien eine magische Anziehungskraft auf ihn auszuüben.

»Bitte nicht böse sein, aber wir möchten gern den Geburtstag meiner Mutter im Familienkreis feiern«, platzte Valerie heraus. »Wir sehen uns nur sehr selten. Sie verstehen das bestimmt.«

Das betretene Schweigen des Ehepaares überspielte ich mit einem Lächeln.

»Selbstverständlich. Die Familie geht vor«, sagte Erna. Dann erzählte sie, dass sie bereits alle Formalitäten an der Rezeption erledigt, Trinkgelder verteilt und den nächsten Urlaub bereits gebucht hatten. »Wir werden in der Hotelbar Abschied feiern. Wenn Sie möchten, schauen Sie doch später noch vorbei.«

Ich bedankte mich. Wenigstens wussten wir, wo wir diesen Abend keinesfalls verbringen würden.

»Also dann noch einen schönen Abend.« Und endlich waren sie weg.

»Danke«, sagte ich zu Valerie. Trotzdem würde ich meiner Tochter das Benimmbuch nochmals zum Lesen geben. Im Moment war ich aber über ihre Direktheit froh. Erna und Jens waren reizend, aber anstrengend.

»Frau Kaiser, gut, dass ich Sie endlich antreffe!« Anita, die Rezeptionistin, stand vor mir. Sie hatte ihr schlichtes Dirndl vom Nachmittag gegen ein schwarzes mit Silberketten-Schnürung getauscht. Über dem Rock mit Ton-in-Ton-Blütenmuster hatte sie eine fuchsiafarbene Schürze gebunden. Ich hatte gute Lust, demnächst auch einmal so ein Dirndl zu kaufen. Auf meinen Spaziergängen durch die Stadt war mir aufgefallen, dass es viel mehr Trachtengeschäfte als früher gab. Während damals hauptsächlich Traditionalisten und Konservative Tracht getragen hatten, hingen mittlerweile in den meisten Grazer Kleiderschränken mehrere Trachtenstücke. Nicht zuletzt, weil es viele Anlässe gab, zu denen man diese ausführen konnte. Selbst bei den Jungen erlebte die Tracht ein Revival.

»Frau Corinna Ringel hat gestern Abend einen Brief für Sie abgegeben«, riss die Frau mich aus meinen Modeträumen. »Sie hat mich gebeten, Ihnen den Umschlag persönlich zu überreichen. Leider habe ich es vorhin vergessen.« Sie reichte mir ein DinA4-Kuvert.

»Hat sie sonst noch etwas gesagt?«, fragte ich verwundert.

»Nein, das war alles.« Sie drehte sich um und stolzierte in ihren Trachtenschuhen in die Rezeption zurück.

»Und? Willst du es nicht aufmachen?«, fragte Valerie. »Vielleicht ist ein netter Geburtstagsgruß drinnen.«

Karin und ich sahen uns an. Meine Vorahnung sagte mir, dass ich auf diesen Geburtstagsgruß gern verzichtet hätte.

»Nein, das ist was Berufliches. Das kann warten«, sagte ich.

»Erzähl lieber, wie es dir in Island gefällt.«

»Ja, eh okay«, lautete die einsilbige Antwort.

Ich kannte meine Tochter gut genug, um zu wissen, dass ich im Moment nicht mehr aus ihr herausbekommen würde. Vielleicht erzählte sie mir morgen, wenn wir unter uns waren, was los war. »Und wie kommst du mit deiner Diplomarbeit voran?«, fragte ich Patrick.

»Geht so«, war die ebenso wenig ergiebige Antwort meines Sohns.

»Wenn wir uns beeilen, könnten wir den Abend noch im Spa-Bereich ausklingen lassen«, schlug Karin vor und beendete die unangenehme Stille, die sich plötzlich am Tisch breitmachte. Keine halbe Stunde später saßen wir vier im Whirlpool mit Blick auf den beleuchteten Schloßberg, tranken aus den kleinen Sektflaschen, die wir verbotenerweise hineingeschmuggelt hatten, und für einen schönen Moment war mein Leben wieder rundum in Ordnung. Außer, dass Thomas fehlte.

Wohlig beschwipst gingen Karin und ich in mein Zimmer. Neugierig betastete ich das Kuvert, das mir die Rezeptionistin gegeben hatte, bevor ich es aufriss. Mehrere Seiten befanden sich darin.

Liebe Helene! Ich habe mich gefreut, dass wir uns kennengelernt haben. Wenn Sie diesen Brief bekommen, dann ist mir in der Nacht etwas passiert. Andernfalls hätte ich ihn am Morgen wieder abgeholt. Mein Ver-

dacht, dass mir jemand Böses will, hat sich erhärtet. Ich hoffe noch immer, dass ich mich irre und nur ein wenig überreizt bin. Aber falls er sich doch bewahrheiten sollte, dann möchte ich zumindest, dass Sie etwas in der Hand haben. Ich mache mir nichts vor: Im Fall des hoffentlich nicht eintretenden Falles sind Profis am Werk. Ich seufzte. Die Vorahnung von Corinna Ringel war erschreckend zutreffend. Doch dass eine Doppelgängerin ihr Leben übernehmen würde und sie noch immer nicht als vermisst galt, übertraf wohl ihre kühnsten Fantasien.

Ich will bei Ihnen nicht den Eindruck erwecken, dass ich eine Verrückte bin, die sich wichtig machen möchte. Anbei lege ich Ihnen Unterlagen von einigen Personen bei, denen ich alles zutrauen würde. Und ich habe eine große Bitte: vorerst keine Polizei! Es wäre mir ein großes Anliegen, dass jemand, der völlig neutral ist, Licht in die Sache bringt, bevor die Polizei eingeschaltet wird. Sie, liebe Helene, erscheinen mir dafür geeignet. Wenn Sie diesen Brief erhalten, dann sind leider alle meine Befürchtungen eingetroffen und meine Hoffnung, bald wieder einen gemütlichen Abend mit Ihnen zu verbringen und ein paar Steirer-Colada zu trinken, hat sich nicht erfüllt. In diesem Fall bitte ich Sie, alles Mögliche zu tun, um die Täter zu überführen. Herzliche Grüße, Ihre Corinna Ringel.

Ich hatte das Schreiben im Stehen gelesen. Müde setzte ich mich zu Karin aufs Bett und reichte ihr den Brief.

»Da halte ich die letzte Nachricht einer Toten in der Hand und das zu meinem 50er. Wenn das nicht der makaberste Geburtstag ist, den ich je erlebt habe, weiß ich auch nicht.«

Während Karin die Zeilen überflog, zog ich die anderen Unterlagen aus dem Kuvert. Es waren Fotos, Zahlentabellen und ausgeschnittene Artikel.

»Sieh einer an«, entkam es mir. Auch ein Foto von Linus Platt war darunter. Auf die Rückseite hatte Corinna Ringel ›*China-Ramsch*‹ gekritzelt. ›*Linus Platt, Tischlerei W.A.S. Der scheint gewaltig Dreck am Stecken zu haben. Möglich, dass ich ihn nervös mache.*‹

Ein weiteres Foto zeigte eine brünette Frau. ›*Marlies Gruber, Künstlerin. Hat mich in der Öffentlichkeit verbal bedroht und vor Gericht verklagt, allerdings erfolglos*‹, hatte Corinna Ringel hier auf der Rückseite notiert. Ich erinnerte mich an die SMS-Kommunikation zwischen den beiden Frauen, die alles andere als herzlich gewesen war. Der Stein des Anstoßes, der hämische Artikel im Blog von Corinna Ringel, in dem sie die Werke der Künstlerin der Lächerlichkeit preisgegeben hatte und in dem sie diese von einem Tag zum anderen zu einer Person des öffentlichen Gespötts gemacht hatte, befand sich ebenfalls bei den Unterlagen.

»Hör dir das an, was die Ringel da geschrieben hat«, sagte ich zu Karin. »*Was sollen diese schiefen Figuren aus Polyurethan-Schaum? Was diese Riesen-Unterhosen? All das kennen wir schon längst. Oder diese pseudo-poetische Wolke aus rosaroten Tropfen? Das haben Künstler doch bereits vor 20 Jahren vorexerziert. Und bitte, was soll dieses schlecht nachgeformte Kaffeeservice? Mit Verlaub, damit lassen sich keine positiven Impulse vermitteln. Da sträubt sich doch alles in jedem Kunstverständigen.*« Ich machte eine Pause und überflog den Rest. In dieser Art ließ sich Corinna Ringel noch weiter aus und ließ kein gutes Haar an Marlies Grubers Werken. Die Leser des Blogs hatten nicht mit bösartigen Kommentaren gespart und sich ihrerseits über die Künstlerin lustig gemacht. Auch wenn mein Verständnis von moderner Kunst nicht ausgereift war, so vertrat ich generell die Ansicht, dass niemand, und schon gar nicht jemand, der nicht ebenfalls Werke schuf, das Recht hatte, einen anderen derart hinunter zu machen.

»Also wenn ich diese Marlies Gruber gewesen wäre, hätte ich so ein Mobbing nicht tatenlos hingenommen«, stellte Karin fest. »Für mich hat sie ganz klar ein Tatmotiv.«

»Und was ist damit?« Karin deutete auf die anderen Papiere und Fotos. Als sie alles durchgesehen hatte, seufzte sie.

»Erstaunlich, was du alles herausgefunden hast. Nicht zu sprechen davon, dass du Zeugin der Leichenentsorgung wurdest. Wenn ich ehrlich bin, möchte ich im Moment nicht in deiner Haut stecken.« Ich war zu müde, um nachzufragen, wie sie das meinte. Ich packte die Unterlagen zusammen.

»Ich fühle mich wie gerädert. Lass uns schlafen gehen. Wir haben morgen einiges zu erledigen.«

»Da ist noch was.« Karin hob ein Foto auf, das auf den Boden gefallen war. ›*Matthias Kapeller. Kompagnon meines Ex-Mannes*‹, las sie vor, was Corinna Ringel auf die Rückseite geschrieben hatte.

Der Name Matthias Kapeller kam mir bekannt vor. Als ich das Gesicht sah, erkannte ich den Mann sofort wieder. Er hatte Corinna Ringel in der Hotelbar abgeholt. Auf mich hatte er einen sympathischen Eindruck gemacht und nicht so gewirkt, als wollte er seine Geliebte wenig später abmurksen. »Wenn mir etwas passiert, dann müssen Sie sich an seine Fersen heften. Versprechen Sie mir das«, hatte Corinna Ringel zu mir gesagt. Ihre Reaktion hatte so gar nicht zu Kapellers zur Schau getragener Fürsorglichkeit gepasst. Doch mittlerweile wusste ich ohnehin nicht mehr, wem ich noch trauen konnte. Schließlich hatte mir Corinna Ringel ausdrücklich eingetrichtert, nichts und niemandem zu glauben.

»Da hast du in ein Wespennest gestochen.« Karin schüttelte den Kopf. »Es sind nicht einmal 24 Stunden seit ihrem Tod vergangen, und wir haben jede Menge Verdächtige. Um nicht zu sagen, viel zu viele. Vielleicht solltest du doch alles sofort der Polizei übergeben?«

»Aber Corinna Ringel flehte mich geradezu an, die Ermittlungen selbst in die Hand zu nehmen. Es war ihr letzter Wunsch, und auch wenn das jetzt pathetisch klingt, fühle ich mich ihr verpflichtet, ich hab's ihr doch versprochen. Abgesehen davon, würde mir ohnehin keiner glauben, wo es doch keinen Beweis für ihr Verschwinden gibt.«

»Den Beweis hältst du doch in Händen. Es würde genügen, wenn du den Brief der Polizei gibst und den Beamten von deinen Beobachtungen erzählst«, versuchte Karin, mich umzustimmen.

»Und dann rufen die bei ihrem Vater an, und der sagt ihnen dann, dass die Ringel wohlauf ist. Damit wären die Ermittlungen eingestellt und ich erneut die Dumme. Denk daran, wie die hier im Hotel reagiert haben, und dann stell dir das Gespräch bei der Polizei vor. Nein danke.«

Karin seufzte und stimmte mir wohl oder übel zu. »Wahrscheinlich hast du recht. Die Polizei ist auch nicht mehr das, was sie einmal war. Letztens haben sie mich aufgehalten, weil ich zu schnell gefahren bin, und haben voll abkassiert. Früher hätte ich mich entschuldigt, mit den Wimpern geklimpert, dann hätten sie mich ermahnt und weitergewunken«, erzählte sie. Ich vermied es, meiner Freundin die brutale Wahrheit ins Gesicht zu sagen. So fesch Karin war, auch sie hatte bald fünf Jahrzehnte am Buckel. Früher war Karin eine entzückende Blondine gewesen, die unweigerlich in jedem Mann den Beschützerinstinkt hervorrief, was sie auch schamlos ausgenutzt hatte. Heute war sie eine toughe Frau, die ausstrahlte, dass sie keinen starken Mann brauchte, der ihr sagte, wo es für sie lang ging. Wenigstens konnte sie sich heutzutage jede Strafe leisten. »Kannst dich noch erinnern, wie ich dich mal in den Sommerferien in Graz besucht hab und wir voll eingeraucht über den Jakominiplatz gefahren sind, obwohl er da schon für den Autoverkehr gesperrt war?« Karin grinste bei der Erinnerung daran.

»Ja, klar kann ich mich erinnern. Du hast dem Beamten lang und – im wahrsten Sinn des Wortes – breit erklärt, dass ich aus Australien komme und deshalb keine Ahnung vom Fahrverbot haben konnte.«

»Genau. Er hat zwar den Kopf geschüttelt, aber nix ist passiert. Keinen Groschen mussten wir damals zahlen.« Gute alte Zeit.

»Ich werde die nächsten Tage mein Bestes geben, um Licht in die Angelegenheit zu bringen. Wenn ich konkrete Hinweise habe, werde ich sie der Polizei anonym zukommen lassen. Dann bin ich aus dem Schneider, und die Beamten haben genug Indizien, um aktiv zu werden«, schlug ich ihr vor.

»Du wirst dich nie ändern«, seufzte Karin. »Du kannst derart stur sein. Da bin ich nur hergefahren, um deinen Geburtstag zu feiern, stattdessen muss ich mit dir Mörder jagen.« Meine liebe Freundin tat ja gerade so, als wenn ich mir dieses Geburtstagsprogramm freiwillig ausgesucht hätte.

3. KAPITEL

Samstag

I

Als ich am nächsten Morgen die Augen aufschlug, dachte ich zuerst daran, den Wassereimer in meiner Wohnung zu leeren. Ich wollte dem freundlichen Nachbarn unter mir keinen neuerlichen Regen bescheren, wo doch die Sonne vom Grazer Himmel schien, als gäbe es kein morgen. Es würde ein weiterer schöner Tag werden. Wenn ich es mir recht überlegte, bot sich bei dieser Witterung eine Ballonfahrt am Stubenbergsee an. Damit konnte ich gleich das Angenehme mit dem Nützlichen verbinden.

Im Bademantel ging ich auf den Balkon, um die Ruhe vor dem Sturm auf mich wirken zu lassen. Ohne lange zu überlegen wählte ich Thomas' Nummer. Ich hatte seinen Gute-Nacht-Anruf versäumt, weil wir zu dem Zeitpunkt im Whirlpool saßen. Als ich nach unseren Recherchen endlich aufs Display blickte, erschien es mir zu spät, um ihn zurückzurufen. Auch meine Schwiegermutter hatte ein zweites Mal erfolglos probiert, mich zu erreichen. Das Geburtstagsständchen hatte sie schließlich auf die Mailbox gesungen.

»Guten Morgen«, gähnte Thomas in den Hörer.

»Habe ich dich geweckt?« Mein Mitleid hielt sich in Grenzen. Wenn er erst zu früher Stunde ins Bett gekommen war, konnte das nur heißen, dass das Geschäftsessen unterhaltsamer gewesen war, als er uns glauben machen wollte. Details wollte ich mir nicht ausmalen, und ich würde mich hüten, ihn danach zu fragen. Frei nach dem Erfolgsrezept vieler guter Ehen: Was man nicht weiß, macht einen nicht heiß.

»Nicht schlimm. Ich muss ohnehin raus aus den Federn, oder hier muss ich sagen: aus den Tüchern. Und, hattest du noch einen schönen Geburtstag?«

»Wie man's nimmt.«

»Ach, Helene-Schatz, es tut mir so leid, dass ich nicht bei dir sein konnte, aber bitte sei deswegen nicht eingeschnappt. Ich mach alles wieder gut, wenn du in einer Woche kommst«, sülzte er.

»Du glaubst hoffentlich nicht, dass du der Nabel meiner Welt bist, oder? Und dann immer diese leeren Versprechungen …«, frotzelte ich ihn. »Nein, Spaß beiseite. Ich hatte kein Problem damit, dass du nicht da warst. Aber mein Geburtstag war bis auf die nette Überraschung unserer Kids und Karins Anwesenheit das reinste Desaster.« Dann erzählte ich ihm im Schnelltempo vom Auffinden der Leiche, von deren Verschwinden, unseren Recherchen und Gesprächen und der langen Liste von Verdächtigen.

»Ist das ein Scherz, oder schreibst du jetzt Krimis?«, unterbrach mich Thomas. Seine Müdigkeit war verflogen.

»Nichts davon. Alles wahr und persönlich erlebt.«

»Du willst mir allen Ernstes einreden, dass *du* eine Tote gefunden hast? Und dass du die Polizei nicht informiert hast, und dass noch nicht mal ihr Vater sie für vermisst hält? Helene, ich weiß nicht, ob ich mir im Moment mehr Sorgen um dich und deine überbordende Fantasie oder um dein Leben machen soll.«

»Jetzt sei nicht lächerlich. Es weiß doch keiner außer dir und Karin und Bernd …«, sagte ich, und in diesem Moment wurde mir schlagartig bewusst, dass das nicht stimmte. Wenn die Kellnerin schon beim Frühstück Bescheid wusste, hatte der Portier vielleicht auch anderen von meinen nächtlichen Besuchen und Nachforschungen erzählt. Dass er mir nicht glaubte und mich für überspannt hielt, war seine Sache. Aber wenn das auch den Tätern zu Ohren gekommen war, wussten die sehr wohl, dass ich recht hatte, und würden wahrscheinlich alles dazu tun, um meine Ermittlungen zu stoppen. Aber diese plötzliche Erkenntnis band ich Thomas nicht auf die Nase. So wie ich ihm früher Unfälle oder größere Probleme mit den Kindern erst im Nachhinein erzählt hatte, weil es nichts gebracht hätte, wenn er sich am anderen Ende der Welt Sorgen machte. Genauso würde ich es auch diesmal tun. Es kostete mich zu viel Energie, meinen eigenen Karren aus dem Schlamm zu ziehen und obendrein noch die Sorgen anderer Leute vertreiben zu müssen. Warum hatte ich Thomas überhaupt etwas von der Geschichte erzählt, warf ich mir nun vor. »Schatz, bitte reg dich nicht auf. Ich bin schon erwachsen und kann auf mich aufpassen. Für eine Frau, die fünf Jahrzehnte überlebt hat, ist das ein Klacks«, scherzte ich. In Wirklichkeit war mir mulmig zumute. Daran, dass mir selbst Gefahr drohen könnte, hatte ich bis zu diesem Gespräch nicht gedacht. »Aber bitte behalte alles, was ich dir gesagt habe, für dich«, ergänzte ich sicherheitshalber. »Wenn wir uns nächste Woche wiedersehen, werde ich dir alles haarklein erzählen.«

Nachdem ich aufgelegt hatte, nahm ich meine Liste der Verdächtigen zur Hand und schrieb ›Hotelangestellte?‹ dazu. Ein Foto und eine namentliche Auflistung des Teams fand ich auf der Webseite. Da ich nur Männerstimmen gehört hatte, schloss ich von vornherein alle weiblichen Angestellten aus, womit mir nur noch sieben Personen übrig blieben: zwei Kellner, der Barmann, zwei Köche, der Haustechniker und der Nachtportier. Letzteren strich ich sogleich wieder.

Bevor ich zum Frühstück ging, wählte ich die Telefonnummer meiner Schwiegermutter, um mich für ihre Glückwünsche zu bedanken.

»Schade, dass wir dein Jubiläum nicht gemeinsam feiern konnten.« Wie üblich dauerte es keine halbe Minute, bis sie den ersten Vorwurf aussprach. »Ich hoffe, dass du wenigstens mit Thomas telefonierst. Der Arme sitzt da ganz allein in der Einöde, und du lässt es dir in Graz gutgehen.« Wenn die wüsste!

»Also weißt du, Else, soweit ich mich erinnere, wurde Thomas von niemandem gezwungen, wochenlang ins Ausland zu fahren. Auch früher nicht, als die Kinder noch klein waren und ich alles allein unter einen Hut bekommen musste.«

»Ach, was ihr Jungen immer zusammenjammert. Ich habe vier Kinder großgezogen und mein Karli – Gott hab ihn selig – hat sich nie um irgendwas kümmern müssen.«

»Ja Else, ich weiß, wie tüchtig du immer warst. Du hast das schon ein paar Mal erwähnt. Danke für deine lieben Wünsche, ich muss jetzt los.« Ich spürte, wie mein innerlicher Groll anwuchs. Ein Gefühl, gegen das ich nichts tun konnte, auch wenn ich wusste, dass sie es nicht böse meinte. Sie war nur eine traurige alte Frau, die Zeit ihres Lebens ausschließlich für die Familie da gewesen war, während ihr Karli ein Lotterleben geführt und eine Freundin nach der anderen nebenher gehabt hatte. Ihre Hoffnung und Liebe hatte sie auf ihre Kinder übertragen, die nun in alle Windrichtungen zerstreut waren und teils sogar auf anderen Kontinenten lebten. Auch Thomas besuchte sie nur zu den obligaten Pflichtterminen wie Weihnachten, Muttertag und Ostern – sofern er im Land war.

»Wo musst du heute denn so dringend hin? Am Samstag? Wo Thomas nicht da ist.«

»Ich … ich muss in die Kirche.« Auf die Schnelle war mir keine bessere Ausrede eingefallen. Ich konnte ihr schlecht sagen, dass ich mich auf Mörderjagd begab.

»Oh, du gehst in die Kirche? Etwa zum Beten? Das freut mich aber. Dann will ich dich nicht länger aufhalten. Grüß Thomas lieb von mir, wenn du das nächste Mal mit ihm telefonierst. Hoffentlich fühlt er sich nicht allzu allein und kommt auf keine dummen Gedanken. Du weißt ja, wie Männer sind.« Else sprach aus leidvoller Erfahrung.

Dumme Gedanken. Dumme Gedanken. Das war das Einzige, was mir nach dem Gespräch mit meiner Schwiegermutter haften blieb. Es wunderte mich immer wieder, wie es ihr in kürzester Zeit gelang, mein Grundvertrauen zu erschüttern. Natürlich hatten sich dann und wann auch bei mir Bedenken geregt, dass sich Thomas in weiter Ferne mit einer anderen Frau vergnügen könnte, aber er hatte mir nie einen konkreten Anlass zur Eifersucht geliefert. Darum hatte ich solche Gedanken in all den Jahren beiseitegeschoben. Else hatte sie binnen Minuten wieder an die Oberfläche geholt, und nun nagte die Unsicherheit an mir, ob Thomas nicht doch mehr von den Genen seines Vaters geerbt hatte, als mir lieb war.

Karin saß schon bei Tisch und frühstückte, als ich den Raum betrat.

»Ich habe heute mit Thomas telefoniert, und dabei wurde mir bewusst, dass es durchaus sein könnte, dass jemand vom Hotelpersonal involviert ist«, überfiel ich sie mit meinen Gedanken.

»Das wäre aber gar nicht gut. Dein nächtliches Abenteuer hat sich hier im Haus sicher schon herumgesprochen, und dann wüssten auch die Täter davon. Vielleicht würden sie versuchen, deine Ermittlungen zu stoppen oder dich als Zeugin zu eliminieren«, sprach meine wenig sensible Freundin meine schlimmsten Befürchtungen aus. »Am besten wird sein, wenn du heute Nacht bei mir im Zimmer schläfst. Man kann ja nie wissen«, hatte sie aber sofort eine Lösung parat und biss herzhaft in ein Honigreingerl. »Ich glaube aber eher, dass die Täter von außerhalb kommen«, fügte sie kauend hinzu.

Der reizenden Rezeptionistin Veronika gelang es kurzfristig, eine Ballonfahrt mit Martin Schön für uns zu organisieren. »Ich kenn den Martin Schön persönlich. Wir schicken unsere Hotelgäste immer gern zu ihm. Er wird Sie höchstpersönlich begleiten und Ihnen sicher ein unvergessliches Erlebnis bereiten«, versicherte sie mir.

Das Freizeitvergnügen war nicht gerade ein Schnäppchen, aber man wird ja auch nur einmal im Leben 50. Es würde das erste Mal sein, dass ich in einem Ballon gen Himmel schweben würde, und ich freute mich sehr darauf. Bis ich im Zimmer Corinna Ringels Online-Artikel über den besagten Ballonunfall las, in dem sie den Unfallhergang lang und breit beschrieb und den betroffenen Burschen und seine Eltern in einem ausführlichen Interview zu Wort kommen ließ: ›*Ich bin ausgestiegen, und plötzlich hat sich ein Seil um mein Bein gewickelt und mich mehrere Meter in die Höhe gezogen, während der Ballon immer weiter aufgestiegen ist. Es ist ein Wunder, dass ich überlebt habe, und sicher das Schrecklichste, was ich bisher erlebt habe.*‹ Allein bei der Vorstellung, in luftiger Höhe kopfüber an einem Seil zu hängen, krampften sich alle meine Muskeln zusammen. Corinna Ringel schlachtete den Vorfall und die Verletzungen des Burschen bis ins kleinste Detail aus und beschuldigte den Veranstalter der groben Fahrlässigkeit. Dazu hatte sie in seiner Vergangenheit gekramt und noch weitere, wenngleich harmlosere Vorfälle ans Tageslicht gebracht und sie entsprechend aufgebauscht. Zwar hatte es in keinem dieser Fälle eine gerichtliche Verurteilung gegeben, aber geschäftsfördernd war diese Art der Berichterstattung bestimmt nicht gewesen. Wenn ich ehrlich war, hätte ich nach dem Lesen des Artikels die Ballonfahrt am liebsten abgesagt. Mir war klar, dass ich, sobald ich den Korb bestieg, nur noch daran denken würde, was uns alles passieren könnte. Zum Beispiel, dass der

Ballon Feuer fing, wie das einmal in den 90er-Jahren geschehen war. Bei dem Unglück kamen damals fünf Menschen ums Leben. Aber Angst galt nun mal nicht als Stornierungsgrund, und wetterbedingt würde die Fahrt kaum abgesagt werden, so wie die Sonne vom Himmel schien. Da musste ich durch. Ich packte die Unterlagen von Corinna Ringel in meine Tasche, dazu den Kuli mit der integrierten Kamera und dem Mikrofon. Ein typisches Was-schenken-wir-unserer-Mutter-zu-Weihnachten?-Geschenk meiner Kinder. Nachdem ich so gern spannende Romane las, fanden sie, dass so ein James-Bond-Kuli genau das Richtige für mich sei und auf jeden Fall origineller als mein Smartphone, das all das auch konnte. Da sie mich seither jedes Mal, wenn wir uns trafen, löcherten, ob ich den Kuli schon verwendet hatte, und ich bisher jedes Mal verneinte, dachte ich nun: Wann, wenn nicht heute?

Dennoch, das dumpfe Gefühl, dass ich irgendetwas vergessen hatte, wollte mich nicht loslassen. Aber es fiel mir partout nicht ein. Wenn es wichtig war, wird es sich schon wieder rühren, dachte ich.

Valerie und Patrick bekam ich nicht zu Gesicht. Ich schrieb den beiden ein SMS: »Sind am Vormittag unterwegs. Holen euch gegen 14 Uhr vom Hotel ab. Mittagessen am Stubenbergsee und 18 Uhr Ballonfahrt.«

Als ich den Schlüssel abgab, konnte ich mir eine Frage an Veronika nicht verkneifen: »Sie tragen immer so schöne Trachten. Können Sie mir einen Tipp geben, wo ich auch so ein hübsches Dirndl finden kann?« Die junge Frau trug diesmal ein türkisfarbenes Brokatdirndl, das ihr besonders gut stand.

»Danke fürs Kompliment. Die meisten meiner Dirndl habe ich von meiner Tante geerbt. Sie hatte ein Faible für schöne Stücke. Aber das hier habe ich im Trachtenparadies gekauft. Das Geschäft ist in der Altstadt.«

Also gleich bei mir ums Eck, dachte ich und ergänzte gedanklich: Was war in Graz nicht ums Eck, wenn man die Entfernungen mit jenen in Wien verglich? In der Bundeshauptstadt brauchte man mitunter eine Ewigkeit, um von A nach B zu gelangen. Dass ich mich mit der U-Bahn nie hatte anfreunden können, outete mich wohl zeitlebens als Kleinstädterin. Daran hatten all die Jahrzehnte in Wien nichts geändert.

»Kann ich Ihnen sonst irgendwie helfen? Brauchen Sie noch irgendwelche Ausflugstipps? Oder eine Wegbeschreibung?«, erkundigte sich Veronika fürsorglich. Mit meinem Kompliment hatte ich wohl ihre Sympathie gewonnen.

»Kennen Sie vielleicht eine Künstlerin hier aus der Gegend, die Marlies Gruber heißt?«, fragte ich sie geradeheraus. »Selbstverständlich. Sie war eine unserer bekanntesten bildenden Künstlerinnen in der Steiermark.«

»War? Ist sie weggezogen?«

Die Rezeptionistin druckste herum. »Ehrlich gesagt, so genau weiß ich das nicht. Ich kannte sie nicht persönlich. Ist das wichtig für Sie? Dann frage ich meine Kollegin Anita, die arbeitet schon länger hier als ich. Vielleicht weiß sie etwas Genaueres.«

»Nein danke. Das ist nicht wichtig«, log ich. Ich wollte nicht, dass meine Erkundungen über Marlies Gruber beim Hotelpersonal die Runden machten.

»Fahren wir?« Karin stand neben mir.

Veronika lächelte mir freundlich zu, das Thema war erledigt, und sie widmete sich anderen Gästen.

Karin und ich fuhren gen Westen in Richtung Thal, wo der Tischlereibetrieb W.A.S. angesiedelt war. Vor allem die Gegend um den Thalersee war mir noch gut als beliebtes Ausflugsziel meiner Kindheit in Erinnerung. Hierher waren wir oft während der warmen Jahreszeit gekommen, um mit den Ruderbooten unsere Runden zu drehen. Anschließend hatten wir einen Tisch direkt am Wasser ergattert, um den hausgemachten Kuchen oder ein Eis mit Blick auf den See zu genießen. Und im Winter waren wir hier Schlittschuh gelaufen. Wie lange das her war! Viel lieber wäre ich an den Thalersee gefahren, als diesen vermaledeiten Mördern hinterherzujagen.

Als wir den Tischlereibetrieb erreichten, standen mehrere der hellgrünen Kastenwagen im Hof und warteten auf die nächste Auslieferung. Meine Hoffnung, hier auf Anhieb den Wagen zu entdecken, mit dem Corinna Ringel abtransportiert worden war, löste sich schlagartig in Luft auf. Es hätte jeder sein können. Linus Platt kam uns mit ausgestreckter Hand entgegen und begrüßte uns herzlich. »Wir haben zurzeit Hochsaison, unsere Mitarbeiter sind daher oft auch am Wochenende im Einsatz«, erklärte er.

Karin fotografierte das Firmengebäude, eine Mischung aus altem Bauernhaus mit viel Holz und einem modernen gläsernen Ausbau. Linus Platt bemerkte meinen Blick. »Wir wollten das gute Alte erhalten und mit der Bequemlichkeit des schönen Neuen verbinden. Der Architekt hatte es nicht leicht mit uns. Ich schlage vor, wir besichtigen die Werkstatt, und danach kann ich Ihnen bei einem Glaserl Wein gern noch Ihre Fragen beantworten. Leider muss ich um 13 Uhr eine Kommode nach Graz liefern.«

Wir folgten Linus Platt in die Werkstatt. Was er uns über die Herstellung der Möbel und übers Restaurieren zeigte und erzählte, interessierte mich zwar, doch meine grauen Zellen waren immerzu damit beschäftigt, eine Möglichkeit zu finden, um das Gespräch auf Corinna Ringel zu lenken.

Karin machte hie und da ein Foto von den arbeitenden Handwerkern und von einigen bemalten Prachtstücken.

»Diese Kommode liefere ich heute aus. Ist sie nicht wunderschön?« Linus Platt strich liebevoll über das Holz. »Obwohl ich schon so lange im Geschäft bin, hänge ich noch immer an jedem Stück. Am liebsten würde ich alle selbst behalten. Besonders freut es mich, dass wir einige Hotels in Graz und Umgebung ausstatten. Im Spa-Hotel etwa stehen unsere Truhen in mehreren Zimmern.«

Darum war mir das Stück gleich so bekannt vorgekommen: Ich glaubte mich zu erinnern, in Corinna Ringels Suite eine ähnliche Truhe gesehen zu haben.

Nach dem Rundgang kam uns eine blonde Frau entgegen.

»Meine Schwester Elke«, stellte Platt sie vor. Ich erkannte sie sofort als Linus Platts Stellvertreterin von der Webseite wieder. »Unsere Tischlerei ist ein traditioneller steirischer Familienbetrieb. Möchten Sie etwas trinken? Vielleicht eine Schilchermischung?«

Wir verneinten dankend.

»Linus, ich brauche ein paar Unterschriften von dir. Du weißt, wir stehen unter Termindruck«, sagte Elke und warf uns einen skeptischen Blick zu. Dass wir in ihren Augen zu einem ungünstigen Zeitpunkt kamen, war offensichtlich.

Linus Platt führte uns in sein Büro. »Wenn es nach meiner Schwester ginge, käme ich nie zum Durchschnaufen. Sie ist die Perfektion in Person, 24 Stunden an sieben Tagen die Woche.« Kein Lächeln huschte über sein Gesicht, während er das sagte. Er bot uns Platz an und legte einige Folder auf den Tisch.

»Das hier kann ich Ihnen mitgeben, da stehen die wichtigsten Daten über uns drinnen, und hier sehen Sie einige Aufnahmen von besonders schönen Stücken aus unserer Werkstatt. Wenn Sie möchten, können Sie die Fotos gern honorarfrei verwenden. Falls Sie für Ihr Projekt noch Informationen brauchen, erreichen Sie mich oder meine Schwester jederzeit telefonisch.« Ich setzte meine Brille auf und mimte Interesse, indem ich auf den Folder starrte.

Linus Platt kramte weiter auf seinem Schreibtisch. »Ah, da ist es ja! Mir ist gerade eingefallen, dass im ›*SteirerMagazin*‹ ein Artikel über uns erschienen ist.« Er legte das Journal vor uns auf den Tisch. Ich schlug es auf und – war sprachlos. Jemand hatte Buchstaben herausgeschnitten, und soweit ich das auf den ersten Blick erkennen konnte, passte die Papierqualität zu den Drohbriefen, die in meiner Tasche steckten. Linus Platt schmunzelte, als er das Malheur bemerkte. »Entschuldigen Sie, meine Buben treiben immer ihre Spielchen. Wahrscheinlich haben sie ein Schulprojekt gemacht und nicht gefragt, ob sie das Magazin verwenden dürfen.« Er kramte erneut auf seinem Schreibtisch.

»Schade, ich finde kein anderes mehr.«

Ich beeilte mich ihm zu versichern, dass mir die paar fehlenden Buchstaben nichts ausmachten, und packte das Magazin so schnell ich konnte in meine Tasche. Besser ging es nicht: So konnten wir die Buchstaben später in Ruhe mit denen auf den Drohbriefen vergleichen.

»Kennen Sie vielleicht eine Journalistin namens Corinna Ringel?«, preschte Karin vor. Langsam gewöhnte ich mich an ihr überfallsartiges Vorgehen. Nicht zuletzt, weil sie damit oft erfolgreich war.

»Wer soll das bitte sein?«, fragte Linus Platt irritiert. Entweder er wusste es wirklich nicht, oder er war ein guter Schauspieler.

»Corinna Ringel war bekannt dafür, dass sie sich mit den verschiedensten Leuten anlegte und sie erpresste. Wir fragen uns, ob sie nicht vielleicht auch Ihnen und Ihrem Betrieb zusetzte?«

»Sie meinen jetzt aber nicht diese Funzn, die uns kürzlich unterstellt hat, dass wir unsere Truhen billig in China fertigen lassen und sie hier teuer als Handarbeit verkaufen?« Sein Blick verfinsterte sich.

»Möglich wäre es«, meinte ich. »Stimmt es denn?«

»Natürlich nicht! Diese Frau hat mir gedroht, dass sie irgendwelche Fotos veröffentlichen würde, wenn ich ihr nicht eine stattliche Summe zahle. Aber ich lass mich doch nicht von so einem Weibsbild erpressen.«

»Und? Hat sie etwas veröffentlicht?«

»Bis jetzt noch nicht. Und ich mache mir deswegen

auch keine Sorgen. Sie kann kein belastendes Material haben, weil bei uns alles in Ordnung ist. Punkt.«

Elke Platt steckte den Kopf bei der Tür herein. »Linus, ich brauche dich ganz dringend.«

»Haben Sie alles, oder brauchen Sie noch etwas?«, fragte uns Linus Platt. Wir bedankten uns, und er begleitete uns hinaus.

In diesem Moment flitzte einer der grünen Kastenwagen mit Karacho in den Hof und bremste sich vorm Büroeingang ein.

»Ah, jetzt kann ich Ihnen gleich meinen künftigen Schwager vorstellen«, sagte Linus Platt.

Das Lächeln im Gesicht des Fahrers fror ein, als er ums Auto herumging und uns gegenüberstand. Er erkannte uns ebenso wieder wie wir ihn.

»Frau Kaiser und Frau Dorfer. Sie schreiben ein Kapitel in einem Buch über unseren Betrieb«, stellte er uns vor. »Matthias Kapeller, er wird nächsten Monat meine Schwester heiraten. Dann hat das Lotterleben ein Ende, mein Lieber«, frohlockte Linus Platt und schlug seinem Schwager in spe lachend auf die Schulter. Matthias Kapeller war wie zur Salzsäule erstarrt und reichte uns wortlos die Hand.

Wenn Linus Platt wüsste, welches Kuckucksei er sich mit Matthias Kapeller eingehandelt hatte, dachte ich und war froh, dass Karin zum Aufbruch drängte und ich nichts erwidern musste. Dass es sich beim Verlobten von Elke Platt um den Liebhaber von Corinna Ringel handelte, dem wir am Abend vor deren Tod in der Hotelbar begegnet waren, hatte mir die Sprache verschlagen.

»Na Mahlzeit«, raunte Karin, als wir im Auto saßen und losfuhren. »Da haben ja alle Dreck am Stecken. Ob dieser Linus Platt die Drohbriefe geschrieben hat und etwas mit dem Mord zu tun hat? Schließlich könnte der Transporter von ihm stammen, und ein Motiv hatte er auch. Ich glaube nicht, dass er die Erpressung so locker weggesteckt hat, wie er uns das grad weismachen wollte. Und ich könnte mir auch gut vorstellen, dass an diesem China-Ramsch-Gerücht sehr wohl etwas dran ist.«

»Auch ich traue ihm zu, dass er vor uns den Naiven nur gespielt hat, während er in Wirklichkeit ein Killerkommando auf die Ringel gehetzt hat«, bestätigte ich Karins Verdacht.

»Wir müssen aber auch in Betracht ziehen, dass es genauso gut seine Schwester gewesen sein könnte. Vielleicht hat sie herausgefunden, dass Corinna Ringel ihre Nebenbuhlerin ist. Eifersucht ist ja nach wie vor eines der häufigsten Mordmotive überhaupt«, grübelte ich laut. »Und dann erst dieser Weiberheld Matthias Kapeller! Vielleicht wollte er sich seiner lästig gewordenen Geliebten entledigen, um die Hochzeit mit der guten Partie, die Elke Platt zweifellos ist, nicht zu gefährden.«

»Oder er war es, der Corinna Ringel die einschlägigen Fotos von den China-Aktivitäten der Platts zugespielt hat und der nun nicht mehr wollte, dass sie die Unterlagen verwendet«, mutmaßte Karin weiter. »Aber wir wissen ja mittlerweile aus ihren SMS, dass sie so eine Skandalgeschichte niemals aufgegeben hätte. Vielleicht war das ihr Todesurteil.«

»Alles davon wäre möglich«, bestätigte ich. »Auf jeden Fall werden wir Linus Platt und seine Schwester weiterhin im Auge behalten. Cornelia Ringels Rat werden wir befolgen und diesen Matthias Kapeller genauer unter die Lupe nehmen. Wie gern würde ich diese Kastenwagen untersuchen lassen. Wenn in einem Corinna Ringels Leiche transportiert wurde, kann man vielleicht ihre DNA darin nachweisen.«

»GU WAS 11«, ratterte Karin das Autokennzeichen herunter. Sie war so gewieft gewesen, es sich zu merken. Auch wenn uns das im Moment nicht viel nützte. Außerdem kam jeder der Kastenwagen als Tatfahrzeug in Betracht.

»Mit jedem Tag werden mehr Spuren verwischt, sofern es überhaupt welche gegeben hat«, gab ich zu bedenken.

»Geh bitte. Erinnerst dich an den Unterweger-Prozess in Graz? Da haben s' nach eineinhalb Jahren das Haar eines Opfers in einem Auto gefunden«, konterte Karin voller Optimismus und notierte sich die Ziffern und Buchstaben auf ihrem iPhone.

In angemessener Entfernung von der Tischlerei parkte ich das Auto in einem Waldweg. Ich wollte endlich wissen, ob die Buchstaben der Drohbriefe mit den fehlenden im Magazin übereinstimmten, und war zu ungeduldig, um damit bis zu unserer Rückkehr ins Hotel zu warten. Rasch war mir klar, dass zumindest drei der Schriftstücke aus dem Haus Platt stammen mussten. Auch wenn Karin nach einer kurzen Google-Suche auf ihrem iPhone herausfand, dass die Zeitung eine Auflage von 30.000 hatte, glaubte ich nicht an den Zufall, dass Platts Kinder genau die gleichen Buchstaben, die für die Drohbriefe verwendet wurden, für eine Schularbeit ausgeschnitten hatten.

2

Valerie und Patrick saßen auf den Stufen zum Hoteleingang, als wir beim Hotel ankamen und wischten emsig über ihre Handy-Displays. Miteinander sprachen sie kein Wort. Das änderte sich auch nicht, als sie bei uns hinten im Wagen saßen. Was rund um sie vorging, schien sie nicht zu interessieren. Das kleine Kastel und seine virtuelle Welt forderten ihre ganze Aufmerksamkeit. Da blieb ihnen keine Zeit, das wahre Leben durch die Fensterscheibe zu betrachten. Wahrscheinlich wäre es ihnen auch zu fad gewesen.

Wir durchquerten die Stadt und ließen sie erneut hinter uns. Diesmal führte uns der Weg in die liebliche Landschaft des oststeirischen Hügellandes. »Die Erhebungen stammen von erloschenen Vulkanen. Angenehmer Nebeneffekt dieses urzeitlichen Vulkanismus sind die vielen Thermen, die die Steirische Thermenstraße ausmachen«, leierte ich stolz meinen Kindern mein Wissen herunter. Zu meiner Schande musste ich gestehen, dass ich weder mit Thomas noch mit ihnen jemals hier gewesen war. Bis auf ein paar Grazbesuche, als meine Eltern noch lebten, waren wir nie in der Steiermark gewesen. Karin, die ich schon aus meiner Studienzeit kannte, war mich hin und wieder in den Sommerferien besuchen gekommen, und dann hatten wir mit ihrer klapprigen Ente die Umgebung unsicher gemacht.

»Und so etwas wie eine Apfelstraße gibt's hier doch auch?«, fragte Patrick. Gut informiert, mein Herr Sohn.

»Blumenstraße, Schlösserstraße, Apfelstraße – was dein Herz begehrt.« Bei Gleisdorf bog ich Richtung

Apfelstraße ein. Der Umweg lohnte sich. »Was für ein Anblick! Schaut mal, wie sich die Zweige unter den Früchten biegen. Wie schön es hier wohl im Frühling sein mag, wenn Millionen Apfelblüten blühn?«

Ich erhielt keine Antwort aus der hinteren Reihe. Wahrscheinlich war mein Vortrag zu lang gewesen. Irgendwo hatte ich einmal gelesen, dass sich Gehirne von Teenagern gerade mal 14 Sekunden auf ein Gespräch konzentrieren konnten. Vielleicht war das bei meinen Kindern auch heute noch so.

Nach knapp einer Dreiviertelstunde erreichten wir Stubenberg am See, bekanntermaßen ein Eldorado für Ballonfahrer. Zum einen wegen des stabilen Wetters, zum anderen wegen der lieblichen Landschaft mit ihren sanften Hügeln.

In einem Gasthaus am See ergatterten wir einen Tisch mit schöner Aussicht. Der Mittagstrubel war bereits vorüber. Die Einladung des Wirts, ihm zum Aquarium zu folgen und mir dort meine Forelle auszusuchen, schlug ich aus. So gern ich frischen Fisch aß, ich wollte den schuppigen Todeskandidaten nicht in die Augen schauen und schon gar nicht mit einem Fingerzeig über deren Leben entscheiden.

»Diese Marlies Gruber wohnt hier in der Gegend«, bemerkte ich zu Karin zwischen zwei Bissen. »Du weißt schon, diese SMS, von denen ich dir erzählt hab.«

»Dann sollten wir den Wirt ausfragen«, schlug Karin vor. Ich wollte lieber die delikate Forelle mit Bärlauchbutter genießen.

»Ihr meint jetzt aber nicht diese Künstlerin Marlies Gruber, die sich erhängt hat?«, mischte sich Valerie ein.

Vor Schreck verschluckte ich mich an einer Gräte. »Wie kommst du denn darauf?«, keuchte ich, als ich wieder Luft bekam.

»Ich hab vorhin im Auto die Oststeiermark und Stubenberg am See gegoogelt, und da kamen mir ein paar Meldungen über sie unter …«

Ich war schwer beeindruckt und schämte mich für mein Vorurteil, dass die jungen Leute heutzutage nichts mehr von der Umwelt wahrnehmen. Sie taten es wohl nur auf andere Art und Weise.

»Was weißt du noch über sie?«, fragte ich und suchte den restlichen Fisch nach Gräten ab. »Stand da vielleicht, warum sie sich das Leben genommen hat?«

»Nun, sie war Künstlerin, angeblich sehr kreativ, sehr kritisch«, erzählte Valerie. »Aber sie litt an Depressionen. Warte, ich suche den Artikel heraus.« Sie tippte und wischte erneut auf dem Display herum.

»Also hier steht's: Sie hatte eine andere Sicht der Dinge, lebte in ihrer eigenen Welt. Irgendwann kam sie nicht mehr mit der Realität zurecht. Blabla …«, las Valerie laut vor. Dann verstummte sie und überflog den Artikel. »Und wenn die Gerüchte stimmen, hatte sie auch finanzielle Probleme«, fasste sie zusammen.

»Da steht, dass sie auch eine exzellente Restaurateurin und Möbelmalerin war.«

»Und steht auch drinnen, warum sie dann finanzielle Probleme hatte? Solche Restaurierungen sind doch sicher ganz gut bezahlt«, sagte ich. Valerie überflog den Artikel und schüttelte dann verneinend den Kopf. Gerade als sie einen weiteren Artikel anklickte, unterbrach der Wirt unsere Nachforschungen. »Und, schmeckt es Ihnen?«, fragte er verunsichert, als er meinen durchwühlten Fisch erblickte. »Köstlich, vorzüglich«, bedankten wir uns überschwänglich, und ich setzte noch eins drauf und schob demonstrativ eine beladene Gabel in meinen Mund.

»Ach Herr Wirt, wir rätseln gerade über den Tod einer Künstlerin hier aus der Gegend. Vielleicht können Sie uns helfen? Marlies Gruber. Kannten Sie sie?«, fiel Karin wieder einmal mit der Tür ins Haus.

»Ja natürlich kannte ich sie«, der Wirt räusperte sich. »Und was genau wollen Sie wissen?«

»Nun, ich schreibe eine Kolumne über heimische Künstler«, log Karin, dass sich die Balken bogen. Das wurde schön langsam zur Gewohnheit. »Dabei bin ich auf sie gestoßen. Es heißt, sie hat sich umgebracht.«

»Das ist eine sehr heikle Geschichte. Man glaubt ja nicht, wie bös die Leut sein können.« Angewidert schüttelte der Wirt den Kopf, bevor er weitererzählte: »Jedenfalls haben hier in der Gegend alle über sie und ihre Kunst gelacht. Ist eh schon nicht einfach, Künstler zu sein, und dann auch noch so ein Verriss! Sie ist daraufhin nach Frankreich geflüchtet, hat gehofft, dass hier nach einiger Zeit Gras drüber wächst, aber dieses scheiß Internet vergisst ja nix.« Der Wirt machte eine Pause.

»Und? Wie ging's weiter?«, fragte ich.

»Schlecht ist es ihr gegangen, wie sie zurückgekommen ist. Ausg'schaut hat sie wie ein g'spiebenes Apfelkoch. Noch dazu hat sie viele Aufträge verloren, weil ihre Stammkunden in der Zwischenzeit andere Maler engagiert hatten. Man kann es ihnen nicht übel nehmen, sie wussten ja nicht, ob und wann Marlies wiederkommen würde. Nur so viel Misserfolg und finanzielle Sorgen waren halt zu viel für sie. Aber dass sie sich erhängen würde, damit hat keiner von uns gerechnet.«

»Kannten Sie Marlies Gruber gut?«, meldete ich mich zu Wort.

Der Wirt blickte mich ernst an. »Gut? Nein, gut kannte ich sie nicht. Nur wie man sich halt so kennt am Land. Vom Kirchgang oder vom Tanzen. Und einmal hat sie auch für mich eine Truhe restauriert.« Er deutete auf eine antike Kommode mit Blumenornamenten in kräftigen Farben. »Und hin und wieder liefen wir uns über den Weg und haben ein paar Worte gewechselt. Belanglose Themen übers Wetter oder ein bevorstehendes Fest.«

»Interessant, diese Farbenfreudigkeit und die Ornamente. Diese Malerei sieht ganz anders aus als die Bauernmalerei in Tirol«, stellte Karin fest.

»Sie haben recht. In Tirol malt man eher so wie in Bayern. Bei uns in der Oststeiermark ist es so farbenfroh und von der Art her eher wie im slawischen Raum«, entpuppte sich der Wirt als Kenner. »Ich würde Marlies Gruber und ihren Werken gern einen Themenkasten widmen«, log Karin weiter. Sie tippte auf den Plan. »Könnten Sie mir bitte zeigen, wo Marlies Gruber gewohnt hat, damit ich ein paar Fotos von der Gegend machen kann? Und kann ich vielleicht auch irgendwo eines ihrer Kunstwerke ansehen? Die Bilder meine ich …«

»Sie hat nicht weit von hier gewohnt. Keine sechs Kilometer entfernt.« Der Wirt malte ein Kreuz in die Karte. »Und in Graz in der Nähe vom Färberplatz finden Sie eine Galerie, in der einige ihrer Werke ausgestellt sind.«

Karin blickte mich triumphierend an, als der Wirt mit dem schmutzigen Geschirr den Tisch verließ. »Dem guten Frager ist schon halb geantwortet, sagte Friedrich Nietzsche.« Sie grinste mich an.

Ich musste zugeben, dass Karin und Nietzsche recht hatten.

Nachdem wir jeder das Essen mit einer B'soffenen Liesl süß ausklingen ließen, machten wir einen ausgiebigen Verdauungsspaziergang am See, bevor wir zur nahe gelegenen Startwiese fuhren. Mehrere Ballons wurden dort gerade mit Heißluft gefüllt. Martin Schön begrüßte uns höchstpersönlich. Er inspizierte unser Schuhwerk, aber niemand von uns trug Schuhe mit hohen Absätzen, wir waren alle älter als zehn Jahre, über 1,30 Meter groß und nicht schwanger. Zumindest hatte ich von Valerie keine anderslautenden Informationen bekommen. Von Karin, die seit einer missglückten Operation keine Kinder mehr bekommen konnte, und von mir, die seit Wochen keinen richtigen Sex mehr gehabt hatte, wusste ich das sicher.

»Bitte werfen Sie keine Gegenstände über Bord, berühren Sie keine Leinen oder Gasschläuche, Finger weg von der gesamten Technik, und natürlich herrscht absolutes Rauchverbot in der Luft und in der Nähe der Ausrüstung«, leierte Martin Schön seinen Standardtext herunter. »Und bitte passen Sie auf, dass Ihre Handys, Videokameras, Fotoapparate und so weiter nicht rausfallen oder beschädigt werden. Dafür übernehmen wir nämlich keine Haftung.«

Unweigerlich kamen mir die Horrorszenarien, die ich am Vormittag gegoogelt hatte, wieder in den Sinn.

Warum nur hatte ich mir das vor der Ballonfahrt überhaupt durchgelesen?

Doch dann war es endlich soweit, wir erhoben uns übers Apfelland. Zunächst knapp über den Baumwipfeln und Hausdächern vorbei, ging es rasch in luftige Höhen. Schon hatten wir Sicht bis weit übers Land. Da standen wir nun im Weidenkorb des Heißluftballons und fuhren lautlos über die malerische Landschaft. »Unbeschreiblich«, brachte Karin das Gefühl und die Aussicht auf den Punkt. Meine Ängste waren weggeflogen.

Und genau in diesem Moment, in dem ich den wohl größten Traum der Menschheit erlebte, nämlich frei wie ein Vogel dahinschweben zu können, fiel mir ein, dass ich vergessen hatte, den Wasserkübel in der Wohnung auszuleeren. Ich konnte nicht anders: Während die anderen den Geschichten des Ballonfahrers lauschten, rief ich den Nachbarn an. Ich hatte immer gedacht, wenn ich einmal älter war, würde das Leben entspannter sein. Doch bis jetzt merkte ich nichts davon. Zum Glück stand mein Nachbar noch nicht unter Wasser. Im Gegenteil, dieser wunderbare Mann beruhigte mich vielmehr und versicherte, dass ein paar neue Wasserflecken auf seinem Plafond auch nicht den Weltuntergang bedeuten würden. Wenn der Umbau hinter mir lag, würde ich ihn auf ein gutes Abendessen einladen. Das erschien mir als das Mindeste an Wiedergutmachung. Derart beruhigt wollte auch ich die restliche Ballonfahrt genießen.

»Wie gefährlich ist eigentlich die Landung?«, fragte Karin. Mir war klar, dass sie nur die Zeit nutzen wollte, um zum eigentlichen Grund dieses Ausflugs zu kommen. Hier heroben konnten wir Martin Schön ausquetschen, ohne dass er die Möglichkeit zur Flucht hatte. Trotzdem ärgerte ich mich, dass Karin gerade jetzt loslegte und mich an den Unfall erinnerte, wo ich ihn endlich vergessen hatte.

»In der Regel haben wir sehr sanfte Landungen. Wichtig ist nur, dass Sie sich an den eigens dafür angebrachten Haltegriffen anhalten und nicht am Korbrand oder anderswo. Und wie ich Ihnen schon vorhin gesagt habe, müssen Sie immer entgegen der Fahrtrichtung und mit parallel stehenden Füßen und Knien leicht schwingend in der Hocke stehen.« Er zeigte uns die richtige Position noch einmal.

»Sie brauchen sich wirklich keine Sorgen zu machen.«

»Man liest ja immer wieder von Unfällen beim Verlassen des Ballonkorbs. Wenn ich mich nicht irre, war ja vor gar nicht allzu langer Zeit auch Ihr Unternehmen in einen schweren Unfall verwickelt«, hakte ich nach. »Zumindest kamen mir einige Artikel im Internet unter.«

»Ach, lassen Sie mich mit diesem verdammten Journalistenpack in Ruhe!«, polterte Martin Schön los. »Das sind doch alles Loser in einem aussterbenden Gewerbe, und darum gieren sie ständig nach Sensationen und machen aus Mücken Elefanten, um ihre erfundenen Geschichten unterzubringen. Glauben Sie ja nicht diesen ganzen Mist, der da auf allen möglichen Kanälen daherkommt. Und dann noch diese sogenannten sozialen Medien, in denen Normalos zu Angebern und Wichtigtuern werden. Ehe man es sich als rechtschaffener Mensch versieht, ist die Existenz zerstört.«

Wir hatten definitiv einen Nerv bei ihm getroffen. Martin Schön hatte sich in Rage geredet, und mit einem Mal war es mit der idyllischen Ballonfahrt vorbei. Wir stiegen immer höher und höher. Mir wurde ganz schummrig. Das Einzige, was ich mir wünschte, war, so rasch wie möglich wieder festen Boden unter den Füßen zu haben. »Und wie war das damals mit Ihrer Geschichte?«, erkundigte ich mich noch einmal und hoffte, dass er sich ein wenig beruhigen würde, wenn er merkte, dass wir uns für seine Version interessierten.

Tatsächlich kam er etwas runter. Auch mit dem Ballon.

»Diese ganze Geschichte war ein gutes Beispiel dafür, dass Gutmütigkeit nur ausgenutzt wird«, erzählte er. »Das Ehepaar hatte ein Kind mit, das noch nicht zehn Jahre alt war. Ich frage Sie, was hätte ich denn tun sollen? Natürlich ist es verboten, unter 10-Jährige mitzunehmen, aber die drei taten mir so leid, dass ich es ausnahmsweise gestattet habe. Schon während der Fahrt nervte der Junge und wollte immer, dass wir landen. Als es dann soweit war, wurde er hektisch, und anstatt meine Anweisungen zu befolgen, ist er hinausgesprungen, hat sich in den Seilen verheddert und wurde unglücklicherweise vom Ballon hochgezogen. Schlimm, keine Frage! Aber auch die Gerichte, die den Fall verhandelt haben, konnten kein Fehlverhalten meinerseits feststellen. Außer, dass ich den Buben gar nicht hätte einsteigen lassen dürfen. Genau das hat diese Corinna Ringel ausgenutzt und mich in ihrer einseitigen Berichterstattung als Täter hingestellt. Fragen Sie nicht, wie viele Einbußen wir danach hatten, weil sich die Leute gefürchtet haben. Und seither vergeht keine Fahrt, bei der nicht irgendjemand auf das Thema zu sprechen kommt. So, wie Sie eben.«

»Sie sind ziemlich wütend auf die Journalistin«, stellte ich fest.

»Wütend? Umbringen könnt' ich die Alte! Aber noch lieber würde ich sie selbst einmal in so eine Situation bringen, damit sie am eigenen Leib spürt, wie es ist, wenn einem die Existenz gefährdet wird. Ich sage Ihnen, ich hasse dieses Weibsstück, ich kann Ihnen gar nicht sagen, wie sehr.«

Dass Martin Schön ebenso wie viele andere ein Motiv gehabt hatte, Corinna Ringel zu beseitigen, war nach seinem Zornausbruch nicht mehr von der Hand zu weisen.

Valerie, die wie Patrick während unseres Gesprächs geschwiegen hatte, fischte wieder ihr iPhone heraus und schien nach etwas zu suchen, was sie rasch fand.

Martin Schön hatte sich mittlerweile wieder beruhigt und war zur Tagesordnung übergegangen. Zum Glück, denn nun stand die Landung an – mitten in einem Acker. Sanfter, als ich befürchtet hatte, kehrten wir wohlbehalten auf den Boden zurück. Für mich stand mit Martin Schön ein weiterer Verdächtiger auf meiner Liste.

»Du, Mama, was war das grad eben?«, sprach mich Valerie an, als wir zum Verfolgerauto stapften, das uns vom Landeplatz abholte, um uns zum Ausgangspunkt unserer Reise zurückzubringen. »Und was hast du mit dieser Marlies Gruber am Hut, die sich umgebracht hat?«

Meine kluge Tochter hatte Verdacht geschöpft. Ich hatte ihr wohl nicht nur die Ungeduld, sondern auch meinen kriminalistischen Spürsinn vererbt oder meine Paranoia, wie Thomas es nannte und mich ständig dafür auslachte. Obwohl ich meist recht behielt, zog er mich immer noch auf, wenn ich eine meiner Verdächtigungen aussprach. »Wo du immer Ungereimtheiten vermutest«, sagte er dann und schüttelte den Kopf. Dass ich sofort geahnt hatte, dass sein lieber Freund Schurli eine Affäre und einer meiner ehemaligen Chefs in die Firmenkasse gelangt hatte, waren für ihn pure Zufälle gewesen. Ebenso wie zig andere Tatsachen. Männer konnten manchmal so naiv sein.

»Ich erzähle dir alles nach der Taufe. Bis dahin …« Ich deutete mit den Fingern das Versperren meines Mundes an.

»Was für eine Taufe?« Valerie blickte mich an, als hielte sie mich endgültig für übergeschnappt. Ich hingegen war beruhigt, dass meine kluge Tochter doch noch nicht alles besser wusste als ich, ihre alte Mutter.

»Früher durften nur Adelige Ballonfahren, also hat es sich eingebürgert, dass alle, die zum ersten Mal in die Lüfte gehen, nach der Landung bei einer Zeremonie getauft und geadelt werden«, erklärte ich ihr.

Bald darauf standen wir am Startplatz, mussten niederknien, jedem von uns wurde symbolisch eine Haarsträhne angesengt und dann wurden wir mit Sekt getauft. Martin Schön verlas feierlich unsere Urkunden und darin stand Schwarz auf Weiß, dass wir in den Adelsstand erhoben worden waren. Ich war ab sofort ›Gräfin Helene, (an)mutige Himmelsstürmerin von und zu Schielleiten‹, meine Tochter ›Prinzessin Valerie vom Abendrot, hochwohlgefahren in den Lüften über Stubenberg und sanft gelandet ebenda‹, mein Sohn wurde zum ›Baron Patrick, mutig dem Weidenkorb entsprungener Luftikus zu Schielleiten‹ und meine Freundin zur

›Holden Brennerfürstin Karin, hoch aufgestiegene Blondine mit anschließender Ackerlandung‹.

3

Karin hatte kurzerhand das Steuer des Wagens übernommen, trat aufs Gaspedal und atmete tief durch. »Helene, Helene, du gibst mir mit diesem verrückten Fall den Rest …«

»Was für ein Fall? Und bitte, was ist hier überhaupt los?«, fuhr Valerie dazwischen. »Ich dachte, wir feiern hier deinen Geburtstag und dann zettelt ihr überall, wo wir hingehen, eine Diskussion an. Was war das mit dieser Marlies Gruber und diesem Ballonfahrer gerade eben? Und wer ist diese Corinna Dingsda? Und wieso interessierst du dich überhaupt für all diese Sachen?«, kam es vorwurfsvoll über die Lippen meiner Tochter. Konnte es sein, dass sich Kinder noch lange, nachdem sie dem Nest entwachsen waren, nicht vorstellen und akzeptieren konnten, dass ihre Eltern ein eigenes Leben lebten, in dem sich nicht mehr alles nur um die Brut drehte?

Als ich Valerie und Patrick grob umrissen hatte, worin ich verwickelt worden war, angefangen von der verschwundenen Leiche bis zu den haarsträubenden Ermittlungen, herrschte zunächst einmal Stille im Auto.

»Ja, Tante Karin, hast recht. Das gibt einem wirklich den Rest. Von wegen idyllische Steiermark. Pah. Ruhe und Entspannung stelle ich mir anders vor«, gab schließlich Valerie einen ätzenden Kommentar ab. »Aber wenn ich das alles richtig verstehe, kannst du im Moment unsere Unterstützung gut gebrauchen.« Ich war gerührt. Blut ist halt doch dicker als Himbeersaft, wie meine steirischen Freunde zu sagen pflegten. Auch wenn es in Valeries Adern gestreckt mit Thomas' Wiener Blut floss. Doch dann parkte sich Karin ein, und vorbei war es mit meiner Gefühlsduselei. Wir hatten einen Mordfall zu lösen, da blieb keine Zeit für Sentimentalitäten.

»Hier ist das Haus von Marlies Gruber.«

Das alte Bauernhaus war einst sicher liebreizend gewesen. Aber so, wie es nun vor uns stand, erinnerte es mich an meine eigene Baustelle. Es war zum Teil noch eingerüstet, stellenweise war die Fassade abgeschlagen. Im Garten lagen Sand- und Schuttberge. Wenn das Dach und die Fassade nicht vor dem Winter repariert wurden, würden Schnee und Eis wohl in den Wohnraum eindringen und dem alten Gemäuer noch mehr zusetzen.

Karin machte ein paar Fotos. »Wer weiß, wozu es gut ist? Und dann lasst uns schleunigst zur Galerie fahren«, drängte sie.

»Wer san denn Sie, dass Sie da Fotos von dem Haus machen?« Ein rüstiger Mann mit Gehstock stand plötzlich neben uns.

»San S' etwa gar von der Presse? Dann können Eana gleich wieder schleichen. So a Gsindel brauch ma da net! Ihr habt's schon genug ang'richtet.« Bei diesen Worten hob er seinen Stock und wedelte damit bedrohlich vor unseren Nasen herum.

»Wir sind nicht von der Presse«, wehrte ich ab. Trotzdem brachten wir uns, so schnell wie möglich, vor dem alten Mann in Sicherheit. Das Letzte, was wir gerade brauchen konnten, war ein rabiater Steirer.

In der Altstadt fanden wir auf Anhieb die Galerie, in der die Werke von Marlies Gruber ausgestellt wurden. Sie war zwar längst geschlossen, aber eines ihrer Bilder hing im Schaufenster. Mir gefiel das abstrakte Bild mit den kräftigen Farben. Negative Kritiken hin oder her, die hatten mich noch nie interessiert. »Lass uns am Montag vorbeikommen und mit der Galeristin sprechen«, sagte Karin.

»Ich dachte, du musst morgen nach Wien zurück«, wunderte ich mich.

»Ach Helene, so wie die Dinge sich entwickeln, werde ich dich doch hier nicht im Stich lassen! Meine Mitarbeiter werden wohl die paar Tage auch ohne mich auskommen. Schließlich handelt es sich hier um eine Ausnahmesituation, und du brauchst meine Unterstützung«, erklärte meine liebe Freundin.

»Und sicher wird es dir nicht unangenehm sein, wenn du dadurch die Gelegenheit bekommst, Bernd nochmals zu sehen«, raunte ich Karin zwinkernd zu.

Sie gab mir keine Antwort, aber das Funkeln in ihren Augen sprach Bände.

4

Am Heimweg machten wir einen kurzen Halt bei der Wohnung, und ich zeigte meinen Kindern die Baustelle.

»Na Mahlzeit«, sagte Valerie. »Da hast du ja noch Einiges vor dir.« Patrick begutachtete interessiert die freiliegenden Kabel und machte ein paar Bilder davon. Wahrscheinlich stellte er sie auf Facebook und schrieb ›Grazer Idylle *lol*‹ dazu. Ich leerte den Kübel aus, der knapp vorm Übergehen war. Der Nachbar hatte Glück gehabt.

Bevor wir ins Hotel zurückfuhren, montierte ich mein Fahrrad auf den Träger meines Autos. In den nächsten Tagen würde ich immer wieder vom Hotel zur Wohnung und zurück fahren müssen. Das war mit dem Rad bequemer als mit dem Auto, Staus gab es genug in Graz.

Da das Hotelrestaurant am Samstag um halb zehn schloss, nahmen wir unser Abendessen in einem kleinen Wirtshaus unterwegs ein. Die Speisenauswahl war mehr als spartanisch. »Heute gibt's nur Erdäpfelgulasch oder Eierspeis, weil wir einen Live-Auftritt haben«, informierte uns die kugelrunde Wirtin. Dabei strahlte sie mit den Scheinwerfern um die Wette, die die Musiker ins rechte Licht rückten, die an diesem Abend im Lokal rockten. Bei Schlagern wie ›Wo meine Sonne scheint und wo meine Sterne stehn‹ oder ›Das tu ich alles aus Liebe‹ ließen wir uns das Abendessen schmecken. Wieder neigte sich ein Tag dem Ende zu, und ich hatte keine Ahnung, wie es weitergehen und vor allem, wie all das enden sollte. Die einzig logische Antwort wurde von der Schlagerband intoniert: »Che será, será …« Was sein wird, wird sein.

Zurück im Hotel packte ich die nötigen Utensilien zusammen, die ich benötigte, um in Karins Zimmer zu übernachten. Weniger, weil ich ernsthaft annahm, dass mir hier jemand an den Kragen wollte. Vielmehr freute ich mich auf eine Pyjamaparty mit Karin. Wie früher, als wir noch jung und ungebunden waren.

Ein Blick auf meinen Schrittzähler sagte mir, dass ich heute nur 5782 Schritte gemacht hatte. Die meisten Kilometer hatte ich im Auto und in luftiger Höhe absolviert.

4. KAPITEL

Sonntag

Wir hatten Glück. Unsere Zimmer waren noch für drei weitere Nächte frei. Obwohl ich wusste, dass ich meines nicht benutzen würde, weil ich auch in den folgenden Nächten bei Karin schlafen würde, bezahlte ich die Verlängerungsnächte.

»Haben Sie ein Fax für mich?«, fragte ich Veronika.

»Nein, heute nicht.«

Meine Enttäuschung währte nicht lange. Mein kluger Mann hatte es vorgezogen, mir eine E-Mail zu schreiben, damit kein Dritter mitlesen konnte.

Mein Liebling!

Das Gespräch mit dir hat mir einerseits gut getan, aber andererseits machen mich deine Erzählungen über die wilde Geschichte mit dieser Frau recht besorgt. Vor allem weil ich ja dein kriminalistisches Gespür kenne, das du nun sicher voll ausleben wirst. Normalerweise haben wir es mit banalen Dingen zu tun, und da mache ich mich immer über deine Vorahnungen und deinen Spürsinn lustig. Und ich muss schon zugeben, dass du wirklich immer richtig liegst. Darum befürchte ich, dass das auch in diesem Fall so ist. Mir wäre es lieber, wenn du sofort zur Polizei gehen, ihnen alle Unterlagen geben und dich mir zuliebe aus allem raushalten würdest. Aber ich kenne dich gut genug, um zu wissen, dass das nur ein frommer Wunsch bleibt. Also bitte ich dich zumindest, dass du keine waghalsigen Alleingänge machst, sondern immer Karin oder sonst jemanden in alle – und ich meine wirklich ALLE – deine Aktionen einweihst. Ich möchte dich am kommenden Wochenende gesund und munter in die Arme schließen. Versprich mir das!

Ich umarme dich und wäre viel lieber an deiner Seite, als mich hier sogar am Wochenende mit meiner Arbeit herumzuschlagen. Noch nie habe ich es so bereut wie diesmal, dass ich ein Projekt angenommen habe. Erinnere mich bitte an meine Worte, falls ich jemals wieder etwas Ähnliches in Erwägung ziehen sollte.

Pass gut auf dich auf. Ich liebe dich.

Dein Tom

Thomas hatte völlig recht. Es wäre sinnlos gewesen, mir das Weitermachen zu verbieten. Aber im Stillen versprach ich ihm zumindest, dass ich nichts Gefährliches tun würde, ohne jemandem Bescheid zu geben.

Den Rest des Sonntags lagen wir auf der faulen Haut, und ich brachte es gerade einmal auf 3071 Schritte. Das bisschen Bewegung stand in keinem Verhältnis zu den Unmengen an Kalorien, die ich über den Tag verteilt zu mir nahm.

Zwar versuchte ich beim Frühstück alles, um Karin zu motivieren, mit mir weitere Ermittlungen anzustellen, aber sie weigerte sich strikt. »Heute ist Sonntag, da erreicht man ohnehin niemanden, und darum soll auch Helene ruhen«, hatte sie gesagt und ihre Badesachen eingepackt.

»Ich warne dich«, fuhr sie fort. »Wehe, du wagst es, heute auch nur ein Wort in Sachen Corinna Ringel an mich zu richten. Morgen steh ich dir gern wieder bei. Aber heute will ich meine Ruhe haben und meine Batterien aufladen. Ich hab mir deinen 50er wirklich nicht so anstrengend vorgestellt.«

Valerie und Patrick waren von der Idee, einen ganzen Tag lang nur abzuhängen, ebenfalls angetan und freuten sich über die Auszeit von meinen Mordsgeschichten.

Also zermarterte ich mir allein den Kopf und machte gelegentlich Notizen. Summa summarum blieb meine Gehirnakrobatik ergebnislos. Es schien, als hätte sich das ganze Universum gegen mich verschworen, weil es wie Karin und meine Kinder am Tag des Herrn ruhen wollte.

Nach einem gesunden Mittagessen – wenn man vom Fett, in dem der panierte Fisch herausgebacken war, und der Vanillesoße zum Bio-Apfelstrudel einmal absah – sprang ich auf mein Rad und fuhr in meine Bruchbude, um den Wasserkübel zu leeren. Das Café Königshof war sonntags ebenso geschlossen wie viele andere Lokale. Doch im Gegensatz zu meiner Jugendzeit, wo ab Samstagmittag die Gehsteige der Stadt hochgeklappt waren, tummelten sich nun auf den Straßen der Altstadt zahlreiche Touristen. Sie fotografierten oder liefen mit Audiogeräten von einer Sehenswürdigkeit zur nächsten, um sich über Erzherzog Johann und die Grazer Geschichte zu informieren.

Weder Karin noch die Kinder hatten sich zu einem

Stadtbummel animieren lassen. Ich zündete in der Franziskanerkirche eine Dankeskerze an, strampelte zurück ins Hotel und tat es den anderen gleich. Ich schwamm gegen den Strom, ließ mich von Wasserdüsen massieren, saß im Whirlpool oder döste in Relax-Sesseln. Die meiste Zeit hielten wir uns im Freien auf, weil die Sonne wieder so kräftig schien, was Patrick einen Sonnenbrand bescherte. So viel Entspannung machte mich fix und fertig.

Nach dem Abendessen stand eine kleine Verdauungsrunde auf dem Programm, die meinen faulen Schrittzähler ein wenig auf Trab brachte. So war ein ganzer Tag vergangen, ohne dass etwas Besonderes passiert war oder dass ich einen neuen Anhaltspunkt erhalten hatte. Das einzig Spannende war der Rätselkrimi gewesen, den ich in einer Sonntagszeitung gelesen hatte.

Während des Abendbummels riss mich ein SMS von Bernd aus meiner Lethargie: ›Was treibt ihr beiden Hübschen so?‹, lautete seine Anfrage zu später Stunde. Für mich konnte das nur bedeuten, dass er den Abend allein verbrachte oder nach einem unverfänglichen Grund suchte, um Karin wiederzusehen. Wahrscheinlich traf beides zu. Bernd war seit einer Weile solo, nachdem ihm seine langjährige Freundin den Laufpass gegeben hatte, weil sie aus heiterem Himmel eine Familie gründen wollte. Das Pech war nur, dass die beiden Jahre zuvor übereingekommen waren, dass sie nie Kinder haben wollten. Woraufhin Bernd sich sterilisieren ließ, was er auch nicht bedauerte, als seine Freundin ihre Meinung änderte. Er hatte mir nach mehreren Gläsern Schilcher in weinseligem Vertrauen versichert, dass er ihrem plötzlichen Sinneswandel niemals nachgegeben hätte. Seitdem war Bernd eingefleischter Single und ließ nichts anbrennen, zumal er ein cooler Typ im besten Alter ohne nennenswerte Marotten war. Was ja schon selten genug war. Über die Trennung als solche war er noch nicht ganz hinweg. Ich kannte Karin gut genug, um zu wissen, dass genau dieser Hauch von Traurigkeit in Bernds Blick und sein melancholisches Lächeln eine magische Anziehung auf sie ausübten. Ich hatte sie schon beim ersten Treffen gewarnt, aber sie war ein großes Mädchen, das sich nichts vorschreiben ließ. Nicht einmal von ihrer besten Freundin, die es nur gut mit ihr meinte.

›Morgen Mittag im Königshof?‹, schrieb ich zurück. Ich musste am Vormittag ohnehin auf die Baustelle.

›Karin fährt doch morgen früh schon nach Wien‹, folgte umgehend Bernds Antwort. Seine Enttäuschung war nicht zu überlesen. Dieser Schwerenöter.

›Wien und Graz sind ja nicht weit auseinander‹, schickte ich ihm eine boshafte Antwort zurück. Doch gleich darauf schrieb ich eine zweite, in der ich ihm mitteilte, dass Karin ihren Aufenthalt verlängert hatte und daher auch mitkommen würde.

Keine Sekunde später erhielt ich sein ›Gute Nacht euch beiden‹ mit einem Smiley.

Als ich Karin von Bernds Anfrage und vom morgigen Treffen erzählte, huschte ein Lächeln über ihr Gesicht.

Nach dem Spaziergang ging ich in mein Zimmer, um noch mein Buch zu holen, das ich vergessen hatte. Ich stellte mir vor, wie es wäre, wenn ich eine ganze Woche so entspannt wie diesen Tag zubringen müsste, und kam zu dem Schluss, dass ich ziemlich sicher vor Langeweile sterben würde.

»Na, das war wieder nötig.« Der kleine Tontopf, in dem sich mein Erdpuder befand, war auf den Boden gefallen, und dabei hatte sich der Korkdeckel gelöst. Nun war der braune Make-up-Puder auf dem Boden des Vorzimmers verteilt. Kurz überlegte ich, die Sauerei sofort wegzuwischen, aber dann verschob ich die lästige Arbeit auf den nächsten Morgen.

5. KAPITEL

Montag

I

Kurz vor sieben Uhr klingelte mein Handy. Wie gut, dass Karin ihre Ohrstöpsel drinnen hatte. »Morgen, Frau Kaiser.« Es war der Installateur. »Ich hab die Wohnungsschlüssel nicht mit, und jetzt können wir nicht in Ihre Wohnung. Sperren S' uns auf?« Kein Bitte, kein Bedauern.

»Ihnen wünsch ich auch einen schönen Montagmorgen!«, erwiderte ich patzig. Ich liebte Pünktlichkeit über alles und hatte meinen Wecker für sieben Uhr gestellt, weil ich um acht die Besprechung mit allen Handwerkern vereinbart hatte. Es war zwar löblich, dass der Installateur bereits in aller Herrgottsfrüh auftauchte, um den Wasserhahn abzudichten, aber was konnte ich dafür, dass der gute Mann seine Schlüssel vergessen hatte? Was hätte er getan, wenn ich irgendwo in weiter Ferne auf Urlaub gewesen wäre? War ich aber nicht. Und es war in meinem Interesse, dass die Wohnung bald wieder bewohnbar war und ich nicht weiterhin mit der Angst leben musste, dass jeder eingehende Anruf von meinem Nachbarn sein konnte, der mich von einer neuerlichen

Überschwemmung unterrichtete. Darum riss ich mich zusammen. »In einer halben Stunde bin ich da.« »So lange noch?«, murrte er.

Ich ersparte mir jeden bissigen Kommentar und beendete das Telefongespräch. Ich konnte es mir nicht leisten, diesen Mann zu vergraulen, so gerne ich ihm auch an die Gurgel gesprungen wäre. Ich erduldete im Moment das Schicksal all jener, die sich in ihrer Not an einen Handwerker gewandt hatten und ihm nun auf Gedeih und Verderb ausgeliefert waren. Schlimmer waren nur noch Zahnärzte.

Um Karin nicht aufzuwecken, ging ich in mein Zimmer. Dort erwartete mich eine unangenehme Überraschung. An der Stelle, an der ich gestern den Erdpuder ausgeschüttet hatte, war ganz deutlich ein Teil eines Schuhabdrucks zu erkennen. Auch wenn ich mir in meiner Kindheit nichts sehnlicher gewünscht hatte, als eine Squaw zu sein und auf einem Pferd in die Schule zu reiten, war ich keine Indianerin und daher auch keine besonders gute Fährtenleserin. Aber sogar ich konnte erkennen, dass der Abdruck von einem Schuh mit Profilsohle stammte, vielleicht von einem Sportschuh oder einem Wanderschuh. Winnetou hätte wahrscheinlich auch sagen können, ob es sich um einen Männer- oder Frauenschuh gehandelt hatte. Für mich waren weder Größe noch Form feststellbar.

Beim Gedanken, dass ich die Nacht allein im Hotelzimmer zugebracht hätte, verkrampfte sich mein Magen. Ich wollte mir nähere Details gar nicht ausmalen. Fix war nur, dass offenbar jemand von meinen Ermittlungen wusste und damit nicht einverstanden war. Dass mir der Nachtportier einen Besuch abgestattet hatte, um nach dem Rechten zu sehen, schloss ich aus. So wie er sich damals in der Nacht bitten hatte lassen. Auch erinnerte ich mich genau an seine Gesundheitsschuhe ohne Profilsohle, was aber nichts hieß, weil man Schuhe wechseln konnte. Dennoch: Viel eher tippte ich auf Matthias Kapeller, Linus Platt oder Elke Platt, von denen ich annahm, dass sie sich alle im Hotel gut auskannten und wahrscheinlich wussten, wie sie an Reserveschlüssel kamen. Bloß, was hatten der oder die Täter in meinem Zimmer gesucht? Wollten sie nur Unterlagen suchen oder mich ebenfalls um die Ecke bringen und meine Leiche verschwinden lassen, so wie sie es mit Corinna Ringel getan hatten?

Ich zuckte zusammen, als mein Handy erneut klingelte. »Wo bleiben S' denn? Mittlerweile steht schon die gesamte Handwerkermannschaft vorm Haus«, maulte der Installateur.

»Guter Mann, jetzt werden Sie nicht unverschämt. Schließlich haben *Sie* den Schlüssel vergessen, wenn ich Sie daran erinnern darf«, schnauzte ich ihn nun doch an. Benimmtipps hin oder her. »Und die anderen Herren werden sich erinnern, dass wir die Besprechung erst für acht Uhr angesetzt haben. Aber ich bin schon am Weg.«

Ich machte mit der Handykamera mehrere Fotos vom Fußabdruck, schlüpfte in Jeans und T-Shirt und lief los. An der Rezeption äußerte ich die Bitte, mein Zimmer heute weder zu betreten noch aufzuräumen. Anita, die Dienst hatte, musterte mich misstrauisch. Wahrscheinlich vermutete sie, dass ich in meinem Hotelzimmer Haschkuchen oder andere Drogen hortete oder zumindest gegen das Rauchverbot verstoßen hatte. Ich war ziemlich sicher, dass sie nun erst recht nachschauen ging. Aber mir blieb keine Zeit, mir darüber Gedanken zu machen. Ich schwang mich auf mein Rad, und während sich der Morgenverkehr in die Stadt staute, düste ich mit meinem Vehikel rasch zur Wohnung. Die frische Morgenluft würde meinen Teint rosig machen. Wie ich so vor mich hinstrampelte, formte und verwarf ich verschiedenste Szenarien in meinem Kopf, die sich alle darum drehten, wer ins Zimmer gekommen sein konnte, wer mir an den Kragen wollte oder was nun weiter zu tun war. Meine Gedanken drehten sich im Kreis. Ich war froh, als ich mich vor dem Haus einbremste und mich für eine Weile einer anderen Baustelle widmen musste.

2

Was gleich darauf in meiner Wohnung ablief, mutete wie eine Posse an. Die Hauptakteure waren die Handwerker und ich das zahlende Publikum, das keinerlei Einfluss auf die Handlung hatte und von dem letztlich nur Applaus erwartet wurde.

»Guten Morgen, meine Herren.«

Installateur mit Gipshand (grantig): »Morgen.«

Sein Kollege (gelangweilt): »Morgen.«

Elektriker (grantig): »Morgen.«

Estrichleger (ebenso grantig): »Morgen.«

Maler und Fliesenleger (jung, dynamisch und bestens gelaunt): »Guten Morgen.«

Na bitte, es ging doch auch freundlicher. Überhaupt war mir der Bursche auf Anhieb sympathisch.

Der Bodenleger sagte gar nichts.

Das Leck oder was immer es war – die Ausführungen des Installateurs hörten sich für mich konfus an – konnte sein Kollege in Windeseile beseitigen. Der Estrichleger runzelte die Stirn, als er den Boden ringsum abtastete, und meinte dann kurz angebunden: »Der Boden muss austrocknen, sonst fault's.« Mit anderen Worten: Im Bad würde ich dank der Überschwemmung noch eine Weile warten müssen, bis der Estrich verlegt werden konnte. Hätte mein Blick töten können, wäre der Installateur bereits in den letzten Zügen gelegen. Doch der bekam nichts mit, weil er sich mit dem Elektriker zankte. Es stellte sich heraus, dass die beiden spinnefeind waren.

»Na, da haben S' aber die beiden Richtigen z'sammen g'spannt«, meinte der Bodenleger lakonisch und verfiel dann wieder in dumpfes Schweigen. Der Maler, dieser aufgeweckte Bursche, der mein größter Hoffnungsträger in diesem Handwerkerteam war, raunte mir zu, dass es stadtbekannt sei, dass die beiden wegen einer ›früheren G'schicht, irgendwas wegen so einer Tussi‹ nie zusammenarbeiteten. Leider hatte ich als Zuagraste keine Ahnung von derlei Fehden. Und nur weil ich fürchtete, dass die beiden Streithanseln nicht miteinander auskommen und meine Baustelle in ihre persönliche Kampfarena verwandeln würden, konnte ich schwer einem von ihnen den Auftrag entziehen. Mir blieb zumindest die naive Hoffnung, dass sich der Kollege, von dem sich der Installateur wegen seines gebrochenen Arms vertreten lassen musste, aus dem Zank der beiden Streithähne heraushielt und mit dem Elektriker zusammenarbeitete. Keinerlei Probleme bereitete mir der schweigsame Bodenleger, der in der Küche einen neuen PVC-Boden und im Wohnzimmer neues Parkett verlegen würde. »Wir kommen morgen und erledigen das alles. Wenn Sie uns einen Schlüssel geben, brauchen Sie nicht einmal zum Aufsperren kommen«, stärkte er mein Vertrauen.

Nach dieser Besprechung fühlte ich mich, zumindest was die Sanierung anging, ein wenig besser. So schlimm, wie ich es mir vorgestellt hatte, würde es wohl doch nicht werden.

»Dann kommen wir am Mittwoch, machen die Wandfliesen im Bad und malen das Wohnzimmer aus. Ich habe hier ein paar Muster, sagen Sie mir, welche Farbe Sie haben möchten, dann bringen wir die gleich mit.« Der Maler reichte mir drei Musterstreifen. Er war wohl nicht nur eine Frohnatur, sondern darüber hinaus auch noch kompetent. Ich nahm dankbar seine Vorschläge entgegen.

»Dieses Apricot ist genau das Richtige.« Ich zeigte auf das Kästchen mit der hellsten Variante und gab ihm den Farbstreifen zurück. »Soll ich Ihnen die Farbe anzeichnen?«

»Das passt schon«, sagte der Maler, warf nur einen kurzen Blick darauf und steckte das Muster wieder ein. Allein die Vorstellung an die entspannte Atmosphäre, die den Raum dank dieser Pastellfarbe künftig erfüllen würde, hatte eine beruhigende Wirkung auf mich. Ich konnte es noch nicht glauben, dass das Wohnzimmer bereits diese Woche, also noch bevor ich in den Senegal reiste, fertig sein würde. Damit lief der Umbau besser, als ich es in meinen kühnsten Träumen erhofft hatte. Nur das Badezimmer blieb mein Sorgenkind. Aber sobald die Wandfliesen geklebt und die Sanitäreinrichtungen montiert waren, würde ich es zumindest benutzen können. Die Wochen, bis der Estrich und die Bodenfliesen verlegt werden konnten, würde ich auch noch überstehen. Zumal ich ohnehin die nächsten 14 Tage bei Thomas war. Außerdem hatte ich auf den Rucksackreisen, die ich in jungen Jahren mit Karin unternommen hatte, ganz andere Waschstätten kennengelernt. Die Dusche unserer kargen Unterkunft auf der griechischen Insel Ios bestand aus einer Gießkanne, die wir jedes Mal mit Wasser befüllen und an einer Vorrichtung aufhängen mussten. Für die kalte Dusche zogen wir an einem Seil, das am Gießkannenhals angebracht war. Unbequem, aber unsere Dauerpartystimmung konnte das nicht trüben.

3

Auf dem Rückweg ins Hotel legte ich einen Zwischenstopp am Bauernmarkt am Lendplatz ein. Dort kaufte ich eine Flasche Kernöl, Käferbohnen und ein Stück Speck – typisch steirische Spezialitäten als Bestechung für Karin, um sie wieder ins Ermittlerboot zu holen.

Kurz nach neun kam ich im Hotel an. Der morgendliche Ausflug hatte mich hungrig gemacht. Eine Eierspeis mit angebratenem Speck und eine Scheibe Schwarzbrot mit Butter waren genau das Richtige.

Es dauerte nicht lange, bis auch Karin eintrudelte.

»Na lange hast es nicht bei mir ausgehalten«, begrüßte sie mich und begutachtete das Sackerl mit meinen Geschenken, das ich zu ihrem Gedeck gestellt hatte.

»Mit einem Installateur hat man's schwer«, seufzte ich und erzählte ihr, wie er mich im Morgengrauen aus den Federn gerissen hatte. Mit halbem Ohr hörte Karin mir zu und begutachtete meine Mitbringsel vom Bauernmarkt.

»Käferbohnen?« Sie drehte das Sackerl verwundert von links nach rechts. »Was soll ich damit?«

»Die sind ideal für dich. Das sind ausgezeichnete Eiweißlieferanten, Ballaststoffspender und obendrein auch noch fettarm«, machte ich Werbung für die Spezialitäten meiner Heimat.

Karin bedankte sich mit einem Küsschen. Das Kernöl würde sie verwenden, das musste sie nur über was auch immer drüberschütten, auch der Speck würde bald aufgegessen sein. Aber ob sie sich die Mühe machen würde, die Bohnen über Nacht einzuweichen, zu kochen und sie weiterzuverarbeiten, blieb abzuwarten.

»Und sonst? Wie ist es gelaufen?«, fragte Karin und köpfte ihr Frühstücksei voller Inbrunst.

»Eigentlich besser, als befürchtet. Aber lass mich dir jetzt was ganz anderes erzählen …« Ich erntete einen fragenden Blick von ihr. »… als ich heute Morgen in mein Zimmer kam …«

»Nein, bitte nicht schon wieder eine Leiche!«, unterbrach sie mich und blickte mich skeptisch an.

Die Nachbarn vom Nebentisch unterbrachen ihr Gespräch und sahen zu uns herüber.

»Nein, kein Toter. Ein Fußabdruck. Es muss heute Nacht tatsächlich jemand in meinem Zimmer gewesen sein«, flüsterte ich so leise, dass niemand mithören konnte.

Ich erzählte Karin vom verschütteten Erdpuder und dem Schuhabdruck und zeigte ihr die Handyfotos.

»Langsam wird es unangenehm«, brachte Karin es auf den Punkt und schob ihren halbvollen Teller von sich. Offensichtlich hatte ich ihr den Appetit verdorben.

»Ich glaube mittlerweile, dass tatsächlich jemand von meinen Recherchen Wind bekommen hat und mich behindern will.« Oder umbringen, fuhr es mir durch den Kopf, aber das wagte ich nicht einmal auszusprechen.

»Dann kann es aber nur jemand sein, der Zugang zum Hotel hat oder sich hier zumindest gut auskennt.«

Ich stimmte ihr zu. »Da fallen mir nur Elke und Linus Platt ein oder dieser Matthias Kapeller. Die gehen ja hier im Hotel ein und aus. Vielleicht haben die sogar einen Universalschlüssel. Der Linus Platt hat uns doch erzählt, dass sie die Zimmer zum Teil mit Kommoden ausgestattet haben. Dass der Ballonfahrer, der Gastwirt oder der Biowinzer, den wir heute besuchen wollen, so locker ins Hotel hineinkommen, glaube ich allerdings nicht.«

Da war ich anderer Meinung. »Veronika aus der Rezeption sagte mir, dass sie den Martin Schön persönlich kennt. Und was den Winzer Kager anbelangt: Erinnere dich, dass sie hier im Hotel seinen Wein beziehen. Vielleicht kennen sich die beiden besser aus, als wir glauben«, gab ich zu bedenken.

Wir blickten uns an. »Auf jeden Fall bist du hier nicht

mehr sicher, wenn die nächtens in dein Zimmer spazieren«, stellte Karin fest.

Bevor ich ihr antworten konnte, erschienen Valerie und Patrick auf der Bildfläche. Gähnend und offensichtlich schlecht gelaunt.

»Ihr seid schon munter?«, stellte ich die falsche Frage und erntete prompt eine grantige Antwort meiner Tochter.

»Ich bin die halbe Nacht wachgelegen.« Dass sie einmal zu einer Langschäferin werden würde, hätten wir in den ersten Jahren, als sie uns tagtäglich im Morgengrauen mit lautem Geschrei aus den Federn riss, nicht gedacht.

»Irgendein Idiot hat sich anscheinend in der Tür geirrt und hat versucht, in unser Zimmer zu kommen. Wahrscheinlich irgendein Besoffener.«

Mein Herz klopfte ein paar Takte schneller.

»Du weißt nicht, wer es war?«, fragte Karin.

Ich sah ihr an, dass auch sie davon ausging, dass der Vorfall mit unserem Mordfall zusammenhing.

»Nein, keine Ahnung. Als ich nachschauen ging, war keiner mehr zu sehen.«

Zum Glück, dachte ich. Mir wurde ganz anders zumute, als ich mir vorstellte, dass Valerie nicht laut »Hallo? Wer ist da?« geschrien hätte, bevor sie aufstand, um nachzusehen, wer der nächtliche Störenfried war. So schilderte sie uns zumindest den Ablauf.

»Blöderweise konnte ich dann nicht mehr einschlafen. Erst gegen sieben bin ich kurz eingenickt und bin dann schweißgebadet von einem Albtraum aufgewacht. Irgendwer hat mich gejagt, und ich kam nicht vom Fleck …«

»Ich möchte, dass ihr sofort packt und abreist«, platzte ich heraus.

Meine Kinder sahen mich an, als wäre ich nicht ganz bei Trost. »Mutter, bitte. Du musst doch nicht überreagieren, nur weil ich einen Albtraum hatte oder jemand in der Nacht die Tür verwechselt hat«, wies mich Valerie zurecht. Diese Antwort erinnerte mich an ihre Teenagerzeit, in der ich von einem Tag zum anderen von der lieben Mama zur nervigen Mutter mutierte, wobei sie in dieser Bezeichnung gern ihren Unmut über meine Entscheidungen mitschwingen ließ. Mit Patrick hatte es diese harsche Form der Abnabelung nicht gegeben. Dafür musste ich mich in so mancher Nacht auf die Suche nach ihm begeben, nachdem er mich von irgendwo sturzbetrunken angerufen hatte. Solche Scherereien hatte mir Valerie nie bereitet, sie war immer die besser organisierte und pflichtbewusstere von beiden gewesen. Aber seit ihrem 16. Lebensjahr hörte sie das Gras wachsen und ließ sich von mir nichts mehr dreinreden. Ich konnte nicht sagen, was mir lieber war.

»Ich glaube nicht, dass es ein Betrunkener gewesen ist. Ich denke, es war jemand, der mit dem Mord in Verbindung steht«, machte ich es kurz. »Es ist nämlich in eurem Zimmer geschehen. Vielleicht wollte der Täter etwas suchen oder …«, verplapperte ich mich.

»Die Frau wurde in unserem Zimmer umgebracht?«, zischte Valerie und warf mir einen bitterbösen Blick zu. »Was bist du für eine Mutter, dass du uns so einer Gefahr aussetzt?«

Damit traf sie bei mir den richtigen Nerv. Sofort machte sich schlechtes Gewissen in mir breit.

»Jetzt hack gefälligst nicht auf deiner Mutter herum«, mischte sich Karin, meine persönliche Robina Hood, ein. »Sie hat im Moment wirklich schon genug um die Ohren. Außerdem haben wir das Zimmer gesehen. So sauber und steril wird das wahrscheinlich nie wieder sein. Und wir haben ja nicht damit gerechnet, dass Helene oder ihr in Gefahr geraten könntet.«

Nun sahen mich Valerie und Patrick erwartungsvoll an.

»Auch ich hatte Besuch«, gab ich zu. »Nur war ich nicht im Zimmer, weil ich bei Karin geschlafen habe. Aber in der Früh habe ich einen Fußabdruck gefunden. Sonst wäre es mir wahrscheinlich nicht einmal aufgefallen.« Ich zeigte ihnen das Foto des Schuhabdrucks.

»Also abreisen ist für uns kein Thema«, sagte Valerie. Patrick nickte zustimmend. »Du glaubst doch nicht im Ernst, dass wir dich hier in diesem Chaos allein lassen? Da brauchen wir gar nicht drüber diskutieren. Wir bleiben in Graz und unterstützen dich so gut wir können. Basta.« Meine gute Tochter.

»Am besten wird sein, dass wir uns in diesem Jugendhotel einquartieren, wo wir ursprünglich eh übernachten wollten«, schlug Patrick vor. »Dann sind wir aus der Schusslinie, aber wenn es brenzlig wird sind wir da, um dir zu helfen.« Mein guter Sohn.

Gesagt, getan. Meine Kinder checkten aus, Karin telefonierte mit ihrem Büro, und wir verlängerten unseren Aufenthalt im Hotel bis Freitag. »Weil es uns hier so gut gefällt«, was in Anbetracht meiner Baustelle nicht einmal gelogen war.

Anita, die Rezeptionistin, lächelte. »Wir hoffen, dass Sie weiterhin einen angenehmen Aufenthalt in unserem

Hotel haben«, sagte sie zu Karin und mir. »Wir würden uns freuen, wenn Sie uns bald wieder beehren«, verabschiedete sie Valerie und Patrick.

»Ach ja«, wandte sie sich an mich, »die Spuren Ihres kleinen Malheurs mit dem Puder haben unsere Zimmermädchen bereits beseitigt. Deswegen hätten Sie sich keine Sorgen machen müssen, so was kann wirklich jedem passieren.« Obwohl ich mich ärgerte, dass die Rezeptionistin meine Bitte missachtet hatte, und genau das passiert war, was ich nicht gewollt hatte, bedankte ich mich zähneknirschend. Ich konnte ihr ja schwer erklären, dass ihr Putztrupp wieder einmal eine entscheidende Spur vernichtet hatte. Zum Glück hatte ich sie fotografiert.

Karin und ich fuhren Valerie und Patrick ins Jugendhotel. Die Hotelzimmer glänzten durch Minimalismus, aber sie waren modern eingerichtet und blitzblank. Die schweren Sicherheitstüren gaben mir das gute Gefühl, dass meine Kinder hier sicherer untergebracht waren als im Spa-Hotel.

»Wie hast du das eigentlich mit deinem Reitstall in Island geregelt? Ist das kein Problem, dass du für über drei Wochen wegfährst?«, stellte ich auf dem Weg nach unten Valerie endlich jene Frage, die mir die ganze Zeit auf der Zunge brannte. Ich wusste, dass meine Tochter es nicht mochte, wenn ich neugierig war oder mich in ihre Angelegenheiten einmischte, aber darauf hatte ich nun, wie ich meinte, lange genug Rücksicht genommen. Ich hatte vergeblich gehofft, dass sie mir von sich aus erzählen würde, was vorgefallen war. Aber nicht einmal gestern, am Langweiler-Sonntag, war sie mit der Sprache herausgerückt. Nun war meine Geduld erschöpft.

»Ich bin nicht sicher, ob ich nochmals dorthin fahre«, antwortete Valerie knapp.

Nur keinen Kommentar, befahl ich mir und versuchte, zu schweigen. Aber ich konnte nicht aus meiner Haut heraus. »Aber deine Sachen? Und dein Freund? Und dein abgebrochenes Studium?«

»Mutter, misch dich bitte nicht in meine Privatangelegenheiten ein. Ich bin kein Kind mehr. Die Siebensachen, die noch dort sind, sind mir egal, das Studium kann ich jederzeit fortsetzen, und Einar ist ein Trottel. Basta. Wenn es mehr zu erzählen gibt, werde ich es dir mitteilen. Ansonsten gedenke ich nicht, weiter darüber zu sprechen.«

Das war's. Ich war froh, als wir in der Lobby eintrafen, wo Karin auf uns wartete. »Hast du schon den Ex-Mann von der Corinna Ringel kontaktiert?«, fragte sie mich.

Ich verneinte. Ehrlich gesagt hatte ich noch keine Sekunde an ihn gedacht, bei all dem Trubel.

»Warte …« Karin wischte auf ihrem Display herum. »Voilà! Da hab ich seine Firmennummer. Soll ich?«

Ich nickte und überließ das Telefonat gern meiner resoluten Freundin. Doch das Gespräch dauerte nicht lang, Karin bekam keine Gelegenheit, mit dem Ex-Mann von Corinna Ringel zu sprechen. »Die Sekretärin hat mir gerade eröffnet, dass er seit zwei Wochen auf Gran Canaria ist und erst übernächste Woche zurückkommt. Als Täter kommt er für uns also nicht infrage«, fasste Karin zusammen.

»Als Täter nicht. Als Auftraggeber aber schon. Vielleicht hat er den Urlaub absichtlich so gelegt, damit er ein hieb- und stichfestes Alibi hat, während seine Handlanger die Drecksarbeit für ihn erledigen?«, überlegte ich. Mittlerweile hielt ich alles für möglich.

»Könnte sein. Behalten wir es im Hinterkopf.«

Natürlich, dachte ich. Was nicht noch alles?

»Was steht jetzt am Programm?«, fragte Karin beiläufig. Ich hätte darauf wetten können, dass sie es genau wusste.

»Wir treffen uns zum Mittagessen mit Bernd im Café Königshof.«

4

Bernd studierte die Menükarte, als wir eintrafen. Zumindest tat er so. Er hatte einen Tisch im Gastgarten für uns reserviert. Als er uns sah, erhob er sich und begrüßte jede von uns mit zwei hingehauchten Küsschen links und rechts, wobei er Karin ein klein wenig länger drückte. Auch meiner abgebrühten Freundin entging das nicht, was ich an ihren leicht geröteten Wangen erkennen konnte.

»Und was gibt es Neues?«, erkundigte sich Bernd, nachdem wir bestellt hatten. Ich lieferte ihm eine Kurzzusammenfassung der letzten Ereignisse.

»Und da bleibt ihr weiterhin in diesem Hotel?«, fragte er besorgt. »Ihr solltet dort sofort ausziehen und bei mir übernachten«, schlug er vor.

Karin löffelte schweigsam ihre Frittatensuppe. »Helene, du weißt, dass mein Haus groß genug für euch wäre«, ließ Bernd nicht locker. »Ihr habt auch euer eigenes Badezimmer.«

»Danke, Bernd, das ist wirklich lieb, aber wir haben heute das Zimmer verlängert, und Karin und ich sind zwei g'standene Weibsbilder, mit denen nicht gut Kirschen essen ist, sollte uns wer blöd kommen«, lehnte ich sein freundliches Angebot ab.

»Nun, ich finde die Idee nicht so schlecht«, meldete sich erstmals Karin zu Wort.

Bernd wandte sich sofort ihr zu und strahlte sie an. Langsam verstand ich, wie es für meine Kinder sein musste, wenn Thomas und ich herumturtelten. »Überlegt es euch, mein Angebot steht.«

Und wenn Karin bei dir wohnt, wahrscheinlich nicht nur das, dachte ich. Laut sagte ich: »Danke, Bernd. Das ist wirklich reizend von dir.«

Als ich von der Toilette zurückkam, ertappte ich die beiden, wie sie ihre Köpfe zusammensteckten und miteinander kicherten. Als sie mich sahen, gingen sie sofort wieder auf Distanz. Karin tippte hastig etwas in ihr Handy und versenkte es gleich darauf in ihrer Tasche.

»Bitte die Rechnung«, bat Bernd den Kellner. Er ließ es sich nicht nehmen, uns einzuladen. Ganz Kavalier der alten Schule.

Mit einer verklärten Karin fuhr ich zu Josef Kager, dem Biowinzer im Steirischen Vulkanland, das seinen Namen den erloschenen Vulkanen verdankt, auf deren Kegeln unter anderem die Riegersburg, Straden oder Schloss Kapfenstein thronen. Unsere Fahrt führte uns vorbei an Weingärten, die sich mit Wiesen, Obstkulturen, Ackerflächen und Wäldern abwechselten. Wiederkäuende Kühe auf saftigen Streuobstwiesen sahen uns gelassen nach, wenn ich wieder eine Weile hinter einem

Traktor herfahren musste, weil die Straße zu schmal und unübersichtlich war, um zu überholen.

Ich hatte die Klimaanlage ausgeschaltet und die Fenster geöffnet, um die frische Landluft hereinzulassen. Das Klappern der Klapotetze drang an unsere Ohren. Traditionsgemäß wurden die hölzernen Windräder Ende Juli aufgestellt, um mit ihrem durchdringenden Lärm die Vögel von den Weinreben fernzuhalten.

Ständig checkte Karin ihre SMS und lächelte selig nach deren Lektüre. Ihrem Gesichtsausdruck nach zu schließen, kamen die Nachrichten nicht nur aus ihrem Büro.

»Gell, du hast eh nichts dagegen, wenn ich am späteren Nachmittag kurz allein in die Stadt gehe?«, fragte sie mich irgendwann zwischen wischen und tippen. Ihre Augen konnte ich hinter der Sonnenbrille nicht sehen, aber ihre Wangen glühten mit der Nachmittagssonne um die Wette.

»Natürlich. Kein Problem«, antwortete ich und stellte keine weiteren Fragen, wer ihr Stadtführer sein würde. Die Antwort glaubte ich zu kennen. Sie hatte fünf Buchstaben und begann mit einem B.

Josef Kager entsprach dem Klischee, wie sich der Restösterreicher einen Steirer vorstellt. Er empfing uns in Krachlederner und kariertem Hemd. Ein kräftiges Mannsbild, das seine Liebste problemlos über die Schwelle tragen könnte, wenn er sich denn für die holde Weiblichkeit interessiert hätte. Sein dunkles Haar war fast so kurz geschnitten wie der Dreitagebart in seinem wettergegerbten Gesicht. Er drückte mir so fest die Hand, dass ich einen Moment befürchtete, ich könnte nie mehr eine Laptoptastatur bedienen.

Josef Kager verlor keine Zeit und weihte uns auf einem kurzen Rundgang in seine Tätigkeit ein. Schließlich hatte er ja keine Ahnung, dass wir uns in Wirklichkeit für ganz andere Dinge interessierten.

»A Sortenvielfalt wie bei uns werden S' kaum in einem anderen Weinbaugebiet finden. Bei uns gibt's Welschriesling, Morillon, Weiß- und Grauburgunder und Gelben Muskateller genauso wie Sekt und Wein aus der Isabellatraube, einen hocharomatischen Traminer in allen möglichen Varianten oder einen Sauvignon Blanc. Ja bei uns gibt's sogar Riesling und alle möglichen guten Rotweine wie Blauer Zweigelt. Alles würzige Tröpferln, weil das mit unsren Böden z'amm hängt. Unsre Reben wachsen auf Basalt, Sand und Lehm«, erklärte er uns. Karin machte da und dort ein Foto.

Ich sah sie hilfesuchend an. Wenn das so weiterging, würden wir unverrichteter Dinge, aber als Experten für Weinbau das Gut verlassen.

»Wie sind S' eigentlich auf mich gekommen?«, fragte Josef Kager schließlich, als er seinen Vortrag beendet hatte und wir einige seiner guten Tropfen verkosteten.

»Wir haben im Hotel Ihren Wein getrunken und wollten den Mann, der so einen guten Wein macht, persönlich kennenlernen und in unserem Buch erwähnen«, ergriff Karin sofort die Chance. Nebenbei sicherte sie sich eine Kiste Grauburgunder, die Josef Kager in meinem Auto verstaute.

»Wo wohnen S' denn? Ich beliefer' viele Hotels.«

»Im Spa-Hotel in Graz«, sagte ich und ließ ihn nicht aus den Augen. Bildete ich mir das nur ein, oder hielt er für eine Schrecksekunde inne, als ich das erwähnte?

»Dorthin liefer ich meinen Wein schon viele Jahr«, bestätigte er. »Der Restaurantchef is a früherer Schulkollege.«

»Haben Sie dort vielleicht Corinna Ringel kennengelernt?« Karin lief zur Höchstform auf. »Sie wissen schon, diese Journalistin, die sich bei Ihnen und vielen anderen mit ihren Artikeln unbeliebt gemacht hat.«

»A Kollegin von Ihnen?«, fragte Josef Kager misstrauisch.

»Gott bewahre«, wehrte ich ab. »Wir sind froh, wenn wir nicht selbst in ihr Kreuzfeuer geraten. Wir haben einige Artikel in ihrem Blog gelesen.«

»Ja, da steigen einem die Grausbirn auf«, gab Josef Kager zu. »Sicher haben S' dann auch die Unverschämtheiten g'lesen, die sie über mich g'schrieben hat. Sie können mir glauben, dass nix davon wahr ist. Nur gegen solche mediale Lügen kommt man heutzutag ja nimmer an. Zumindest net als einfacher Winzer, wie i einer bin. Das Einzige, was man da tun kann, is, solchen Leute möglichst aus dem Weg zu gehen. Und genau das hab i getan, das können S' mir glauben.«

»Aber soweit ich mich erinnere, ließ sich Corinna Ringel über andere noch viel ärger aus. Kennen Sie vielleicht eine Marlies Gruber?«, preschte Karin vor.

»Is das diese Künstlerin aus der Oststeiermark? I hab sie nur entfernt vom Namen her kannt, net persönlich. A schlimme Sache. Der Armen hat 's nicht mal g'holfen, dass sie nach Noyers in Burgund gflohen ist.« Für einen Moment sah er betreten drein. Dann erklärte er: »Den Ortsnamen hab i mir nur g'merkt, weil das eine hervorragende Weinregion ist.« Er sah auf seine Uhr.

»Haben S' alles?« Wenn er die umfangreichen Informationen zum steirischen Wein meinte, reichte der Stoff für eine ganze Serie.

Wir bedankten uns, und er gab uns zum Abschied noch eine Flasche Traminer zum Kosten mit. So freundlich Josef Kager sich von uns verabschiedete, so konnte ich mich dennoch nicht des Gefühls erwehren, dass er es plötzlich sehr eilig hatte, uns loszuwerden.

5

Ich ließ Karin am Lendplatz aussteigen. Sie wollte im nah gelegenen Mariahilfer Viertel ihre Erkundungstour beginnen. »Weißt, das ›Friendly Alien‹ muss ich unbedingt sehen, wenn ich schon mal hier bin«, erklärte sie. Damit meinte sie das Kunsthaus Graz, das im Kulturhauptstadtjahr 2003 errichtet wurde. »Das soll ja mit seiner Außenhaut aus blauem Acrylglas und den saugnapfartigen ›Nozzels‹, durch die das Licht einfällt, das neue Wahrzeichen der Stadt sein.« Wenn Karin sich plötzlich für zeitgenössische Kunst interessierte, lag das aber wohl mehr an der Person, die sie dort treffen würde. Da fraß ich einen Besen.

»Wir sehen uns beim Abendessen«, verabschiedete sich meine verliebte Freundin und eilte ihrem Graz-Abenteuer entgegen. Ein wenig beneidete ich sie. Wäre Thomas jetzt hier gewesen, hätte auch ich nur zu gern mit ihm eine Erkundungstour unternommen, um mich zumindest vorübergehend von dem verworrenen Fall abzulenken. Aber wie so oft, war er nicht da und ich steckte fest. Wie ich es auch drehte und wendete, ich trat bei meinen Ermittlungen auf der Stelle. Am liebsten wäre ich im Hotel in den Arbeitsraum der Stubenmädchen gegangen und hätte dort Bettwäsche gebügelt. Oder einige Runden mit dem Staubsauber gedreht. Das hätte mir vielleicht beim Lösen des Falles geholfen. Mir war schon oft während eines Putzanfalls die Lösung für ein anstehendes Problem eingefallen. Das war einer der Gründe, warum ich nie eine Putzfrau beschäftigt hatte. Ich wollte mir diese Möglichkeit der Inspiration nicht entgehen lassen. Und wenn mir einmal keine Problemlösung zuteilwurde, war zumindest die Wohnung geputzt. Ein weiterer Grund war, dass ich es nicht mochte, wenn fremde Personen in mein Territorium eindrangen. Weder Putzperlen noch Einbrecher.

Ich sollte nochmals in die Galerie fahren, überlegte ich, entschied mich dann aber dagegen. Mein Kopf brummte, und ich wollte die paar Stunden, die ich für mich allein hatte, im Spa-Bereich entspannen. Ich wusste ja nicht, was in nächster Zeit noch so alles auf mich zukommen würde. *In der Ruhe liegt die Kraft*, erinnerte ich mich an eines meiner Lieblingssprichwörter. Vielleicht gelang es meinem Gehirn in entspannter Atmosphäre, entscheidende Verknüpfungen herzustellen.

Im Hotel stand Elke Platt hinter der Rezeption und unterhielt sich mit Veronika. Als ich die Lobby betrat, verstummten die beiden Frauen abrupt.

»Grüß' Sie, Frau Kaiser«, fing sich Veronika als Erste. »Ich habe gesehen, dass Sie Ihren Aufenthalt in unserem Hotel um einige Tage verlängert haben. Es freut mich, dass es Ihnen bei uns so gut gefällt. Möchten Sie am Mittwoch zum Steirerabend beim Hollerwirt gehen? Mit regionalen Spezialitäten und steirischer Harmonikamusik? Nur ein paar Minuten von hier. Keine Rumtata-Musik oder Lieder à la Andreas Gabalier, sondern von einem alten Meister der Quetschn«, schwärmte sie. Ihre Liebe zum populären steirischen Volks-Rock'n'Roller schien sich in Grenzen zu halten. Ich für meinen Teil war nicht sicher, was für meine Ohren erträglicher war.

»Ich weiß noch nicht …«, ließ ich die Entscheidung offen.

»Aber Sie sollten nicht zu lange mit der Tischreservierung warten, weil diese Abende sind immer rasch ausgebucht. Ich weiß, dass es nur noch wenige freie Tische gibt«, informierte mich Veronika. »Wollen Sie, dass ich Ihnen einen reserviere?«

»Danke nein. Das ist nicht nötig«, wiegelte ich ab. »Ich denke, dass wir am Mittwoch unterwegs sind. Falls wir doch da sind, melde ich mich aber bei Ihnen.« Irgendetwas machte mich misstrauisch, auch wenn ich nicht sagen konnte, was es war.

»Haben Sie die Recherchen für Ihr Buch schon abgeschlossen?«, mischte sich Elke Platt in unser Gespräch ein. »Schicken Sie uns das Kapitel, das Sie über uns schreiben, bevor es in Druck geht?«

»Selbstverständlich. Es kann aber noch eine Weile dauern, bis es soweit ist, sofern unser Vorschlag vom Verlag überhaupt angenommen wird«, sagte ich und wich ihrem Blick aus.

»Linus hat mir erzählt, dass er Ihnen unser Magazin gegeben hat. Das, aus dem die Buben die Buchstaben herausgeschnitten haben. Wenn es Ihnen recht ist, würde ich das gern gegen ein Neues tauschen«, schlug sie vor und zog aus ihrer Tasche ein Exemplar hervor. »Ich habe mir nämlich einige Notizen in dem Magazin gemacht, das mein Bruder Ihnen gegeben hat.«

Nein, mir war das gar nicht recht, und ich dachte nicht daran, Elke Platt das Magazin mit den ausgeschnittenen Buchstaben auszuhändigen. Es war zusammen mit den Drohbriefen eines der wenigen Beweisstücke, das ich besaß. Aber wie sollte ich sie abwimmeln? Ich konnte ihr schlecht sagen, dass ich das Magazin weggeschmissen hatte, wo wir es doch für unseren Artikel brauchten. Bevor ich es ihr zurückgab, wollte ich zumindest Fotos von jenen Seiten machen, aus denen die Buchstaben herausgeschnitten worden waren.

»Wenn es Ihnen recht ist, suche ich das Journal und bringe es Ihnen irgendwann in die Tischlerei«, schlug ich vor. Rasch nahm ich den Schlüssel. »Wir sehen uns«, flötete ich und steuerte die Treppe an. Meinen Schrittzähler würde es freuen, und für meine Nerven war es weniger strapaziös, als vor der Lifttür zu warten, bis die sich endlich öffnete.

Aber Elke Platt ließ sich nicht abwimmeln. Aus dem Augenwinkel sah ich, wie sie wendig hinter der Rezeption hervorkam. In wenigen Schritten holte sie mich auf der Stiege ein. Kein Wunder, sie war nicht nur sportlicher als ich, sondern trug zu ihren Jeans flache Haferlschuhe mit – mir wurde ganz anders – Profilsohlen. Elke Platt zählte zu meinen Hauptverdächtigen, und es war nicht auszuschließen, dass sie es gewesen war, die letzte Nacht in mein Zimmer eingedrungen war. Weniger, weil sie mir an den Kragen wollte, als vielmehr, weil sie unbedingt das Magazin zurückhaben wollte, mit dem man ihr nachweisen konnte, dass die Drohbriefe an Corinna Ringel aus ihrem Haus gekommen waren.

»Leider benötige ich diese Notizen schon heute Abend. Am einfachsten ist es, wenn ich Sie zu Ihrem Zimmer begleite. Dann können wir die Magazine austauschen, und Sie ersparen sich den weiten Weg in die Tischlerei.«

Ich getraute mich zu wetten, dass in der ganzen Zeitung keine einzige Notiz von ihr zu finden war. Aber ich wurde sie nicht los, beharrlich stapfte sie neben mir her.

Die Drohbriefe schossen mir durch den Kopf. Ich hatte am Morgen nicht nachgesehen, ob sie noch da waren. Vielleicht hatte Elke Platt oder wer auch immer meine einzigen Beweisstücke bereits an sich gebracht. Aber dann beruhigte ich mich damit, dass ich die Schriftstücke im Magazin aufbewahrte. Wenn sie dieses noch immer suchte, hatte sie auch die Drohbriefe nicht aufgespürt. Mein Pulsschlag beschleunigte sich noch mehr. Wenn sich Elke Platt nicht abwimmeln ließ und darauf bestand, in mein Zimmer mitzukommen, würde ich keine Gelegenheit haben, die Drohbriefe unbemerkt herauszunehmen. Nur noch zwei Treppen bis zu meiner Hotelzimmertür.

»Ach du meine Güte!« Ich schlug mit der flachen Hand auf meine Stirn. »Da fällt mir ein, dass ich das Magazin in die Laptophülle gegeben habe, und die hab ich samt Inhalt im Kaffeehaus vergessen. Wie gut, dass Sie mich daran erinnern. Ich muss sofort zurückfahren und den Laptop holen. Wenn der in die falschen Hände gerät …« Ich drehte mich um und lief die Stiegen wieder hinunter.

Um Elke Platt kümmerte ich mich nicht mehr. Hauptsache, ich hatte sie fürs Erste abgehängt. Ich setzte mich aufs Fahrrad und fuhr in eine Nebengasse, bis ich außer Sichtweite war. Dann suchte ich mir eine Stelle hinter einer Hecke, von der aus ich beobachten konnte, wann Elke Platt das Hotel verließ, ohne dabei von ihr entdeckt zu werden. Ich musste nicht lange warten. Keine fünf Minuten später jagte ein roter VW-Polo mit Elke Platt am Steuer an mir vorbei. Ich wartete noch ein paar Minuten, bis ich ins Hotel zurückkehrte.

Die Rezeptionistin sah mich verwundert an. »Sie sind schon wieder zurück? Haben Sie Ihren Laptop gefunden«, erkundigte sie sich. Elke Platt hatte ihr also Bericht erstattet. »Nein, leider nicht, wahrscheinlich habe ich ihn woanders liegen gelassen«, redete ich mich heraus und beeilte mich, in mein Zimmer zu kommen. Wenigstens hatte ich nicht lügen müssen. Mein Laptop lag zusammen mit dem Magazin und den Drohbriefen nach wie vor im Schrank unter meinen T-Shirts, wo ich ihn am Vormittag zurückgelassen hatte.

Es klopfte an meiner Tür. Ich zuckte zusammen. War Elke Platt zurückgekehrt? Hastig warf ich einige Kleidungsstücke über die Laptoptasche und verschloss die Kastentür.

»Entschuldigen Sie, dass ich störe.« Als ich die Zimmertür öffnete, stand Veronika da und hielt mir mein Tuch entgegen. »Sie sind so schnell an der Rezeption vorbeigelaufen, dass Sie nicht bemerkt haben, dass es

Ihnen hinuntergefallen ist.« Ich bedankte mich und nahm es in Empfang.

Als ich meine Mails checkte, fand ich wieder eines von Thomas im Eingangsordner. Darin flehte er mich richtiggehend an, aufzupassen und nichts Unvorsichtiges zu unternehmen. So voller Sorge hatte ich ihn die letzten 25 Jahre noch nie erlebt. Es musste wirklich öd im Senegal sein, wenn er so viel Zeit hatte, sich so intensiv über meine Angelegenheiten Gedanken zu machen.

Ich wählte seine Nummer. Ich wollte seine Stimme hören.

»Hallo?« Trotz der schlechten Verbindung war das, was ich am anderen Ende der Leitung hörte, eindeutig eine Frauenstimme. »Entschuldigen Sie, ich glaube, ich habe mich verwählt«, sagte ich.

»Frau Kaiser?«, fragte die Stimme mit englischem Akzent. Ich war irritiert, bejahte aber.

»Thomas hat die Mobile Phone … vergessen«, rang die Frau nach deutschen Worten.

Thomas? Und wo hatte er es vergessen? Im Büro? War die Frau seine Sekretärin? Musste ich mir Sorgen machen? Hatte er das Handy gar bei ihr in der Wohnung gelassen? War die Frau seine Freundin? Sollte ich mir einen Scheidungsanwalt nehmen? Ich wollte von meinem Göttergatten unverzüglich Antworten auf alle diese Fragen bekommen.

»Ich möchte bitte meinen Mann sprechen«, sagte ich unwirsch.

»So sorry, no. Wie ick schon sagte, Thomas hat the Telefon vergessen und derzeit ist er nix erreickbar.«

Wenn das so weiter ging, bekam ich demnächst einen Herzkasperl. Zuerst die unangenehme Begegnung mit Elke Platt und nun diese Frau, die mir erklärte, dass mein Mann für mich nicht zu sprechen sei. »Können Sie mir wenigstens sagen, wann ich meinen Mann wieder erreichen kann?«

»No, leider.«

»Dann sind Sie nicht … seine Sekretärin?«, kam es zaghaft über meine Lippen.

Ich erntete schallendes Gelächter. »Du liebe Güte, no! Leider, ick kann Ihnen nicht weiterhelfen. Am besten, wenn Sie im Office anrufen. Oder Thomas wird erklären. Entschuldigen Sie bitte, ick muss leider weiter. Good luck!« Und draußen war sie aus der Leitung.

Ich resümierte: Die Frau war keine Österreicherin, war nicht Thomas' Sekretärin, war jedoch im Besitz des Handys meines Mannes, und sie wusste, dass ich seine Frau war. Das Gefühl, das ich in diesem Moment empfand, hatte ich Jahrzehnte nicht mehr gespürt, konkret das letzte Mal in den Anfängen unserer Beziehung. Ich bin wahrlich kein eifersüchtiger Typ, sonst hätte unsere Ehe die häufigen Trennungen wohl nicht so unbeschadet überstanden. Aber das eben ging eindeutig zu weit. Je länger ich über das Gespräch nachdachte, umso sicherer wurde ich, dass mein Mann in die Fußstapfen seines Hallodri-Vaters getreten war. Wie hatte es meine Schwiegermutter Else bei ihrem Geburtstagsanruf formuliert? ›Hoffentlich fühlt Thomas sich nicht allzu allein und kommt auf dumme Gedanken. Du weißt ja, wie Männer sind.‹

Ein Klingelton zeigte mir an, dass ein SMS eingegangen war. Mit klopfendem Herzen sah ich nach, voller

Hoffnung, dass es von Thomas sei und sich alles nur als Irrtum herausstellte. Aber dann fiel mir ein, dass das gar nicht sein konnte, weil er ohne Handy unterwegs war. Die Nachricht war von Karin. Sie teilte mir mit, dass sie nicht zum Abendessen kommen konnte, weil ihre Entdeckungstour noch eine Weile dauern würde. Wahrscheinlich sah sie sich die Innenausstattung eines Grazer Schlafzimmers an, während ich mich daran gewöhnen musste, eine betrogene Ehefrau zu sein.

Aber mir blieb keine Zeit, mich in Selbstmitleid zu suhlen. Wenn ich es pünktlich in die Galerie schaffen wollte, in der ich mich mit Valerie und Patrick verabredet hatte, musste ich mich sputen. Und Arbeit war noch immer das beste Mittel, um sich von trübsinnigen Gedanken abzulenken.

6

Es tat mir gut, mit dem Fahrrad die Mur entlang zu strampeln. Der Abend war lau, die Murinsel schwebte auf dem Wasser, der Schloßberg erinnerte mich an meine Kindertage. Von meinem Zimmer aus hatte ich ihn jeden Tag beim Einschlafen gesehen, wenn sich meine Mutter an mein Bett setzte, und ich ihr meine kleinen und großen Sorgen erzählen konnte. »Bis du heiratest, ist alles wieder gut«, hatte sie immer gesagt und mir ein ›Heile-heile-Gänschen-Küsschen‹ gegeben. Ich hatte mich geborgen gefühlt, ihren Trost hätte ich im Moment gut gebrauchen können. Aber meine

Mutter lag schon lange am Friedhof und konnte mich nicht mehr in die Arme nehmen.

Am Hauptplatz stieg ich ab und schob das Rad durch die engen Gassen bis zum Glockenspielplatz. Das zünftige Trachtenpärchen aus Holz – Steirermadl und Steirerbua –, die im Giebel des Hauses tanzten, beachtete ich diesmal kaum. Bald darauf stand ich vor der Galerie, in der die Bilder von Marlies Gruber hingen. Ein gelber Zwerg mit aufgerichtetem Mittelfinger zog meine Aufmerksamkeit auf sich. »Den könnte ich gerade gut gebrauchen«, hörte ich hinter mir die Stimme von Patrick. »Für meinen wissenschaftlichen Betreuer. Der hat mir nämlich meine 250 Seiten zurückgeschmissen und gemeint, dass das keine Diplomarbeit sei. Was so viel heißt, dass die ganze Arbeit der letzten vier Monate für die Katz war.« So eine wichtige Information nebenher zu berichten, war typisch für meinen Sohn. Vielleicht sogar für die ganze Spezies Mann. Aber uns blieb keine Möglichkeit, das Gespräch zu vertiefen, weil in diesem Augenblick Valerie um die Ecke bog. Gemeinsam betraten wir die Galerie. Ein Klingeln kündigte uns an.

Gleich darauf schwebte eine elegante Dame aus dem Nebenraum. Sie trug ein schickes brombeerfarbenes Kostüm mit dazu passenden Pumps und einer opulenten Rubinkette, für deren Echtheit ich meine Hand ins Feuer gelegt hätte.

»Guten Abend. Kann ich Ihnen behilflich sein?«

»Ich interessiere mich für Werke der Künstlerin Marlies Gruber. Man hat mir Ihre Galerie empfohlen.«

Die Galeristin stellte sich als Sophie Thaler vor.

»Hier haben wir ein ganz besonderes Stück.« Sie deutete auf ein großes Bild.

»Ich dachte eher daran, ein Auftragsbild von der Künstlerin malen zu lassen. Vielleicht könnten Sie das vermitteln. Selbstverständlich auf Provisionsbasis«, flunkerte ich.

Die Frau sah mich verwundert an.

»Ja wissen Sie denn nicht …? Die Künstlerin ist vor einiger Zeit verstorben.«

»Oh, wie traurig«, spielte Valerie das Theater weiter. »War sie krank?«

»Wie man es nimmt. Sie hatte kein körperliches Gebrechen, wenn Sie das meinen. Aber Sie litt an Depressionen. Ich glaube, sie hatte schon seit Längerem eine große künstlerische Krise. Schade, dass sie nicht durchgehalten hat. Heute verkaufen sich ihre Sachen wie die warmen Semmeln und erzielen Spitzenpreise.«

Kein unbekanntes Phänomen, dachte ich. So mancher Künstler, der zu Lebzeiten in Armut dahinvegetierte, wurde nach seinem Tod zum begehrten Star, sehr zur finanziellen Freude seiner Erben.

»Ein Verriss in einem Magazin hat Marlies Gruber endgültig den Boden unter den Füßen weggezogen. Sie sagte sogar ihre geplante Hochzeit mit Matthias Kapeller ab und floh ins Ausland.«

»Matthias Kapeller?«, entfuhr es mir.

»Ja genau. Matthias Kapeller, dem das steirische Holz-Imperium gehört«, schloss sie jede Verwechslung aus.

Die neuen Informationen schwirrten in meinem Kopf umher und warfen neue Fragen auf. Wenn Matthias Kapeller wohlhabend war, dann interessierte ihn

Elke Platt nicht als gute Partie. Andererseits, wenn er Marlies Gruber geliebt hatte, wieso dachte er dann nach so kurzer Zeit schon wieder daran, mit Elke Platt in den Hafen der Ehe einzulaufen? Und wieso hatte er ein Techtelmechtel mit Corinna Ringel? Damit er sie besser umbringen konnte? Wie ich es drehte und wendete, nur eines blieb fix: Besagter Matthias Kapeller war gerade zu einem weiteren Hauptverdächtigen geworden.

»Die Marlies und er waren seit Jahren ein Paar. Ich glaube, sie kannten sich aus der Volksschulzeit. Er hat sie immer unterstützt und gefördert. Sie war nämlich, was das Kaufmännische anbelangte, nie sehr begabt. Er hat ihr viele gut bezahlte Aufträge zum Bemalen von Bauernmöbeln sowie für Illusionsmalereien verschafft, soweit ich weiß.«

»Illusionsmalereien?«, wollte Patrick wissen.

»Das sind großflächige Landschaften, die an Wände oder Plafonds gemalt werden. Meist in Schlössern, Spa-Bereichen von Hotels oder in Gaststätten. Marlies war da wirklich sehr begabt.«

»Ah, so wie das Wandbild in unserem Hotel neben dem Whirlpool …«, erinnerte sich Valerie.

»Wie gesagt, sie hat sehr viele Aufträge in Graz und Umgebung übernommen. Aber das half ihr letztendlich nicht gegen ihre Depressionen. Und als dann auch noch diese Bloggerin über sie hergezogen ist und sie zur Lachnummer degradiert hat, war das halt zu viel für sie. Heutzutage braucht man ein dickes Fell, wenn man in der Öffentlichkeit steht, weil jeder Dahergelaufene glaubt, dass er ein Experte ist und alles kommentieren muss. Ich bin seit Jahrzehnten in der Kunstszene und kann es oft nicht fassen, dass diesen Kritikern nicht bewusst ist, was sie mit ihren Bösartigkeiten anrichten.«

»Shitstorm«, meldet sich Patrick zu Wort. Die Galeristin sah ihn fragend an.

»Ich befasse mich gerade in meiner Diplomarbeit mit diesem Phänomen sozialer Netzwerke, Blogs und solchen Kommentarfunktionen im Internet …«, setzte Patrick zu erklären an, brach aber wieder ab, als er merkte, dass er bei Sophie Thaler damit kein Interesse weckte. Ich hingegen war froh, endlich zu erfahren, was das aktuelle Thema seiner Abschlussarbeit war. Er musste es seit unserem letzten Gespräch, das schon eine Weile zurücklag, geändert haben.

Ich schätzte die Galeristin auf Mitte 60. Eine kompetente Person, die sich in ihrem Metier gut auszukennen schien. Für Facebook und sogenannte ›Scheißestürme‹ hatte sie nichts übrig. In ihrer Generation traf man sich eher im vertrauten Kreis und zog über andere hinter vorgehaltener Hand her. Diskretion wurde groß geschrieben.

»Und wie erging es diesem Matthias Kapeller nach Marlies Grubers Selbstmord?«, erkundigte ich mich.

»Darüber weiß ich nichts. Wissen Sie, ich lese schon eine ganze Weile keine Tageszeitungen oder gar diese unzähligen Gratisblätter, die es in Graz gibt. Die ständigen negativen Nachrichten von nah und fern und dann diese Finanzdebakel, über die immer erst ausgiebig berichtet wird, wenn es schon zu spät ist, erzeugen in mir ein Gefühl der Machtlosigkeit. Mittlerweile lese ich zum Morgenkaffee lieber ein gutes Buch, und wenn ich irgendwo in meinem Umfeld helfen kann, dann tue ich es. Wenn Sie möchten, zeige ich Ihnen aber gern alle Werke von Marlies, die ich hier in der Galerie ausgestellt habe.«

Nach einer Runde durch den Schauraum bedankten wir uns und verließen die Galerie.

»Irgendwie fühle ich mich jetzt mies«, bemerkte Valerie.

»Ja, wir haben unsere Nasen zu tief in ein fremdes Leben gesteckt«, meinte ich.

»Nein, nicht deswegen. Aber ich habe auch schon oft bösartige Kommentare geschrieben und mich über solche Shitstorms amüsiert. Wenn ich mir vorstelle, dass sich das jemand derart zu Herzen nehmen könnte, dass er daraufhin nicht mehr leben will … eine arge Vorstellung.«

»Es macht keinen Sinn, im Nachhinein darüber zu jammern. Tu's einfach nicht mehr«, sagte Patrick streng.

»Jö, bist du jetzt zum Gutmenschen mutiert?«, ätzte Valerie und warf ihm einen verächtlichen Blick zu.

»Red nicht so deppert daher. Ich finde nicht, dass es zu viel verlangt ist, dass man von Leuten unseres Alters ein wenig Empathie erwarten kann«, setzte Patrick noch eins drauf.

»Lasst uns auf ein Eis gehen«, mischte ich mich ein und ertappte mich, dass ich in alter Muttermanier vom Streitthema abzulenken versuchte. Legt man denn diese Mechanismen auch dann nicht ab, wenn die Kinder schon längst mündige Erwachsene sind? Doch die Taktik funktionierte noch immer.

Wir steuerten einen der Schanigärten im Bermudadreieck an. Schon in meiner Jugendzeit hieß die Gegend um Färber-, Mehl- und Glockenspielplatz so, weil sich hier ein Lokal neben dem anderen befindet und so mancher nach einer nächtlichen Sauftour für eine Weile von der Bildfläche verschwindet. Einige der Lokale gab es noch immer, andere waren neu übernommen worden oder dazugekommen. Nun, während der warmen Jahreszeit, spielte sich das Leben in den Gastgärten ab. Im Winter verwandelten sich die Plätze für mehrere Wochen in ein stimmungsvolles Weihnachtsdorf.

Wir machten es uns in einem der Schanigärten gemütlich und gaben unsere Bestellungen auf. Ehe wir uns versahen, standen unsere Eisbecher und Bowlen auf dem Tisch.

»Wie war das mit deiner Diplomarbeit?«, kam ich auf Patricks Bemerkung von vorhin zurück. Meine Kinder und ihr Wohlergehen würden mir immer wichtiger sein als alle Corinna Ringels dieser Welt. Ob tot oder lebendig.

»Da gibt es nicht viel zu erzählen«, sagte Patrick und ließ sich sein Vanilleeis mit Kürbiskernöl auf der Zunge zergehen. »Ich habe meine Arbeit abgegeben und dachte, dass alles passt und ich zum nächsten Termin zur Diplomprüfung antreten kann. Aber mein Betreuer hat sie mir zurückgeschmissen und kein gutes Haar an ihr gelassen.«

»Und, was musst du jetzt verbessern?«, wollte ich wissen. Ich hatte in meinem Leben schon so viele Rückschläge einstecken müssen, da sollte so eine Diplomarbeit auch zu schaffen sein. Dachte ich.

»Wenn ich das wüsste. Der Typ hat nur gesagt, dass alles ein Schas ist, aber er hat keine konkreten Anmerkungen oder Verbesserungsvorschläge gemacht. Jetzt stehe ich an, weil ich keine Ahnung hab, was genau der Prof scheiße findet und warum.« Das waren für Patrick recht viele Fäkalausdrücke in so wenigen Sätzen. Die Sache nahm meinen sonst eher phlegmatischen Sohn wohl mehr mit, als er zugegeben hätte.

»Such dir halt einen anderen Betreuer«, mischte sich Valerie ein.

»Sinnlos. Ein Professor hackt doch einem anderen kein Auge aus«, stellte Patrick klar.

»Hast du es wenigstens versucht?«, insistierte Valerie.

Patrick verdrehte die Augen. »Natürlich, was glaubst denn du? Ich bin schon ein paar Jahre länger auf der Uni als du«, setzte er einen Seitenhieb, der saß. Damit beendete Patrick die Unterhaltung und widmete sich wieder seinem Eis.

»Ist das dort drüben nicht Karin?« Valerie stieß mich an und deutete mit dem Kopf in den gut besuchten Schanigarten des gegenüberliegenden Lokals. Tatsächlich. Da saß sie, meine kulturell interessierte Freundin. In Begleitung von Bernd, wie ich es angenommen hatte. Die beiden hatten nur Augen füreinander und kamen aus dem Flirten nicht heraus. Der Rest der Welt schien sie nicht zu interessieren. Auch uns bemerkten sie nicht.

»Sag jetzt nicht, dass Tante Karin sich in den Opa verknallt hat.« Valerie verzog angewidert den Mund.

Ich antwortete ihr nicht. Sie würde erst in ein paar Jahrzehnten verstehen, dass Liebe und Leidenschaft kein Alter kannten und man sich auch nicht immer aussuchen konnte, wann und wo ein Funke übersprang, ein Feuer loderte oder erlosch. Die Gefühle, ob Schmetterlinge im Bauch oder Liebeskummer, blieben aber immer dieselben.

»Sollen wir rüber gehen und ihnen von Marlies Gruber und Matthias Kapeller erzählen?«, fragte Patrick.

Ich schüttelte den Kopf. »Das werden die beiden noch früh genug erfahren.« Wenn ich ehrlich war, verspürte ich selbst keinerlei Lust, über die Mordgeschichte oder mein Beziehungsproblem nachzudenken. Irgendwann war der Punkt erreicht, wo es keinen Sinn mehr hatte weiterzugrübeln. Und dieser Punkt war für mich just in diesem Moment erreicht, woran eventuell die süffige Erdbeerbowle eine Mitschuld trug. »Bitte bringen Sie mir noch eine«, gab ich meine Bestellung beim Kellner auf. Morgen war auch noch ein Tag, und wenn meine Batterien wieder aufgeladen waren und sich meine Ganglien frisch ans Werk machten, würde sich mir vielleicht endlich eine Lösung offenbaren.

Mein Tag endete knapp vor Mitternacht nach einem schönen Abend mit meinen Kindern, drei Erdbeerbowlen, einer beschwingten Fahrradtour zum Hotel zurück und gesunden 11.127 Schritten. Ein neuer Rekord.

6. KAPITEL

Dienstag

I

Im Gegensatz zu meinem, hatte Karins Abend bis in die frühen Morgenstunden gedauert. Erst gegen fünf Uhr morgens hatte sie versucht, so leise wie möglich ins Zimmer zu schleichen. Normalerweise schlief ich den tiefen Schlaf des Gerechten, doch die Vorfälle der letzten Tage hatten mich auf nächtliche Geräusche und Bewegungen sensibilisiert. Daher war ich aufgewacht, als sie die Tür aufschloss. Den zweiten Schlüssel hatte Karin am Vortag problemlos organisiert. Die Notlüge, dass sie den ihren gerade nicht finden konnte, war ihr glaubhaft über die Lippen gekommen. Ich stellte mich schlafend und wartete, bis sie unter die Bettdecke gekrochen und eingeschlafen war. Vielleicht waren es die ersten Anzeichen seniler Bettflucht bei mir oder Karins Geschnarche oder die vielen Gedanken, die mir durch den Kopf gingen – an ein nochmaliges Einschlafen war nicht zu denken.

Also schnappte ich den Laptop und das Handy und ging in mein Zimmer. Im Posteingang fand ich keine E-Mail-Nachricht, am Handy keine SMS von Thomas. Auch kein neues Posting auf seinem Facebook-Profil ließ mich an seinem Leben teilhaben. Vielleicht war unsere Beziehung doch nicht so gefestigt, wie ich es all die Jahre immer geglaubt hatte? Schon nahm ich das Handy, um ihn anzurufen, ließ es dann aber bleiben. Vielleicht befand sich sein Mobiltelefon noch immer bei dieser Frau, oder noch schlimmer, vielleicht war auch Thomas bei ihr. Ich legte meinen Gedankenschalter um und widmete mich dem Mordfall. Jede Ablenkung von meinen persönlichen Problemen war besser. Selbst eine verschwundene Leiche. Es war sicher einer der größten Vorteile des Älterwerdens, dass man über die Jahre recht gut funktionierende Strategien entwickelt hatte, um sich von Problemen abzulenken, deren man nicht Herr wurde.

Ich klopfte wie eine Besessene alles, was mir in den letzten Tagen an Erlebtem und Gehörtem untergekommen war, in den Computer und fügte meine Überlegungen zur Ergänzung an. Als ich fertig war, hatte ich drei Seiten gefüllt. Struktur und Ordnung waren die halbe Lösung eines Problems. Hoffte ich auch in diesem Fall. Zumindest hatte ich mir alles von der Seele geschrieben, und allein das tat mir gut. Ich checkte erneut die Mailbox, aber wieder gab es keine Nachricht von Thomas.

Enttäuscht legte ich den Laptop aufs Bett und ging auf den Balkon. Tief sog ich die frische Morgenluft ein. Die ersten Strahlen der Morgensonne tauchten die Stadt in sanftes Licht. Und dann tat ich etwas, was ich schon Jahre nicht mehr gemacht hatte: Ich schlüpfte in Leggins und T-Shirt, zog meine Turnschuhe an, verließ das Hotel und lief los. Mit jedem Schritt lief ich meinen Problemen weiter davon und gleichzeitig ihrer Lösung entgegen. Mein Schrittzähler bekam an diesem Tag Einiges zu tun.

Später am Frühstückstisch empfing mich Karin mit dunklen Augenringen und ernster Miene. Sie schob mir eine Boulevardzeitung hin, sobald ich mich gesetzt hatte.

»Auf Seite 5 steht etwas, das dich interessieren wird«, sagte sie kryptisch und nippte an ihrem Kaffee.

Ich musste nicht lange suchen. Mein Blick fiel auf die reißerische Überschrift:

›*Wiener Redakteurin wie vom Erdboden verschwunden. Die bekannte Bloggerin und Society-Reporterin Corinna Ringel wird vermisst. Wie ihr Vater, der Medientycoon Felix Ringel, gegenüber der Polizei mitteilte, fuhr seine Tochter Samstagabend zu einem Termin nach München. Dort sei sie aber nie angekommen, so Ringel. Seitdem fehle jede Spur von ihr. Die Polizei schließt nicht aus, dass Corinna Ringel Opfer einer Entführung oder eines Gewaltverbrechens wurde und bittet um sachdienliche Hinweise*‹, stand da.

»Vielleicht ist das die Erklärung, warum sie diese ganze Doppelgängerin-Aktion abgezogen haben«, rätselte ich. »Weil für irgendetwas musste der ganze Aufwand mit Gisela gut sein, sonst hätten die Mörder sie ebenso gut ohne Doppelgängerin verschwinden lassen können. Was meinst?«

»Ich vermute, dass die Doppelgängerin nur dazu diente, damit keiner auf den Gedanken kommt, den Tatort mit Graz in Verbindung zu bringen und sie hier zu suchen. Dafür reichte es, dass Corinna alias Gisela von ihrem Steiermarkaufenthalt putzmunter zurückgekehrt und am Freitag von ihrer Sekretärin und ihrem Vater gesehen wurde. Nun ist sie hochoffiziell in Wien beziehungsweise am Weg nach München verschwunden. Dort kann die Polizei suchen, so viel sie will, sie werden niemals ihre Leiche finden, weil sich die ja hier irgendwo befindet«, überlegte Karin.

»Und kein Mensch wird auf den Gedanken kommen, in Graz nach ihr zu suchen«, ergänzte ich.

»Was machen wir jetzt?«

»Ich könnte dem Vater reinen Wein einschenken, ihm Corinnas Nachricht sowie die Drohbriefe schicken, und die Verdächtigen könnten wir auch mitliefern«, schlug ich vor und dachte an meine Zusammenfassung, die ich in aller Herrgottsfrüh geschrieben hatte.

»Vergiss es. Du hast es doch am Telefon gehört: Ihr Vater und die Sekretärin sind felsenfest überzeugt, dass sie Corinna lebend und wohlauf gesehen haben. Du glaubst doch nicht, dass sich der Mann zum Gespött macht, indem er einräumt, dass er jemand anderen für seine Tochter gehalten hat.«

Karin ging mir manchmal gehörig auf den Nerv. Aber in diesem Fall hatte sie wahrscheinlich wieder einmal recht.

»Apropos Verdächtige. Ich war gestern mit den Kids in der Galerie.«

»In der, wo wir waren, in der Nähe vom Glockenspielplatz?« Karin sah mich unsicher an und konzentrierte sich dann darauf, mit dem Nagel einen imaginären Fleck vom Tischtuch zu kratzen. So etwas tat sie immer, wenn sie nervös war.

»Ja, genau die meine ich.« Ich verschwieg ihr, dass wir sie zusammen mit Bernd beim Turteln gesehen hatten. Auch die beste Freundin von allen hatte ein Recht auf ein paar Geheimnisse.

»Jetzt rate mal, mit wem sich die Marlies Gruber verheiraten wollte?«

»Jetzt mach's nicht so spannend.« Karin sah mich an.

»Mit Matthias Kapeller.«

Ich wartete auf eine Reaktion von ihr, aber es kam nichts. Vielleicht schlief sie mit offenen Augen.

»Karin? Hast du gehört, was ich gesagt habe? Der Matthias Kapeller, der bald der Schwager vom Platt wird, war mit der Marlies Gruber zusammen.«

Karin sah mich kopfschüttelnd an und sagte kein Wort.

»Ich dachte, wir statten ihm heute nochmals einen Besuch ab und fragen ihn, wie das so war mit seinen vielen Weibergeschichten«, fuhr ich fort.

»Hm, hast du nicht erzählt, dass er ein großes Holzunternehmen besitzt? Dort könnten wir sicher einen Besichtigungstermin vereinbaren. Wenn es dir recht ist, rufe ich gleich an. Es stört dich doch nicht, wenn Bernd mitkommt? Ich meine nur, weil ihr zusammenarbeitet, und vielleicht kann er dich in diesem Fall ja unterstützen.«

»Gute Idee«, gab ich zu, obwohl ich ihre wahren Beweggründe nur zu gut kannte.

Zum ersten Mal, seitdem ich am Frühstückstisch saß, huschte ein Lächeln über Karins Gesicht.

»Aber ich wollte dir noch etwas anderes erzählen«, setzte ich an.

»Ist es wegen Thomas, weil er dich nicht angerufen hat?« Woher wusste Karin, dass sich mein Mann nicht bei mir gemeldet hatte? Weibliche Intuition, oder pfiffen es schon die Spatzen von den Dächern, dass er eine Affäre hatte?

»Stimmt«, antwortete ich knapp. »Aber nicht nur.« Dann erzählte ich ihr von meiner Begegnung mit Elke Platt und von meinem Anruf auf Thomas' Handy und der Frau, die an seiner statt abgehoben hatte.

»Also kaum lässt man dich ein paar Stunden allein, schon passieren dir die wildesten Sachen.« Karin schüttelte den Kopf. »Das mit Thomas würde ich aber nicht überbewerten. Wirst sehen, es wird sich bald alles in Wohlgefallen auflösen«, redete sie beruhigend auf mich ein. Hoffentlich nicht auch meine Ehe. Frisch Verliebte, die die Welt nur noch durch eine rosarote Brille sehen, können einem ganz schön auf den Nerv gehen, wenn man selbst gerade eine Beziehungskrise durchmacht.

»Es bleibt mir nichts anderes übrig, als abzuwarten«, seufzte ich. Für einen ungeduldigen Menschen war das das Schlimmste. Und dabei hatte ich immer gehofft, dass ich mit 50 die Gelassenheit in Person sein würde.

»Mehr Aufmerksamkeit würde ich dieser Elke Platt widmen und natürlich auch ihrem dubiosen Verlobten«, sagte Karin.

»Wenn es dir recht ist, rufe ich gleich bei Kapeller an und vereinbare einen Termin. Ich hab eine Idee: Bernd könnte das Gespräch mit ihm führen. Uns kennt er ja und würde vielleicht Verdacht schöpfen. Bernd macht das sicher gern für dich.« Keine zehn Minuten später hatte Karin ein Treffen am Nachmittag vereinbart. Es war immer wieder beeindruckend, wie rasch man als Journalistin einen Termin bekam.

Doch bevor wir uns Matthias Kapeller widmeten, mussten wir auf die Baustelle fahren, wie wir meine Wohnung mittlerweile nur noch nannten.

2

Als ich die Tür aufsperrte, empfing uns friedliche Stille. Kein Kratzen, Hämmern oder Bohren. Ich wusste gar nicht, dass Handwerker so leise arbeiten konnten.

»Hallo? Ist da wer?«, fragte ich, bekam aber keine Antwort. In der Küche atmete ich auf. Der neue Boden, den sie gestern verlegt hatten, sah sehr gut aus. Obwohl der Installateur alle Sanitäreinrichtungen ordentlich angeschlossen hatte, blieb das Badezimmer mein Sorgenkind. Statt den Fliesen hing nur ein Zettel an der Wand. ›Grüß Gott Frau Kaisa. Wir ham den falschen Fliesenkitt mit. Drum malen wir zerst das Wohnzimmer aus und vafliesen tu ma morgen.‹ Gut, das war kein Malheur, dachte ich beruhigt. Noch waren wir im Zeitplan. Ich wunderte mich nur, wie die Maler es angestellt hatten, das Wohnzimmer so rasch auszumalen. Es war kurz vor elf Uhr, und keiner war da. Oder waren die Handwerker schon auf Mittagspause? Als ich die Tür öffnete, wurde mir einiges klar: Beim Versuch, die Decke weiß auszumalen, musste sich der alte Verputz gelöst haben und war wohl dem Maler im wahrsten Sinn des Wortes auf den Kopf gefallen, so wie es hier aussah. Auf einem der Farbkübel lag ein weiterer Zettel: ›Grüß Gott, Frau Kaisa. Die neue Farbe verbindet sich nicht mit der alten. Rufen Sie an, was wir tun solln?‹ Woher sollte ich das wissen?

»Hat der Kerl bei der Wohnungsbesichtigung nicht gecheckt, dass es sich um eine Farbe auf Ölbasis handelt?« Karin schüttelte den Kopf.

»Anscheinend nicht. Aber noch mehr wurmt mich, dass er nicht fähig war, zum Telefonhörer zu greifen und mich umgehend anzurufen.« Ich zückte das Handy und wählte die Nummer des Malers. Der Bursche mochte vielleicht fröhlich sein, aber nach dieser Aktion hielt ich ihn für unfähig.

»Wow, seit wann liebst du es so knallig?«, fragte Karin. Sie hatte den Deckel der Wandfarbe geöffnet. Ich ließ fast das Handy fallen.

Das, was sich in den Kübeln befand, war kein sanftes Apricot sondern – Dunkelorange. Falscher Fliesenkitt, falsche Farbe, und alles an einem einzigen Tag – das war zu viel des Guten.

»Wenn du das Wohnzimmer mit dieser Farbe streichst, dann brauchst keine Einrichtungsgegenstände mehr. Höchstens Beruhigungspillen.« Karin gluckste.

Ich bewunderte ihren Galgenhumor. Aber ihre Baustelle war es auch nicht. Mir hingegen war nicht mehr zum Lachen zumute. »Ein herzliches Grüß Gott«, meldete sich Lukas, der inkompetente Maler und Fliesenleger fröhlich.

»Kaiser hier …«, stammelte ich. »… die Wohnung …«

»Ja, grüß Sie Gott, Frau Kaisa. Schön, dass Sie mich so schnell z'rück rufen. Was mach ma im Wohnzimmer?«

»Sagen Sie es mir. Sie sind doch der hochpreisige

Experte!«, zischte ich ins Handy. Mein Geduldsfaden war am Reißen. »Was ich nur sicher weiß ist, dass ich diese schreckliche Farbe, die Sie anscheinend für meine Wände mitgebracht haben, auf keinen Fall will.«

»Aber die haben Sie doch in Auftrag gegeben«, konterte der Bursche gar nicht mehr freundlich. »Sie erinnern sich sicher an die Farbstreifen, die ich Ihnen mitgebracht habe. Und sie haben sich genau für diesen Farbton entschieden«, insistierte er.

»Niemals! Ich habe auf den sanftesten Ton auf dem Farbmuster gezeigt und ganz sicher nicht auf den dunkelsten.« Ich musste mich beherrschen, um nicht »Sie Trottel« hinzuzufügen, aber ich wusste, wie sensibel Handwerker waren und wer schlussendlich die Leittragende sein würde. Obendrein hatte ich keine Zeugen, sollte es hart auf hart gehen. Wie hatte es Patrick so schön formuliert? Eine Krähe hackt der anderen kein Auge aus. Keiner der Handwerker würde meine Version unterstützen. Ich war nur eine Kundin, die sie nicht mehr wiedersehen würden. Untereinander begegneten sie sich hingegen öfter.

»Sie haben mir das Muster in die Hand gedrückt und gesagt, dass Sie Apricot wollen. Das, was Sie bekommen haben, ist Apricot«, insistierte der Maler.

Ich hatte das Handy auf laut geschaltet, damit Karin mithören konnte. Ein großer Fehler, denn nun brüllte sie dazwischen:

»Das ist nicht Apricot, Sie Idiot! Nehmen Sie sofort Ihre Beine in die Hand und kommen Sie hierher. Und zwar flott. Mit dem richtigen Fliesenkleber und vor allem mit der richtigen Farbmischung.«

Karin hatte keine Ahnung, wie man mit Handwerkern sprechen musste. Sie hatte vor Jahren eine großzügige neu renovierte Wohnung in der Nähe des Wiener Praters gekauft. Sie hatte einen Batzen Geld hingelegt und nur mehr den Schlüssel im Schloss umgedreht. Zu Handwerkern hatte sie nie persönlich Kontakt und ergo auch keinerlei Zores mit ihnen gehabt. Bis auf jenen mit der Innenausstatterin, die sie nach zwei Tagen feuerte, weil sie mit deren Einrichtungsvorschlägen nicht einverstanden war. Noch heute, zwei Jahre später, war die Wohnung quasi leer.

Am Handy hörte ich nur noch Tuten. Der fröhliche Lukas hatte aufgelegt.

»Mit Verfliesen und Ausmalen wird's wohl nichts mehr werden vorm Senegal«, sagte ich resigniert und steckte das Handy ein. Die Hoffnung, dass ich den Burschen motivieren konnte, noch einmal meine Wohnung zu betreten und die Arbeit zu verrichten, hatte ich begraben.

»Sei froh, dass du diesen inkompetenten Deppen los bist. Alles ist besser, als in einem Wohnzimmer im knalligen 70er-Jahre-Orange zu kollabieren«, stellte Karin ungerührt fest. »Und der Elektriker und der Installateur haben gute Arbeit geleistet, und der Bodenleger hat den PVC-Boden und das Parkett ebenfalls ordentlich verlegt. Das ist doch schon ein beachtlicher Teilerfolg.« Ich liebte meine optimistische Freundin.

»Und die Küchenmöbel können noch immer zum vereinbarten Termin geliefert werden«, versuchte auch ich, der Situation etwas Positives abzugewinnen. Im allerhöchsten Notfall würde ich nach dem Urlaub im Senegal selbst das Wohnzimmer ausmalen. Den richtigen Farbton in einem Baumarkt abmischen zu lassen, stellte sicher kein Problem dar. Und abspachteln und ausmalen hatte ich in jungen Jahren mitunter auch müssen. Das würde wohl wie Radfahren sein, das man nicht verlernte. Mehr Bedenken hatte ich beim Verfliesen, aber schließlich gab es heute schon für alles ein Anleitungsvideo auf Youtube. Also würde auch das irgendwie zu schaffen sein.

Wie nicht anders zu erwarten, saß Bernd bereits im Königshof und erwartete uns. Er bemühte sich nicht einmal, sein Strahlen zu verbergen, als er Karin sah. Ach, was muss Liebe schön sein, dachte ich bitter.

Der Cappuccino und die Himbeerschnitte versüßten mir für eine Weile meine deprimierende Lebenssituation.

3

Nach dem Zuckerschock informierte ich Bernd über den geplanten Besuch bei Matthias Kapeller und warum es besser war, wenn Karin und ich nicht bei dem Mann auftauchten. Wie erwartet, war er zunächst Feuer und Flamme. Ich unterstellte ihm jedoch, dass seine Begeisterung weniger dem Fall galt als vielmehr dem Umstand, dass er damit Karin beeindrucken konnte.

Wir erzählten ihm alles, was wir über Matthias Kapeller wussten, und vereinbarten, dass Bernd das Gespräch allein führen sollte.

»Also wenn ich es richtig verstehe, dann bin ich ein Journalist, der für einen Artikel über ›Sex-Appeal der Steirermen‹ recherchiert?«, grinste er.

»Genau. Da kennst dich ja gut aus«, zwinkerte ich

ihm zu. Karin tat, als hätte sie mich nicht gehört und als würden die Vorbeieilenden ihre ganze Aufmerksamkeit auf sie ziehen.

»Ernsthaft? Mit diesem Kuli soll ich das Gespräch aufnehmen?« Stirnrunzelnd betrachtete er meinen James-Bond-Stift, den ich ihm gab. Die Idee war mir zwischen zwei Bissen Himbeerschnitte gekommen.

»Genau. Du drückst auf ›on‹ und steckst ihn dir in die Brusttasche, dann fällt er nicht auf, sollte aber alles aufnehmen, was ihr so sprecht.«

»Sachen gibt 's.« Bernd schüttelte den Kopf. »Ob das klappt?«

»Einen Versuch ist es allemal wert.«

Karins Handy unterbrach meine Ausführung, was genau wir von Kapeller wissen wollten.

Keine zwei Stunden später saßen wir wieder alle im Königshof zusammen und hörten uns gemeinsam die Aufnahme an.

»Sie recherchieren für einen Artikel?«, fragte Matthias Kapeller. »Und wieso kommen Sie da zu mir?«

»Weil meine Recherchen ergeben haben, dass Sie einer der gefragtesten Junggesellen von Graz sind.« Bernd schlug sich ganz gut. Matthias Kapeller lachte. »Das höre ich heute zum ersten Mal.«

»Also stimmt es nicht, dass Sie mit der bekannten Künstlerin Marlies Gruber liiert waren und sie heiraten wollten?«

»Doch, das stimmt schon. Aber wie Sie aus den Medien wissen, ist aus unserer Hochzeit nichts geworden«, sagte Matthias Kapeller.

»Weil Sie eine Liaison mit der Journalistin Corinna Ringel eingegangen sind?«

»Um Gottes willen, nein. Besagte Corinna Ringel war nichts weiter als eine Bekannte«, wiegelte er ab.

»Da pfeifen die Spatzen aber ganz andere Sachen von den Dächern«, witzelte Bernd. »Wir sind doch unter uns: Diese Ringel ist bekannt dafür, dass sie auf Typen wie Sie abfährt. Und genau das würde mich für meinen Artikel interessieren: Was haben Sie, was andere Männer nicht haben?«

»Keine Ahnung. Das sollten Sie besser diese Frauen fragen.«

»Oder Elke Platt?«

Einen Moment herrschte Stille.

»Herr Kapeller, stimmt es, dass Sie in Kürze heiraten werden?«

»Also ich weiß ja nicht, woher Sie Ihre Informationen nehmen, aber finden Sie nicht, dass Sie da etwas tief in meine Privatsphäre eindringen?«

»Aber genau das ist es doch, was unsere Leser interessiert«, versuchte Bernd, die Kurve zu kratzen. »Wie lebt so ein Womanizer, und wie lautet seine Erfolgsstrategie bei Frauen?«

»Also meine Sekretärin hat ein anderes Thema erwähnt. Die Dame, die angerufen hat, wollte nur Informationen zu unserem Betrieb.«

»Oh, da hat Ihre Sekretärin sicher etwas falsch verstanden. Also, erzählen Sie mir von der bevorstehenden Hochzeit?«

»Herr Koller, bitte entschuldigen Sie, aber ich habe jetzt eine Besprechung.« Wie aufs Stichwort wurde die

Tür geöffnet, und die Stimme der Sekretärin ertönte: »Herr Kapeller, Ihr Vieruhrtermin wartet bereits auf Sie im Besprechungsraum B.«

Damit war das wenig ergiebige Gespräch zu Ende.

»Zwei Hochzeiten und ein Todesfall«, resümierte Karin.

»Tut mir leid, dass ich nicht mehr aus ihm herausbekommen konnte. Aber ihr habt ja gehört, wie sich der Typ gesträubt hat«, entschuldigte sich Bernd.

»Du hast das spitze gemacht«, himmelte Karin ihn an, und Bernd strahlte über das ganze Gesicht. Die Vorstellung, den ganzen Nachmittag lang das fünfte Rad am Wagen zu sein, war für mich wenig verlockend. Zum Glück machten meine Kinder eine vierstündige Audiotour durch Graz. Wenn sie Tante Karin und Bernd so gesehen hätten, wären ihre Augen wahrscheinlich stecken geblieben, weil sie diese ständig verdreht hätten. Gerade als ich mich aus dem Staub machen wollte, ertönte Karins Handy.

»Oh, hallo du«, flötete sie ins Gerät. Bernd und ich spitzten die Ohren.

»Im Moment kann ich nicht ... hm ... ja? ... fein ... ja, genau ...« Meine geheimnisvolle Freundin lachte und warf mir einen belustigten Blick zu. »So super, du Herzbube! Wir sehen uns dann. Bussi Baba.«

Als Karin auflegte, stierten Bernd und ich sie neugierig an. »Entschuldigt ... ähm ... mein Onkel ... Georg.« Bernd gab sich vorerst mit der Auskunft zufrieden und ich hielt meinen Mund, obwohl ich nur zu genau wusste, dass Karin keinen Onkel namens Georg hatte. Die Steiermark schien ja bei einigen Leuten das Blut in

Wallung zu bringen. Und der Senegal ebenso. Für mich war es höchste Zeit zu verschwinden, bevor Bernd nachfragte und ich gar noch lügen musste.

»Ich muss noch etwas erledigen. Macht es euch etwas aus, den Nachmittag ohne meine Gesellschaft zu verbringen?«

Die Frage hätte ich mir sparen können.

»Wir treffen uns beim Abendessen!«, rief Karin mir nach. »Bitte sei pünktlich!«

Als ich mich nochmals umdrehte, sah ich, wie die beiden wieder die Köpfe zusammensteckten. Vielleicht sollte ich mir an ihnen ein Beispiel nehmen, dachte ich. Eifersucht war definitiv keine Lösung. Aber noch war ich nicht so weit.

4

Ein Kellner geleitete uns an den Tisch, als wir zum Abendessen erschienen. »Hatten Sie einen schönen Tag?«, erkundigte er sich. Ich blieb ihm die Antwort schuldig.

»Sitzen wir heute an einem anderen Tisch?«, fragte ich, als wir an unserem bisherigen vorbeigeführt wurden.

»Ja. Wir hatten einige Neuankünfte und mussten die Sitzeinteilung ändern.« Wieso wich dieses Grinsen nicht aus dem Gesicht des Kellners?

Als er uns in einen Extraraum brachte und auf unseren Platz zeigte, war alles klar. Dort saß neben Valerie und Patrick – Thomas.

»Du? Hier? Aber … ich dachte …«, stammelte ich.

Meine Kinder stierten in die Menükarten und versuchten, ihre peinlichen Alten so gut es ging zu ignorieren.

»Diese Überraschung ist mir wohl gelungen«, lächelte Thomas, stand auf und nahm mich in den Arm.

»Ich bringe jetzt den Schilchersekt, wenn es recht ist.« Der Kellner lächelte zufrieden vor sich hin, als er den Raum verließ.

»Ich warte schon eine Ewigkeit auf euch, wo wart ihr denn?«

»Gegenfrage: Warum hast du mir nicht Bescheid gegeben?«

»Ich habe Karin eingeweiht, das reicht doch?« Er zwinkerte meiner heuchlerischen Freundin zu.

»Überraschung!«, flötete Karin und da fiel es mir wie Schuppen von den Augen, wer dieser ominöse Onkel Georg gewesen war.

»Und dein Handy?«, fragte ich misstrauisch. »Ich habe versucht, dich zu erreichen …«

»… und bist wahrscheinlich bei Henry gelandet«, riet Thomas. »Er ist ein Arbeitskollege und lieber Freund, der mich zum Flughafen gebracht hat. Nur irgendwie muss ich in der Hektik mein Handy in seinem Wagen verloren haben.«

»Es war eine Frau dran.«

»Das war wahrscheinlich Nancy, seine bessere Hälfte. Beide sind ganz liebe Leute. Du wirst sie ja bald persönlich kennenlernen.«

Ich konnte nicht glauben, dass sich meine Beziehungsprobleme gerade in Luft auflösten. Damit fiel immerhin ein Drittel meiner aktuellen Schwierigkeiten weg – neben Wohnungsdesaster und Mordermittlungen.

»Aber du hast doch gesagt, dass du nicht weg kannst …«

Thomas blickte mich ernst an. »Entschuldige bitte? Diese Mordsache, von der du mir erzählt hast, ließ alle Alarmglocken bei mir läuten. Ich kenne dich doch! Du lässt ja nicht locker, wenn du dich mal in was verbeißt. Sicher hat sie weiterermittelt, obwohl ich sie gebeten habe, sich rauszuhalten.« Den letzten Satz richtete er an Valerie, Patrick und Karin. Alle drei nickten unisono. Verräter.

Zum Glück unterbrach der Kellner unser Gespräch, stellte vor jeden von uns ein Glas Schilchersekt und nahm die Essensbestellung auf. Später würde ich noch genügend Zeit haben, meinem Göttergatten alles im Detail zu erzählen. Wenn er erst einmal las, was ich in der Früh zusammengeschrieben hatte, würde er wahrscheinlich verstehen, warum ich nicht einfach so tun konnte, als ginge mich das alles nichts an.

Aber ich hatte nicht mit der Mitteilsamkeit meiner Tochter gerechnet. Brühwarm erzählte sie Thomas im Zeitraffer, was sie von mir wusste und was sie persönlich mitbekommen hatte. Angefangen von der Ballonfahrt, dem versuchten Einbruch in ihr und mein Zimmer, den Buchstaben der Drohbriefe aus dem Magazin von Linus Platt, von Elke Platt, die mich bedrängt hatte, und Matthias Kapeller, der zu unserem Hauptverdächtigen geworden war.

»Jedenfalls kann keiner von uns behaupten, dass es ihm in Graz langweilig geworden wäre«, schloss meine Tochter, die Tratschn.

Aus Thomas' Gesichtszügen konnte ich nicht herauslesen, was er dachte. Natürlich schüttelte er den Kopf und sah mich mit gerunzelter Stirn an. Aber da war noch etwas. So ein schelmisches Blitzen in seinen Augen, das ich nur zu gut von früher kannte, wenn ihn mein Wagemut beeindruckt hatte.

»Wie gut, dass meine Sekretärin so kurzfristig noch ein Flugticket ergattern konnte, und ich mich auf mein Team vor Ort verlassen kann«, sagte er. Dann hob er sein Sektglas und prostete mir zu. Und auch alle anderen am Tisch ließen mich wieder einmal hochleben. Wenn man von einigen lästigen Nebenerscheinungen absah, war dieser Geburtstag definitiv der spannendste meines Lebens, auch noch Tage danach.

Den Rest des Abends sprach niemand mehr die leidigen Themen an. Es war Patricks und Valeries letzter Abend in Graz. Am nächsten Morgen fuhren sie nach Wien zurück, um alles für die Reise in den Senegal vorzubereiten. Thomas und ich würden am Freitag zu ihnen stoßen. Davor wollte ich hier noch die Arbeiten der Handwerker auf Trab bringen und einen Schlussstrich – welcher Art auch immer – unter diesen vermaledeiten Mordfall setzen.

Auch Karin wollte ihren Grazaufenthalt noch einmal verlängern. Bernd hatte sie zum ›Aufsteirern‹ eingeladen. Mit weit über 100.000 Besuchern war das steirische Fest in der Grazer Altstadt die größte volkskulturelle Veranstaltung Österreichs. »Es zahlt sich doch nicht aus, dass ich extra hin und her fahre«, erklärte sie treuherzig. Dass sie ihr Zimmer im Hotel nicht verlängern würde, verstand sich für mich von selbst.

Thomas und ich würden dann bereits Richtung Wien unterwegs sein. Unser Flug ging Samstagfrüh.

»Morgen findet hier in der Nähe ein Steirerabend statt«, mischte sich Thomas ein. »Anita, die Rezeptionistin, hat mich beim Einchecken darauf aufmerksam gemacht, und ich habe noch einen Tisch ergattert.«

»Weißt was, dann gehen wir morgen in den Trachtenladen, den uns die Veronika empfohlen hat, und kaufen uns endlich ein Dirndl«, schlug Karin vor. »Ich bin heute an einigen Geschäften vorbeigekommen, ich sag dir, da kommst aus dem Schauen nicht mehr heraus. Es wird weniger das Problem sein, ein passendes Stück zu finden, als vielmehr, sich für eines zu entscheiden.«

»Und ich darf dir deines zum Geburtstag schenken?«, fragte Thomas und fügte frech hinzu: »Ist eh eine Schande, dass du schon so alt bist und als gebürtige Steirerin noch immer keins hast.«

»Ich bin ja auch eine Grazerin«, konterte ich. »Aber danke.« Natürlich wollte ich schon längst ein Dirndl haben. Besser mit 50 als nie.

Nach dem Abendessen ging Karin früh schlafen. Sie hatte einiges an Schlafmanko aufzuholen. Schließlich war auch sie nicht mehr die Allerjüngste. Thomas und ich chauffierten die Kinder in ihr Hotel beim Bahnhof. Ihr Zug ging am nächsten Morgen um 10.25 Uhr, also verabschiedeten wir uns schon von ihnen, weil wir sie erst wieder in Wien sehen würden. Ich freute mich auf die zwei Wochen, wo es nur uns als Familie geben würde, und ich endlich die Gelegenheit hatte, Valeries plötzlicher Islandaversion und Patricks Diplomarbeitsdesaster auf den Grund zu gehen. Alles zu seiner Zeit.

»Komm, lass uns nach dem opulenten Nachtmahl noch ein paar Schritte in der Altstadt machen«, schlug

Thomas vor. Wir fuhren Richtung Lendplatz, parkten das Auto und bummelten durch die Mariahilferstraße, am Kunsthaus vorbei, über die Hauptbrücke mit dem netzartigen Geländer, das mit unzähligen Liebesschlössern behängt war, ins Franziskaner Viertel. Auch hier herrschte eine gemütliche Stimmung, weil sich, wie im Bermudadreieck, ein Lokal mit Schanigarten neben das andere reiht.

Früher war der Platz abends und an den Wochenenden wie ausgestorben. Nur am Sonntagvormittag waren die Kirchgänger zum Gottesdienst geeilt. Wie meine Eltern und ich. Schön angezogen, wie es sich damals gehörte: Vater und Mutter mit Hut und Handschuhen, ich mit weißen Zwirnstrümpfen und Lackschuhen.

Thomas und ich ließen uns an einem der Tische nieder, hielten uns an der Hand, nippten an den Getränken und beobachteten die Leute, die vorbeiflanierten.

»Eigentlich möchte ich jetzt lieber mit dir allein sein«, sagte Thomas und gab dem Kellner ein Zeichen, dass er zahlen wollte. Wie ein frisch verliebtes Paar fuhren wir zum Hotel zurück und konnten nicht die Finger voneinander lassen. Ich war dankbar, dass sich meine Beziehungsängste von einem Moment zum anderen in Nichts aufgelöst hatten.

Und dank des sportlichen Morgens zeigte mein Zähler 12397 Schritte, als ich ihn zusammen mit meinen Kleidern neben das Bett fallen ließ.

7. KAPITEL

Mittwoch

I

»Du bist mir nicht böse, wenn ich euch beide nicht zum Einkaufen begleite, sondern hier einen Wellnesstag einschiebe?«, fragte Thomas am nächsten Morgen und legte seine Kreditkarte auf den Tisch. Der Flug, den er extra wegen mir angetreten hatte, steckte ihm noch in den Knochen. Und die kurze Nacht nach unserer langen Trennung. Mein geliebter Mann hatte einiges gut bei mir. Das Mindeste war, dass er nicht dabei sein musste, wenn ich zig Dirndl anprobierte, um das eine zu finden, das er mir schenken wollte.

Die Verkäuferin hieß uns herzlich im Trachtengeschäft willkommen und führte uns in den hinteren Bereich des Ladens, wo ein schönes Stück neben dem anderen hing.

»Ich hätte gern ein typisches steirisches Dirndl«, sagte Karin.

Die Verkäuferin sah sie belustigt an. »Es gibt rund 280 verschiedene steirische Trachten«, stellte sie klar. »Hier in diesem Katalog finden Sie eine kleine Auswahl.« Karin blätterte das Buch durch. »Tracht entstand, als man versuchte, größte Funktionalität mit Schönheit zu verbinden. Hört, hört«, las sie vor. Dann klappte sie das Buch zu und widmete sich den unzähligen Dirndlvariationen im Schauraum.

»Haben Sie konkrete Vorstellungen?«, fragte uns die Verkäuferin.

»Schön soll es sein und meine Figur optimal zur Geltung bringen«, äußerte ich meine bescheidenen Wünsche. Karin nickte zustimmend.

»38/40?« Mit Kennerblick scannte die Verkäuferin meine Figur. Ich nickte.

»Hier haben wir Einiges in Ihrer Größe.«

Sie zeigte auf einen Bereich an der Wand und suchte mir mehrere Stücke aus, die sie mir in eine Umkleidekabine hängte. Eines schöner als das andere. Das Gleiche machte sie bei Karin, nur um ein, zwei Nummern kleiner. Ich mochte jedes Kilo und jede Rundung an mir, schließlich hatte ich sie mir über viele Jahre und mit viel Genuss hinaufgefuttert. Aber bei Anproben hätte ich immer gern mit Karins Größe 36 getauscht. Diesmal war es anders. Meine weiblichen Rundungen machten sich viel besser in den Trachtenkleidern als Karins überschlanke Figur.

Ich drehte mich in einem türkisfarbenen Dirndl vor dem Spiegel. Karin präsentierte ein rosafarbenes, das sie um mindestens ein Jahr jünger aussehen ließ.

»Dieses hier ist auch ein wunderschönes Stück.« Ich erkannte es sofort wieder.

»Das hat die Rezeptionistin im Hotel getragen. Sie hat uns übrigens Ihr Geschäft empfohlen«, wandte ich mich an die Verkäuferin.

»Ah, die Veronika aus dem Spa-Hotel?«

»Ja. Woher wissen Sie das?«, fragte ich erstaunt. Auch wenn Graz überschaubarer als Wien war, so war die Stadt mit ihren rund 270.000 Einwohnern doch zu groß, als dass sich alle untereinander kennen konnten.

Die Verkäuferin lächelte. »Wir haben von jedem Dirndl nie mehr als drei im Laden. Und das andere hat eine deutsche Urlauberin vor einigen Tagen gekauft. Darum war es nicht schwer, das zu erraten, zumal die Veronika eine Stammkundin von uns ist«, folgte ihre Erklärung.

Ich schlüpfte in das Dirndl, aber leider sah es an mir bei Weitem nicht so gut aus.

»Ja, die Veronika hat eine extrem schlanke Taille, aber ›vül Holz vor der Hüttn‹, wie man so schön sagt«, lachte die Verkäuferin.

Ich war froh, dass Thomas nicht mitgekommen war. Längst hätte er die Geduld verloren.

»An dir gefällt mir das Grüne mit der Bluse und der lila schillernden Satinschürze am besten«, meinte Karin. Es saß mir wie angegossen.

Sie trat mit einem Dirndl in verschiedenen blau gemusterten Stoffen aus der Kabine. »Wunderschön. Aber das gute Stück kostet fast 800 Euro. Wer weiß, wie oft ich das anziehen werde.«

»Heute Abend, am Wochenende zum ›Aufsteirern‹, zum Steirer- und zum Jägerball in Wien, zu jedem festlichen Anlass und wer weiß, wie oft du es in nächster Zeit hier in Graz brauchen wirst«, zog ich sie auf.

Kurz darauf gingen wir mit unserer Beute zur Kasse.

Die Verkäuferin tippte den Betrag ein und schenkte uns ein besonders freundliches Lächeln, als wir bezahlten.

»Und bitte richten S' der Vroni liebe Grüße aus. Ihre Tante war ja auch Stammkundin bei uns. So eine sympathische Person und dann so eine traurige G'schicht«, seufzte sie.

Karin und ich blickten sie interessiert an.

»Vielleicht haben S' von der Künstlerin Marlies Gruber gehört?«, fuhr die Frau fort. Langsam schien es mir, als ob Graz doch ein Dorf war. »Die Veronika ist ihre Nichte. Ein anständiges Mädel. Das alles ist ihr sehr nahe gegangen. Aber bitte sagen S' ihr nicht, dass ich Ihnen das erzählt hab. Sie mag von niemandem bemitleidet werden.«

»Nein, wir sprechen sie sicher nicht darauf an«, antworteten Karin und ich fast gleichzeitig. Wir würden uns hüten. Wenn Vroni die Nichte der Künstlerin war, dann war sie – eine Verdächtige.

»Stell dir vor, die hat überallhin im Hotel Zugang, sie hat sicher als Erste mit dem Portier gesprochen und alle Faxe von Thomas gelesen …«, mir schauderte, als wir aus dem Geschäft draußen waren.

»Auf den Schock brauch ich eine Krainer mit Senf und frischem Kren«, sagte Karin und steuerte den nächstgelegenen Würstelstand an. Es war mir ein Rätsel, wie sie an Essen denken konnte, wo sich mir der Magen zusammenschnürte.

»Sie hat abgestritten, dass sie die Frau persönlich kannte. Warum sagt sie das, wenn sie nicht etwas verheimlichen will?«, überlegte ich laut. »Weißt was? Langsam habe ich das Gefühl, als wenn sich die ganze Stadt gegen Corinna Ringel verbündet hätte.« Ein Grazer Komplott passte wunderbar in die Verschwörungstheorie, die sich gerade in meinem Kopf formte.

»Vielleicht hast du recht«, sagte Karin. »Vor ein paar Tagen hätte ich dir noch widersprochen und vorgeworfen, dass du unter Verfolgungswahn leidest. Aber jetzt …« Sie biss mit Heißhunger in ihre Wurst, die sie zuvor üppig in Senf und Kren getaucht hatte. »Puh, scharf«, stöhnte sie gleich darauf, als ihr das frisch geriebene Wurzelgemüse die Tränen in die Augen trieb. Nicht zufällig stammte das Wort Kren vom slawischen ›krenas‹, das Weinen bedeutete. Ich hielt Karin die frische Semmel hin. »Riech dran!«

»Wir müssen diese Vroni sofort unter die Lupe nehmen«, sagte sie schniefend. Dann versenkte sie ihre Nase im Gebäck, bis das Brennen nachließ.

2

»Na, wart ihr erfolgreich?«, erkundigte sich Thomas, als ich mich im Spa-Bereich zu ihm gesellte. Er sah erholt aus.

»Ja, das kann man sagen.«

»Und welche Farbe hat dein Dirndl?«

»Das wirst du dann heute Abend sehen. Vorfreude ist bekanntlich die schönste Freude.«

»Oder wir gehen jetzt gleich ins Zimmer, und du führst es mir vor. Und weil ich nicht beim Anprobieren dabei war, würde ich dir zur Wiedergutmachung beim Ausziehen helfen.«

Er setzte sich auf und sah mich erwartungsvoll an.

»Schlechtes Timing, mein Liebster«, stellte ich fest. Er sah mich schief an.

»Sag nicht, dass ihr schon wieder etwas in dieser Mordsgeschichte herausgefunden habt!« Ich zuckte bedauernd mit den Schultern. Seufzend sank Thomas in die Relax-Liege zurück.

»Willst du damit andeuten, dass euch beim Dirndlkaufen ein Licht aufgegangen ist?«

»So ähnlich. Die Frau im Trachtengeschäft hat uns erzählt, dass Veronika – du weißt schon, die hübsche Rezeptionistin, die immer diese schönen Dirndl trägt – mit Marlies Gruber verwandt war. Sie ist ihre Nichte.«

»Und?«

»Das bedeutet, dass sie mich angelogen hat, und warum sie das getan hat, müssen wir herausfinden.«

Die Details ließ ich aus. Zum Beispiel, dass Karin gerade im Hotel unterwegs war und Erkundigungen einholte. Bei ihr war die Gefahr geringer, dass sie sich dadurch verdächtig machte, während ich im Hotel bereits so bekannt wie ein bunter Hund war.

3

»Also ich hab mich mal mit Anita, der anderen Rezeptionistin, mit einem Zimmermädchen und dem Hausburschen unterhalten«, erzählte Karin, als sie sich nach ihrer Erkundigungstour zu uns in den Spa-Bereich gesellte. Ich hoffte nur, dass sie mit ihrer direkten Art niemanden misstrauisch gemacht hatte.

»Anita hat mir erzählt, dass Veronika erst seit Kurzem hier arbeitet. Sie ist zwar zu den Gästen sehr freundlich, aber sie hat kaum Kontakt zu den anderen Hotelangestellten. Wenn du mich fragst, dann hat von denen keiner eine Ahnung, wer ihre Tante war.«

»Na ja, das macht sie ja noch nicht verdächtig«, mischte sich Thomas ein. »Ich würde so eine Familiengeschichte auch nicht an die große Glocke hängen.«

Karin und ich sahen ihn nur kopfschüttelnd an.

»Jedenfalls ist sie nie dabei, wenn die Leute einen nächtlichen Zieher machen, haben mir der Hausbursch und das Zimmermädchen erzählt. Sie ist zwar immer zu allen freundlich und hilfsbereit, aber sie sitzt nie im Personalraum und plaudert, so wie das die anderen tun«, erzählte Karin weiter. Sie machte eine dramaturgische Pause, ehe sie fortfuhr: »Der Einzige, mit dem sie schon mehrmals gesehen wurde, ist der Winzer Josef Kager.«

»Helene, was ist los? Du schaust so komisch drein. Ist dir nicht gut?« Thomas tätschelte meine Hand.

»Veronika und Josef Kager?«, wiederholte ich ungläubig.

Karin nickte verschwörerisch.

»Was geht dir gerade durch den Kopf?«, fragte meine bessere Hälfte.

»Ich habe auch bei ihm Marlies Gruber erwähnt, und er hat mir gesagt, dass er sie zwar vom Hörensagen kennt, aber sonst nichts über sie weiß. Das bezweifle ich nun.«

»Wieso? Nur weil er auf die Rezeptionistin steht, muss er ja nicht ihre Tante näher kennen.« Männerlogik. Und vielleicht hatte Thomas sogar recht, und wir redeten hier tatsächlich von einem ganz normalen Techtelmechtel.

»Schließlich ist der Josef Kager ja nicht schwul, wie wir angenommen haben«, räumte Karin ein.

Ich musste zugeben, dass ich auch nur deshalb auf die Idee gekommen war, dass Kager es sein könnte, weil ich Corinna Ringels Artikel gelesen hatte. Wenn ich ehrlich war, hatte ich nicht einmal Zweifel daran gehabt. Dass Karin und ich angenommen hatten, dass Kager homosexuell war, bewies, wie leicht sich solche Gerüchte in den Köpfen einnisteten.

»Wenn ich überlege, kommt es mir trotzdem verdächtig vor, dass er, nachdem ich Marlies Gruber erwähnt hatte, sehr wortkarg wurde und uns so rasch hinauskomplementiert hat.«

»Vielleicht war er einfach nur müde, weil er am Vorabend zu lange gefeiert hat«, versuchte Thomas, mein Argument zu entkräften. Sein Gähnen verriet, welchen Ursprungs sein Gedanke war.

»Aber wenn er sie nur oberflächlich kannte, warum wusste er dann so genau, wo sie sich in Frankreich aufhielt?«

»Du sagtest doch, die Künstlerin war in Graz bekannt. Wahrscheinlich weiß jeder andere auch, wo sie war. Sicher stand das in einigen Zeitungen oder im Internet«, versuchte Thomas, auch diesen Verdacht zu zerstreuen.

Aber ich hatte mich in die Geschichte verbissen, da half es nicht, dass er seufzte und die Augen verdrehte.

»Helene, bei aller Liebe, du siehst wirklich schon überall Gespenster.«

»Aber wenn wir ehrlich sind, dann liegt sie meistens richtig«, sprang meine solidarische Freundin für mich in die Bresche. Meine grauen Hirnzellen arbeiteten auf Hochtouren.

»Okay. Also, was geht dir sonst noch so durch den Kopf?«, wollte Thomas wissen. »Du brütest doch etwas aus. Ich kenne diesen Gesichtsausdruck.«

»Was du dir immer einbildest«, wiegelte ich ab.

4

Ich strich über das edle Gewebe meines Dirndls. Die Satinschürze knisterte leise bei jeder Bewegung. Thomas erwartete mich in der Hotellobby. Schlicht gekleidet, aber nicht minder attraktiv in schwarzen Jeans und Leinensakko.

»Warte noch einen Moment.« Ich schritt zielstrebig an ihm vorbei zur Rezeption. »Könnte ich bitte mit Ihrer Kollegin Veronika sprechen?«, fragte ich Anita.

»Tut mir leid. Die hat heute frei. Kann ich Ihnen weiterhelfen?«

Ich winkte ab. Morgen war auch noch ein Tag.

Draußen zirpten die Grillen. Es waren nur wenige Schritte bis zum Holler-Wirt, wo der Steirerabend stattfand, aber meine Stöckelschuhe drückten. Es war wohl etwas Wahres dran, dass die Extremitäten im besten Alter nicht nur von der Erde stärker angezogen wurden, sondern auch weiterwuchsen.

Der Veranstaltungssaal war zum Bersten voll. Mit großem Applaus wurden die Frauen in den blauroten Dirndln und die Männer in Lederhosen, deren stramme

Waden in grünen Wollstutzen steckten, willkommen geheißen. Dann wurde auf der Bühne gejodelt, getanzt und gesungen, was das Zeug hielt. Mit flinken Fingern wurden Harfen, Zithern und Hackbretter gezupft und – wie Veronika angekündigt hatte – Ziehharmonika gespielt. Das Publikum wippte mit den Füßen im Takt, summte, jauchzte und klatschte begeistert Beifall.

Karin verpasste das Beste. Gerade als sich die Schuhplattler auf die Schenkel klopften, erhielt sie ein SMS und verließ den Saal. Wahrscheinlich wartete irgendwo da draußen ihr Steirerbua auf sie. Als der erste Programmteil mit dem Steirischen Holzhackertanz schloss und die Pause begann, war sie noch immer nicht zurück.

Thomas zupfte mich am Dirndlrock. »Schau mal. Sitzt dort nicht diese Veronika am Tisch?« Er deutete mit dem Kopf in besagte Richtung. Tatsächlich, da saß Veronika. In Begleitung von – Josef Kager.

Ich sah mich um, aber Karin war nirgends zu sehen, dabei konnte ich sie gerade jetzt gut gebrauchen. Fieberhaft überlegte ich, was ich tun sollte, und dann fiel mir eine Möglichkeit ein. »Entschuldige mich mal kurz.« Schon stand ich auf und schlängelte mich zwischen den anderen Gästen hindurch. »Warte, ich begleite dich«, sagte Thomas und erhob sich ebenfalls.

»Nein, bitte nicht«, raunte ich ihm zu. »Bitte. Das muss ich allein erledigen. Aber schau, ob du die Karin irgendwo findest.«

»Pass bitte auf dich auf«, bat Thomas.

»Klar doch. Was soll mir schon geschehen unter so vielen Menschen.«

»Guten Abend, Veronika.« Ohne eine Einladung abzuwarten setzte ich mich an den Tisch.

»Drei Zirberln bitte. Doppelte«, bestellte ich beim Kellner. Die würden wir gebrauchen können.

Veronika und Josef Kager blickten mich überrascht an.

»Was für ein schönes Dirndl.« Veronika fand als Erste die Sprache wieder. »Haben Sie das in Graz gekauft?«

Der Kellner stellte die drei Stamperln mit Zirbenschnaps vor uns hin.

Ich prostete den beiden zu, dann leerten wir die Gläser. Für einen Moment blieb mir die Luft weg. Veronika und Josef Kager hatten kein Problem, den Hochgeistigen hinunter zu schlucken. Ich orderte beim Kellner noch drei weitere Schnäpse.

»Ich war in dem Trachtenladen, den Sie mir empfohlen haben, und dieses Dirndl ist es dann geworden. Apropos, ich habe erfahren, dass auch Ihre Tante dort Stammkundin war.«

Veronika und Josef Kager starrten mich erschrocken an. Wir leerten die nächste Runde, und ich orderte sofort eine weitere. Ich trinke normalerweise keine harten Getränke, doch diese waren für einen guten Zweck. Ich fühlte mich schon von den ersten beiden beschwipst, wie würde es mir erst nach dem dritten gehen? Doch genau das war meine Strategie, wenn man es so nennen konnte. Etwas Besseres war mir auf die Schnelle nicht eingefallen: Der Hochprozentige sollte auch die beiden betrunken machen und die Zungen lockern, damit ich bekam, was ich wollte.

»Prost«, sagte ich, als der Nachschub serviert wurde und noch einmal leerten wir die Gläser. Meine Schnapsidee ging schneller auf, als ich es erhofft hatte.

»Möchten Sie mir erzählen, wie gut Sie Corinna Ringel kannten?«, fragte ich die beiden. »Dass die Journalistin Ihre Tante gemobbt hat, weiß ich bereits.«

»Diese Nutte hat Vronis Tante auf dem Gewissen«, sagte Josef Kager. »Gott sei Dank ist die Dreckschleuder endlich unter der Erd. Dort kann sie keinem mehr schaden. Nur die Würmer tun mir leid.«

Damit hatte er sich eindeutig verraten. Weil bisher wurde Corinna Ringel nur vermisst.

»Waren Sie mit ihr liiert?«

Josef Kager lachte: »Mit dieser Funzn? So eine greif ich nicht mal mit Gummihandschuhen an. Sie hätte schon wollen, aber sie war ohnehin immer blunznfett.«

»Also geben Sie zu, dass Sie sie ermordet haben?«, stellte ich die entscheidende Frage.

»Ermordet? Wovon sprechen Sie?«, fragte die Rezeptionistin verwirrt. Die Wirkung der drei Doppelten konnte ich in ihren Augen sehen.

»Bitte Veronika, wir alle wissen, was passiert ist. Sie haben Corinna Ringel erschlagen und sie dann weggebracht«, ging ich auf Konfrontation.

»Was reden Sie da? Wir haben die Ringel doch nicht getötet!«, wehrte Veronika ab.

»Genau so sieht es aber im Moment für mich und später wohl auch für die Polizei aus.«

»Wenn ich es Ihnen doch sage. Wir haben nichts mit ihrem Tod zu tun.« Die Rezeptionistin schluchzte.

»Wie und wer war es dann? Und wozu wurde eine

Doppelgängerin engagiert, wenn ihr nicht vorhattet, Corinna zu beseitigen?«

»Was wissen Sie von Gisela?«, entfuhr es Josef Kager.

»Ich sage Ihnen, wie ich glaube, dass es abgelaufen ist.« Ich machte eine Pause. »Sie schmiedeten ein tödliches Rachekomplott. Sie haben gewartet, bis Corinna Ringel wieder ein Hotelzimmer buchte. Ich nehme an, das war für Veronika der Hauptgrund, sich kürzlich im Hotel als Rezeptionistin zu bewerben. Dann haben Sie Ihren von langer Hand ausgeklügelten Plan durchgeführt. Sie mussten nur warten, bis Corinna Ringel wieder im Hotel abstieg. Am letzten Abend ihres Aufenthalts haben Sie sie im Zimmer erschlagen und dann in einem hellgrünen Kastenwagen fortgebracht, den Sie von Ihrer Freundin Elke Platt ausgeborgt haben. Gisela, eine Halsentzündung vortäuschend, ist daraufhin nach Wien gefahren, hat dort Corinnas Platz eingenommen und hat sogar deren Vater getäuscht. Dort ist sie dann bald darauf spurlos verschwunden und gilt seitdem als vermisst. Irgendwo zwischen Wien und München wohlgemerkt. Hier in der Steiermark wird kein Mensch nach ihr suchen, weil sie ja, wie Augenzeugen bestätigen werden, wohlbehalten zu Hause in Wien angekommen ist.«

Die beiden saßen mir schweigend gegenüber, und Veronika fuhr mit ihren Fingernägeln das Muster der Tischdecke nach. Genauso wie Karin, wenn ihr etwas unangenehm war.

»Teils liegen Sie richtig. Mit der Doppelgängerin und so. Aber wir haben sie nicht umgebracht. Das schwöre ich. Auch wenn sie ein Miststück war, das meine Tante um ihre Existenz gebracht und letztendlich in den Tod getrieben hat«, wiederholte Veronika.

»Sei ruhig.« Josef Kager versuchte, sie zu stoppen.

»Lass mich. Es ist ohnehin alles egal. Marlies kommt nicht wieder. Corinna machte sie nur aus Spaß fertig. Sie sah erste Reihe fußfrei zu, wie meine Tante in den finanziellen Ruin schlitterte.«

»Inwiefern?«

»Weil die Bank aufgrund ihrer schlechten Geschäfte von einem Tag auf den anderen den Kredit aufgekündigt hat«, beantwortete Josef Kager meine Frage. »Marlies hatte das Haus ihrer Großmutter geerbt und musste es komplett sanieren. Als sie mit den Umbauten begann, liefen ihre Geschäfte noch gut, und sie bekam Kredit. Aber dann passierte das alles mit Corinna Ringel, und obendrein entwickelte sich die Sanierung zu einem Fass ohne Boden.«

Das konnte ich mir nur zu gut vorstellen.

»Und heute habe ich alle diese Schulden am Hals und keine Ahnung, wie ich die jemals tilgen soll, ohne das schöne Haus meiner Urgroßmutter zu verkaufen«, ergänzte Veronika.

Ich erinnerte mich an Marlies Grubers Hausruine, die wir gesehen hatten, und addierte meine persönlichen Erfahrungen mit Umbauten hinzu. Die Verzweiflung der Rezeptionistin konnte ich mühelos nachempfinden. Auch, dass man in solchen ausweglos scheinenden Lebensphasen leicht ausrasten konnte.

»Und warum haben Sie dann das Erbe überhaupt angenommen?«

»Weil ich zu dem Zeitpunkt noch gedacht habe, dass

ich das finanziell irgendwie stemmen könnte. War eh blöd, ich weiß. Aber als es mir bewusst wurde, war's zu spät.«

»Und dann haben Sie in Ihrer Wut Corinna Ringel umgebracht?« Meine Zunge fühlte sich schwer an.

»Um Gottes willen, nein! Damit haben wir nichts zu tun. Wir wollten ihr nur Angst einjagen und ...«

»... von ihrem Vater Lösegeld erpressen«, ergänzte Josef Kager.

»Wir wollten nur das Geld. Als kleine Wiedergutmachung für das Leid, dass sie über uns gebracht hat. Aber wir wollten nicht, dass sie stirbt«, nickte Veronika.

Schon dachte ich, dass die beiden nun ein Geständnis ablegen wollten, aber dann kam alles ganz anders.

»Wir haben tatsächlich einen Plan für eine Entführung ausgeheckt. Aber schon bei unserem ersten Versuch sind wir gescheitert.«

Was dann folgte, erinnerte mich an eine Schmierenkomödie. Corinna Ringel hatte die beiden ausgetrickst und den Spieß umgedreht.

»Sie drohte, uns der Polizei zu übergeben, wenn wir ihr nicht helfen würden, ihr Ding durchzuziehen. Wenn wir nicht getan hätten, was sie von uns verlangte, wollte sie uns der Polizei übergeben. Uns blieb also keine Wahl.«

»Welches Ding?« Irgendwie blickte ich nicht mehr durch. Ob das an den drei doppelten Schnäpsen lag?

»Sie hat von uns verlangt, dass wir sie entführen ...«

»Wie bitte?«, entfuhr es mir lauter, als beabsichtigt.

»Wir haben sie mit unserer missglückten Kidnapping-

Aktion auf eine Idee gebracht. Sie wollte ihrem Vater mit unserer Hilfe vorspielen, dass sie entführt wurde, und ebenfalls Geld erpressen. Einen geringen Teil wollte sie uns geben, den Rest selbst einstreifen. Was hätten wir denn tun sollen?«

»Und wie war das mit der Doppelgängerin?«

»Ich hab sie durch Zufall im Mai kennengelernt«, erzählte Josef Kager. »Sie arbeitete als Animateurin in einem Hotel, das ich mit Wein beliefere. Zuerst dachte ich, dass sich die Ringel ins Hotel eingeschlichen hatte, ihre Stimme verstellte und wieder einmal alle zum Narren hielt, um danach eine ihrer ätzenden Reportagen zu schreiben. Aber es stellte sich heraus, dass Gisela tatsächlich eine Doppelgängerin war.«

»Und diese Ähnlichkeit brachte uns dann auch auf die Idee, Corinna Ringel zu entführen.«

»Wir engagierten sie, damit sie in Corinnas Rolle schlüpfte, um vom Tatort abzulenken. Gisela sollte nach Wien fahren, dort in der Redaktion Gesichtswäsche machen und gleich darauf von der Bildfläche verschwinden. Dadurch hätte niemand mehr Corinnas Entführung mit Graz in Verbindung gebracht und hier nach ihr gesucht.«

»Und dann wollten Sie Geld erpressen, um die Schulden zu bezahlen?« Ich spürte, wie der Alkohol zunehmend meine Gehirnwindungen betäubte. Zum Glück hatte ich vorgesorgt.

»Genau«, bestätigte Veronika. Ihre Augen waren glasig. Ob vom Alkohol oder von den Tränen.

»Aber Corinna hat das Getränk mit dem Schlafmittel, das sie betäuben sollte, nicht getrunken. Vielmehr erwartete sie uns putzmunter im Zimmer, als wir sie kidnappen wollten, und zeigte uns eine Aufnahme, auf der wir zu sehen waren und aus der einwandfrei hervorging, dass wir ihre Entführung geplant hatten. Wir hatten nicht mit der Kamera im Schlafzimmer gerechnet, die sie dort montiert hatte, um, wie sie sagte, bösen Buben den Marsch zu blasen. Ich nehme an, sie hatte es auf irgendeinen Typen abgesehen, den sie ihrerseits erpressen wollte.«

In meinem Kopf drehte sich alles.

»Der Matthias Kapeller hatte dann am letzten Abend vor der vermeintlichen Entführung eine Aussprache mit ihr. Zumindest hat er es uns so erzählt. Er wollte, dass sie ihm irgendwelche Unterlagen und Fotos aushändigte und ihn dann in Ruhe ließe.«

Mir fielen die Gerüchte um die chinesischen Truhen ein. Wenn die Platts herausgefunden hätten, dass sie es Matthias Kapeller verdankten, dass Corinna Ringel an diese heiklen Informationen gekommen war, wäre es mit der Freundschaft und der bevorstehenden Hochzeit mit Elke Platt vorbei gewesen.

»Töten, nein, töten wollten wir sie nie.« Veronika weinte leise vor sich hin.

»Was ist dann passiert?«

»Genaues wissen wir nicht. Matthias beteuerte, dass sie nur unglücklich gefallen und mit dem Kopf an die Bettkante geschlagen ist.«

»Wir bekamen Panik und haben die Leiche in die Berge gebracht. Niemand hätte unsere Version der Geschichte geglaubt.«

Die Tränen liefen über Veronikas Gesicht. Die Gäste der angrenzenden Tische sahen zu uns herüber und tuschelten. Einen Teil der Geschichte, die sie mir erzählte, hatte ich, im Schrank sitzend, miterlebt. Ob Matthias Kapeller Corinna vorsätzlich erschlagen hatte, oder ob es sich, wie er sagte, um einen Unfall handelte, würde der Gerichtsmediziner herausfinden müssen, sofern Corinnas Leiche jemals gefunden wurde.

Mir war übel. Auf der Bühne begann der zweite Programmteil des Steirerabends. Tosender Applaus empfing die Mitwirkenden. Mir drehte sich alles in meinem Kopf.

»Geht's dir gut?« Thomas strich mir über den Rücken.

»Sie hat nur zu viel getrunken«, hörte ich Josef Kager aus weiter Ferne sagen. »Sie ist das wohl nicht gewohnt.«

»Geh zur Polizei«, lallte ich. »Sie haben die Leiche von Corinna am Berg …« Dann kippte ich vom Sessel.

Aus weiter Ferne hörte ich, wie Josef Kager sagte: »Oh je, ich glaube, jetzt halluziniert sie bereits.« Dann wurde mir schwarz vor Augen.

8. KAPITEL

Donnerstag

I

Als ich wieder zu mir kam, lag ich im Bett meines Hotelzimmers.

»Vorhang zu«, stöhnte ich, als ich versuchte, meine Augen zu öffnen. Mein Kopf schmerzte bei jeder Bewegung. Thomas zog die Vorhänge vor, setzte sich ans Bett und reichte mir ein Glas Wasser, das ich in einem Zug austrank.

»Du machst Sachen!«, rügte er mich. »Trinkst drei Doppelte auf nüchternem Magen. Wo du doch kaum Alkohol anrührst. Was hast du dir nur dabei gedacht?«

Im Moment konnte ich mich nicht mehr an meine Gedanken erinnern. Aber ich war sicher, dass ich einen guten Grund gehabt hatte. Würden sich nur endlich die Nebel in meinem Kopf lichten.

»Noch mehr Wasser«, flüsterte ich. Thomas schenkte nach.

»Die Rezeptionistin und der Mann waren sehr nett. Sie waren beide auch ziemlich beduselt. Muss ein hochprozentiges Gesöff gewesen sein, das ihr da gezwitschert habt.«

Josef Kager und Veronika – langsam kehrten bei mir die Erinnerungsfetzen wieder, während Thomas weitererzählte.

»Sie haben mir geholfen, dich ins Hotel zu bringen. Sie haben sich immer wieder entschuldigt, dass sie dich nicht vor der Wirkung des Schnapses gewarnt haben. Aber sie dachten, du wärst trinkfest, weil du die Gläser bestellt und so rasch hinuntergekippt hast.«

»Und sonst haben sie nichts gesagt?« Ich hoffte, dass die Erinnerung bald einsetzte. Ich wusste nicht mehr genau, was die beiden mir erzählt hatten. In meinem Kopf herrschte nur Leere. Aber ich hatte so ein Gefühl, dass es etwas enorm Wichtiges war.

»Sie sagten mir, dass du dich nicht wundern sollst, wenn dir nach dem Aufwachen der Schädel brummt und du lauter komische Sachen denkst. Das käme oft bei Leuten vor, die selten harte Getränke trinken. Wenigstens hat dein Dirndl deine Sauftour gut überstanden. Obwohl du dich zweimal übergeben hast und dich unbedingt in die Wiese legen und einen Engel machen wolltest. Sag mir nur, wieso du deinen James-Bond-Kuli im Dekolleté hattest.«

»Der Kuli. Das ist es!« Ich fuhr hoch, um sofort laut stöhnend auf den Polster zurückzusinken. Mein Kopf hielt nichts von hastigen Bewegungen. Wieder einmal fühlte ich mich wie 100.

Es klopfte an der Tür.

»Wie geht es ihr?«, hörte ich Karins Stimme. »Ich bringe dir Aspirin C und eine kräftige Suppe. Die wirkt Wunder nach einer durchzechten Nacht.«

»Bei ihr war es nur eine durchzechte halbe Stunde«, grinste Thomas. »Sie ging in der Pause zum Tisch von dieser Veronika und ihrem Begleiter. Ich wollte sie eh nicht allein hingehen lassen, aber sie hat mich abgewimmelt und mich auf die Suche nach dir geschickt. Wie ich zurückgekommen bin, hab ich die drei beobachtet. Es war sehr eigenartig. Sie haben sich unterhalten und dazwischen immer wieder einen Doppelten gekippt. Die Rezeptionistin begann plötzlich bitterlich zu weinen, und dieser Mann redete wild drauf los.«

»Veronika und wer?« Karin sah mich erstaunt an.

»Gibst du ihn mir?«, flüsterte ich. »Den Kuli, meine ich.«

Thomas reichte ihn mir. Ich klickte darauf herum, und dann hatte ich, was ich suchte. Unsere drei Stimmen waren trotz des Pausenlärms im Hintergrund recht gut zu verstehen.

Als wir das Gespräch abgehört hatten, schwiegen wir alle eine Weile. Schließlich schüttelte Thomas den Kopf und seufzte.

»Du kannst es nicht lassen.« Karin grinste und zeigte mit den Daumen nach oben.

Ich hatte den James-Bond-Stift eigentlich nur mitgenommen, weil ich Valerie und Patrick mit einer Aufnahme überraschen wollte, die ich mit ihrem Weihnachtsgeschenk gemacht hatte. Ich dachte mir, dass es sie freuen würde, wenn ich das Ding endlich einmal benutzen würde, und wollte die Stimmung des Steirerabends einfangen. Was für ein Glück.

»Hätte ich das Gespräch mit Josef Kager und Veronika nicht aufgenommen, hätten sie mich sicher als betrunkene Spinnerin hingestellt, die von Mord- und Totschlag halluziniert«, nahm ich an.

»Garantiert. Zumal dein Image im Hotel ohnehin schon angeschlagen ist«, grinste Karin.

»Ich glaube, jetzt ist es an der Zeit, endlich die Polizei einzuschalten«, ergriff Thomas das Wort. »Das Geständnis von Veronika und Josef Kager, die Unterlagen von Corinna Ringel, die Drohbriefe, die Vermisstenmeldung und eure Aussagen – all das sollte reichen, damit die Beamten die Täter überführen können.«

»Nicht zu vergessen den Müllsack, den ich aus dem Appartement entwendet habe und der vielleicht noch die eine oder andere DNA-Spur enthält«, ergänzte ich. Trotz der Kopfschmerzen fühlte ich mich prächtig.

»Es gibt nur ein Problem«, warf Thomas ein. »Wenn wir zur Polizei gehen, dann wird es wahrscheinlich nichts mit der Reise in den Senegal, weil ich befürchte, dass du für allfällige Fragen zur Verfügung stehen musst.«

»Sicher nicht«, blockte ich ab. Ich hatte die Mörder überführt, mehr war ich Corinna Ringel nicht schuldig. Und einen Familienurlaub würde ich dieser unsympathischen Person nicht opfern.

»Was hältst du davon, wenn ich und Bernd alles den Polizisten verklickern und übergeben und dich komplett raushalten?«, schlug Karin vor.

Ich umarmte meine Freundin. Einen Versuch war es wert. Schlechtes Gewissen hätte ich keines, weil Karin wegen dieser Angelegenheit noch ein paar Tage länger in Graz bleiben musste. Schließlich hatte sie eine starke Schulter, an die sie sich anlehnen konnte.

»Das geht gar nicht. Überlegt euch mal die Konsequenzen. Wenn die Polizei im Hotel Befragungen durchführt, kommt doch sofort heraus, dass Helene diejenige war, die die Leiche gefunden hat, und dann platzt die Bombe, und ihr macht euch strafbar«, machte Thomas Karins Lösung zunichte.

Es blieb mir nichts anderes übrig, als selbst zur Polizei zu gehen.

2

Ich verschlief den halben Tag, die andere Hälfte verbrachte ich sitzend im Polizeipräsidium und liegend in der Vitalwelt des Hotels. Mein Schrittzähler war so gut wie arbeitslos. Mehr als 2000 Schritte würden es heute nicht werden.

Unsere Befürchtung, dass die Reise in den Senegal platzen könnte, traf schließlich nicht ein. »Gute Frau, wir müssen das alles erst einmal prüfen, die Kastenwagen durchsuchen und die Zeugen einvernehmen. Fahren Sie ruhig mal weg und erholen Sie sich. Dann sehen wir weiter«, gab uns der unaufgeregte Polizeibeamte, der meine Aussage penibel aufnahm, Entwarnung. »Und falls es seitens der Polizei noch vor Ihrer Rückkehr Fragen gibt, sind Sie ja auch im Senegal erreichbar.«

Bei Kneipp und Co wurden meine Lebensgeister langsam wieder geweckt. Den feierlichen Abschluss des Tages bildete das Abendessen, zu dem ich wieder im Dirndl erschien und gern die Komplimente entgegen nahm, die mir von allen Seiten gemacht wurden.

EPILOG

Freitag

Den Rest erfuhr ich am nächsten und in den kommenden Tagen aus Zeitung und Internet. Die Polizeibeamten hatten Veronika sofort zur Einvernahme abgeholt, ebenso Josef Kager, der zwar weiterhin alles abstritt und sich herausreden wollte, dass alles nur Verdächtigungen einer Betrunkenen seien. Aber dank der erdrückenden Beweislast, die ich der Polizei geliefert hatte, war er rasch geständig und führte die Beamten zur Stelle, wo er die Leiche abgelegt hatte. Matthias Kapeller war auf der Flucht. Aber die Polizei hatte einen internationalen Haftbefehl herausgegeben, sodass zu erwarten war, dass er nicht weit kommen würde.

Dem Urlaub im Senegal stand nun fast nichts mehr im Wege.

Ich umarmte Karin zum Abschied und wünschte ihr viel Spaß beim ›Aufsteirern‹.

»Und wirst du das Zimmer im Hotel verlängern?«, fragte ich sie scheinheilig.

»Nein, natürlich nicht. Jetzt frag nicht so blöd.«

Thomas und ich luden die Koffer ins Auto. Nur unsere Jeans, Reserve-T-Shirts und Socken gaben wir in eine Extratasche. Zwar hätten wir noch den ganzen

Tag das Wellness-Angebot unserer luxuriösen Bleibe in Anspruch nehmen können, aber wir wollten unser eigenes Programm durchziehen. Wir fuhren auf die Baustelle, und mit gemeinsamer Kraftanstrengung gelang es uns rasch, die komplette Wand im Wohnzimmer abzuspachteln. Zum Glück war nur der Plafond mit der öligen Farbe ausgemalt worden, sodass wir zügiger vorankamen, als angenommen.

Während Thomas die Wand abschliff und Löcher verspachtelte, fuhr ich in den nächstgelegenen Baumarkt und besorgte die Wandfarbe, die ich mir wünschte. Auch wenn ich selbst nur kurz in ihren Genuss kommen würde. »Die Immobilie ist schon so gut wie verkauft«, versicherte mir der Makler bei der letzten Besichtigung. »Ich warte nur noch darauf, dass sie fertig saniert ist und Sie mir grünes Licht für den Verkauf geben.«

Vorsorglich hatte ich zwei Farbwalzen gekauft, sodass wir gleichzeitig ausmalen konnten. Die Farbe war, wie ich sie mir vorgestellt hatte, wunderschön. Wer immer sich künftig in diesem Wohnzimmer aufhielt, würde sich wohl darin fühlen.

»Erinnert mich ein bisschen an damals, als wir in unsere erste gemeinsame Wohnung eingezogen sind«, sagte Thomas und sprach damit aus, was ich mir kurz zuvor gedacht hatte, als ich ihn beobachtete, wie er sich mit seinen trainierten 54 noch fast so fit wie früher mit der Malerleiter fortbewegte.

»Kaum zu glauben, dass das über ein Vierteljahrhundert her ist. Und mit allem Auf und Ab war es eine gute Zeit.«

Ich warf ihm eine Kusshand zu.

Er lächelte mich an und sah sich dann im Raum um. »Weißt, was ich grad überlege?«

»Nein, wie sollte ich?«

»Wie wäre es, wenn wir die Wohnung in Graz noch eine Weile behalten? Jetzt, wo du sie mit so viel Herzblut hergerichtet hast und auch so viele Freundschaften hast aufleben lassen, wäre es doch schade, wenn wir sie gleich verkaufen würden, ohne vorher in ihren Genuss zu kommen. Und wer weiß, vielleicht gefällt es uns mal so gut hier, dass wir als Pensionisten fix herunterziehen.«

So vorausblickend kannte ich meinen Liebling gar nicht. Er war zwar für mich der beste Ehemann von allen, aber sich Gedanken über eine ferne ungewisse Zukunft zu machen, war nicht gerade typisch für ihn.

»Dein Projekt im Senegal dauert länger, gell?«, fragte ich ihn unverblümt.

Er sah mich unsicher an. »Wie kommst du darauf?«

Ich bemerkte sofort, dass er nicht Nein gesagt hatte.

»Weibliche Intuition«, lächelte ich.

»Du hast schon recht.« Er räusperte sich. »Sie haben mir die komplette Leitung der Baustelle angeboten. Ich habe natürlich noch nicht zugesagt, weil ich erst alles in Ruhe mit dir besprechen wollte. Nächste Woche im Senegal, wo ich dir alles zeigen und abwägen kann. Es gibt doch einige sehr positive Seiten«, sagte er.

»Für wie lange?«

»Zunächst einmal für weitere drei Monate. Danach kann ich entscheiden, ob ich weiter machen möchte. Aber nur, wenn es dir gefiele, mich im Senegal zu besuchen. Ich kann auch zurück nach Wien gehen und von dort aus meinen Nachfolger unterstützen. Mir stehen alle Möglichkeiten offen.«

Ich musste nicht lange überlegen. Trotz oder gerade wegen des vielen Ärgers mit den Handwerkern hatte mir der Gedanke, die Wohnung gleich nach dem Umbau zu verkaufen, jedes Mal einen Stich versetzt. Allerdings hätte ich Thomas nie den Vorschlag unterbreitet, die Wohnung zu behalten oder gar in Graz zu bleiben. So gesehen kam mir sein Vorschlag nur allzu gelegen. Denn das hieß nichts anderes, als dass ich mir zumindest vorübergehend ein eigenes Nest einrichten konnte. Vier Wände, die nur mir allein gehörten, in denen ich tun und lassen konnte, was ich wollte, ohne Rücksicht auf irgendjemanden. Der Nachteil war nur, dass ich Thomas selten sehen und spüren würde. Doch wenn unsere Wiedersehen jedes Mal so leidenschaftlich waren wie dieses hier, konnte ich damit leben.

»Die Firma zeigt sich übrigens großzügig. Von den ganzen Zulagen und Prämien müssen wir nicht extra sprechen.« Das klang gut.

»Ich gehe davon aus, dass du es gern machen möchtest, auch wenn du vor Kurzem noch über das Projekt gelästert hast?«

»Sehr gern sogar«, nickte er.

Was sollte ich dazu noch sagen?

Gedanklich sah ich Graz schon als meine neue Heimat. Der Schrittzähler würde weiterhin meine Tage begleiten und vielleicht sollte ich mir auch einen Kilometerzähler fürs Fahrrad zulegen. Damit ich den nächsten Geburtstag so fit feiern konnte wie meinen 50er – aber hoffentlich ohne Leiche.

ENDE

GLOSSAR STEIRISCHER BEGRIFFE:

Aufsteirern – Beim größten steirischen Volkskulturfest, das alljährlich im September in der Grazer Innenstadt abgehalten wird, dreht sich alles um Tracht, Brauchtum und Handwerk.

Ausfratscheln – aushorchen

B'soffene Liesl – Steirisches Dessert, bei dem Kuchen in Most oder Wein angerichtet wird.

Eana – Ihnen/Ihr, Ihre, Ihren

Erdäpfel – Kartoffel

Erzherzog Johann – Der Bruder des österreichischen Kaisers Franz II, prägte mit seinem Schaffen und seinen Modernisierungen die steirische Bildungs-, Kultur- und Wirtschaftslandschaft bis heute.

Fleischlaberl – Frikadelle

Funzn – unbeliebte Frau

Glatzerter – Kahlköpfiger

Glockenspiel/Bermudadreieck – Dreimal täglich (um 11, 15 und 18 Uhr) öffnen sich die Arkadenfenster im Giebel des Glockenspielhauses und ein hölzernes Trachtenpärchen tanzt zu Melodien, intoniert von 24 Glocken. Das Haus steht im sogenannten Bermudadreieck zwischen Mehlplatz, Prokopigasse und Färberplatz. So mancher soll dort schon nach einer feuchtfröhlichen Nacht in einem der zahlreichen Lokale verschollen sein.

Grazer Schloßberg – Der wuchtige Fels aus Dolomitgestein ragt 123 Meter über dem Hauptplatz der steirischen Landeshauptstadt empor. Er bildet den Kern der historischen Altstadt. Auf ihm thront der Uhrturm, das Wahrzeichen von Graz. Spektakulärer Ausblick!

G'sindl – heruntergekommene Personen, Mob

G'spiebenes Apfelkoch – wörtlich: erbrochenes Apfeldessert; Synonym für jemanden, der krank aussieht.

G'standenes Weibsbild – tatkräftige Frau, die weiß, was sie will.

Mir steigt die Grausbirn' auf – Zustand akuten Ärgers; Grausbirne ist der alte Begriff für Stachelbeere

Honigreingerl – steirische und Kärnter Mehlspeise mit Germ (= Hefe) und Honig.

Käferbohnen – Die großen, nierenförmigen, braun,

beige, violett bis schwarz gescheckten Bohnen werden überwiegend in der Südoststeiermark angebaut.

Keppeln – schimpfen

Kernöl – Abkürzung für Kürbiskernöl

Klapotetze – Hölzerne Windräder, die vom 25. Juli bis zum 11. November (Martinstag) mit ihrem Klappern die Vögel von den südsteirischen Weingärten fern halten sollen.

Quetschn – Ziehharmonika

Schilcher – Roséwein, der ausschließlich im Schilcherland (Weststeiermark) aus der roten Rebsorte ›Blauer Wildbacher‹ gewonnen wird. Im Frühstadium der Gärung wird er als Schilchersturm getrunken.

Schöckl und Plabutsch – Hausberge und Naherholungsziele der Grazer.

Schlösserstraße – 350 km lang führt sie durch die Steiermark und das Burgendland zu zahlreichen Burgen und Schlössern.

Steirische Apfelstraße: Zwischen Gleisdorf und Puch bei Weiz in der Oststeiermark steht alles im Zeichen des Apfels.

Stoasteirisch – Steirischer Dialekt, der nicht nur für »Zuagraste« schwer zu verstehen ist.

Styria Beef – Premium-Rindfleischmarke steirischer Biobauern

Tratschn – Klatschbase

Viel Holz vor der Hütte – einen großen Busen haben.

Steirisches Vulkanland – Fruchtbare Region im Südosten der Steiermark, die von erloschenen Vulkanen und Landwirtschaft geprägt ist.

Wappler – unfähige Person

Weinstraube – süße, goldig gebackene steirische Spezialität aus Eiern, Mehl und Wein.

Zuagraste – zugezogene Person, nicht aus der Gegend stammend.

DANKSAGUNG

Ich danke allen, die – mehr oder weniger freiwillig – zur Entstehung dieses Buches beigetragen haben. Mein allerherzlichster Dank gebührt meiner Familie, meiner Autorenkollegin und Freundin Claudia Rossbacher, meiner Lektorin Claudia Senghaas sowie meinen stets aufmunternden und inspirierenden »Testlesern« Barbara, Ulrike, Renate und Peter.

Weitere Krimis finden Sie auf den folgenden Seiten und im Internet:

WWW.GMEINER-SPANNUNG.DE

ILONA MAYER-ZACH
Helene Kaiser ermittelt
in Graz

978-3-8392-1876-1 (Paperback)
978-3-8392-5007-5 (pdf)
978-3-8392-5006-8 (epub)

»Helene Kaiser stellt ihr kriminalistisches Gespür mit Humor unter Beweis.«

Wenn illustre Weihnachtsfiguren, manch ein Hundebesitzer und andere vermeintlich brave Bürger zu mehr oder weniger Kriminellen werden, ist Helene Kaiser nicht weit. In 30 unterhaltsamen und teils skurrilen Fällen stellt sie ihr kriminalistisches Gespür unter Beweis. Dabei wird der eine oder andere Grazer schnell merken, dass seine Stadt nicht immer so beschaulich ist, wie zumeist angenommen.

GMEINER SPANNUNG

WWW.GMEINER-VERLAG.DE
Wir machen's spannend

CHRISTINE RATH
Heidezauber

978-3-8392-1813-6 (Paperback)
978-3-8392-4883-6 (pdf)
978-3-8392-4882-9 (epub)

»Eine spannende Liebesgeschichte über große Gefühle und mysteriöse Intrigen vor der atemberaubenden Kulisse Sylts«

Tiefviolett leuchtet die Heide vor dem Reetdachhaus in Kampen. Hier hat Lisa die glücklichsten Urlaubstage erlebt. Als ihr geliebter Vater stirbt, soll sie dessen letzten Wunsch erfüllen und ein geheimnisvolles Päckchen an eine gewisse Alma überbringen. So reist Lisa noch einmal auf die Insel, auch um wieder neue Kraft zu schöpfen. Am Strand lernt sie Sven kennen, der sie magisch anzieht und zugleich verunsichert. Als Lisa kurz darauf den alten Johann, ein Sylter-Original, verletzt und bewusstlos auffindet, wird sie misstrauisch. Sie forscht nach und kommt schließlich hinter ein düsteres Geheimnis.

JETTE JOHNSBERG
Witwe Meier
und die toten Männer

978-3-8392-1807-5 (Paperback)
978-3-8392-4871-3 (pdf)
978-3-8392-4870-6 (epub)

»Witzig, bissig und witwenschwarz«

Frau Meiers Leben bewegt sich farblich im Spektrum zwischen sahara-beige und schlammfarben. Sie ist in den Sechzigern, verbittert, ein wenig böse und kugelrund. Das macht das Leben weder für sie noch für die anderen locker, luftig und leicht. Ihr Dasein wird jedoch bunt und schillernd, als einige unerwartete und mehr oder weniger bedauerliche Todesfälle in ihrem Umfeld geschehen.

Doch obwohl nicht alles Mord ist, was den einen oder anderen umbringt, erwacht Frau Meier mit jeder Leiche zu neuem Leben.

PETRA K. GUNGL
Diabolisches Spiel

978-3-8392-1810-5 (Paperback)
978-3-8392-4877-5 (pdf)
978-3-8392-4876-8 (epub)

»Eine unsterbliche Liebe, die sich durch alle Jahrhunderte hindurch und ihren Gegenspielern zum Trotz einen Weg zur Erfüllung erkämpft«

In ihrem früheren Leben als Heilerin von Stonehenge nahm Er Agnes alles: Liebe, Freundschaft und das nackte Leben. Diesmal soll es anders enden, schwört sie. Denn im heutigen London trifft sie wieder auf Ihn. Wiedergeboren als Chef eines Pharmaunternehmens, verantwortlich für einen tragischen Medikamententest und mysteriöse Todesfälle im Dunstkreis seiner Person. Von seiner Schuld ist Agnes überzeugt. Also setzt sie alles auf eine Karte, um ihn zu überführen. Koste es, was es wolle.

Das Neueste aus der Gmeiner-Bibliothek

Unser Lesermagazin

Bestellen Sie das kostenlose Krimi-Journal in Ihrer Buchhandlung oder unter www.gmeiner-verlag.de

Informieren Sie sich …

www … auf unserer Homepage: www.gmeiner-verlag.de

@ … über unseren Newsletter: Melden Sie sich für unseren Newsletter an unter www.gmeiner-verlag.de/newsletter

f … werden Sie Fan auf Facebook: www.facebook.com/gmeiner.verlag

Mitmachen und gewinnen!

Schicken Sie uns Ihre Meinung zu unseren Büchern per Mail an gewinnspiel@gmeiner-verlag.de und nehmen Sie automatisch an unserem Jahresgewinnspiel mit »mörderisch guten« Preisen teil!